KB232259

過香積寺
향적사를 찾아가다

향적사 어딘지 알지 못하여
구름 봉우리 속으로 몇 리나 들어간다
고목 우거져 사람 다니는 길 없건만
깊은 산 속 어딘가의 종소리
샘물 소리 가파른 바위에서 흐느끼고
햇살은 푸른 소나무를 차갑게 비치고 있네
해질녘 고요한 연못 굽이에 앉아
편안히 참선하며 잡념을 걸어 낸다네

不知香積寺　數里入雲峰
古木無人徑　深山何處鍾
泉聲咽危石　日色冷青松
薄暮空潭曲　安禪制毒龍

공간참
FantasticOrientalHeroes
空間斬

공간참 7
일성 新무협 판타지 소설

초판 1쇄 찍은 날 § 2006년 1월 4일
초판 1쇄 펴낸 날 § 2005년 1월 14일

지은이 § 일성
펴낸이 § 서경석

편집장 § 문혜영
편집책임 § 서지현

펴낸곳 § 도서출판 청어람
등록번호 § 제1081-1-89호
등록일자 § 1999. 5. 31
어람번호 § 제2-0798호

주소 § 경기도 부천시 원미구 심곡1동 350-1 남성B/D 3F (우) 420-011
전화 § 032-656-4452 팩스 § 032-656-4453
http://www.chungeoram.com
E-mail § eoram99@chollian.net

ⓒ 일성, 2005

ISBN 89-5831-917-8 04810
ISBN 89-5831-655-1 (SET)

※ 파본은 본사나 구입하신 서점에서 교환하여 드립니다.
※ 저자와 협의하여 인지를 붙이지 않습니다.

일성 新무협 판타지 소설

공간참

FantasticOrientalHeroes

空間斬

일성 新무협 판타지 소설

도서출판 청어람

목차

第一章

무림 전체가 연이어 터진 참사로 인해 혼란 속에 빠져들었다.

하룻밤 사이에 스물일곱 개의 문파가 회복할 수 없는 지경에 빠져들기 바쁘게 애뇌산에 몰려든 수많은 고수들이 애뇌산의 붕괴와 함께 사라져 버렸으니, 당연한 결과일지도 모른다.

애뇌산에 고수들을 파견한 문파에서는 비밀리에 조사단을 파견하기 시작했다. 비밀로 붙인 것은 적혈검을 노렸다는 것을 숨기기 위해서였다.

그래서 애가 탈 수밖에 없었다. 하소연할 데가 없기 때문이다. 각 문파마다 적혈검을 확보하기 위해 뛰어난 실력자들만 보냈고, 그들이 죽었다는 것은 세력이 상당 부분 떨어져 나갔다는 것을 뜻한다.

다른 데 말도 꺼내지 못하고 속만 끓이고 있는 상황에서 무림맹의 서신이 날아들었다. 내용은 지원을 해달라는 것이었다.

애뇌산의 일은 무림맹에도 충격을 전해주었다. 때아닌 맹주의 일 때문에 애뇌산의 일을 묵과하고는 있었지만 결과가 놀라운 것으로 나타나자 적잖이 놀라는 눈치였다. 하지만 그것이 오히려 그들의 의지에 불씨를 당겼다.

"어떻게 됐소?"

현진 장로의 물음에 임막 장로가 대답했다.

"이름이 알려져 있거나 꽤 큰 문파에서는 대부분 지원 요청에 응해왔습니다."

"얼마나 되오?"

"정확히 오십 개의 문파입니다. 나머지는 사정이 좋지 못하다는 핑계를 대는데 실제론 애뇌산의 일 때문인 것으로 알고 있습니다. 뿐만 아니라 사건을 관망하려는 문파도 있는 듯합니다."

"그건 어쩔 수 없는 일."

현진이 조금은 아쉬운 듯한 표정을 지었지만 임막 장로는 의기양양했다.

"하지만 걱정하실 필요는 없습니다. 오십 개의 문파 모두 상당한 세력과 실력을 겸비한 곳이고, 작게는 백여 명에서 많게는 오백여 명까지 지원을 해왔습니다. 그 규모가 만만치 않습니다."

그 말에 유인 장로가 희색을 띠었다.

"그럼 족히 만 오천은 되겠군요."

"그렇습니다. 그리고 실력도 의심할 필요는 없을 겁니다."

"잘되었소. 그런데 천왕교 지단 인근에 자리잡고 있는 문파들의 포섭은 어떻게 됐소?"

"일을 마친 후 피해 보상과 문파의 발전에 도움을 주는 조건으로 허락을 얻어냈습니다. 아마 정파연합이 천왕교의 총단을 공격함과 동시에 그들은 지단의 발을 충분히 묶어놓을 수 있을 겁니다."

모두들 고개를 끄덕였다. 그러자 현진 장로가 말했다.

"시간을 아끼는 것이 좋으니 지원은 맹으로 보내지 말고 옥화산으로 보내달라 당부해 주시오."

"이미 그렇게 했습니다."

"수고하셨소. 그럼 맹의 고수들 문제를 논의하도록 합시다."

현진 장로는 말과 함께 장로들을 돌아보았다.

"현재 맹에는 호법원의 고수를 제외한다면 팔천여 명의 고수가 있소. 몇 명이나 투입하는 것이 좋겠소?"

그 말에 종영웅 장로가 나섰다.

"팔천이라지만 그중 이천은 호법원과 함께 방어적인 입장을 취하고 있고, 유사시에 투입할 수 있게 이천 명은 항상 대기를 해야 합니다. 그럼 남은 인원은 사천 명 정도인데, 그들을 모두 보낼 수는 없는 입장이니 일천 명 정도가 어떻겠습니까?"

유인 장로가 반대를 했다.

"맹의 기치 아래 몰려든 군웅들이오. 그런데 일천 명만을 지원한다면 많게는 오백여 명까지 지원을 해주는 문파에 맹의 체면이 서지가 않습니다. 좀 더 많은 인원을 투입해야 할 것이오."

그 말에 일리가 있다는 듯 현진 장로가 그를 바라보면 물었다.

"그럼 유인 장로는 몇 명 정도를 예상하시오?"

"적어도 사천은 투입해야 할 것입니다."

그러자 종영웅 장로가 다시 그에 반대를 했다.

"하나, 사천은 현재 맹에서 외부로 보낼 수 있는 인원의 최고 수입니다. 만에 하나 일이 잘못되어 그들에게 문제라도 생긴다면 맹으로서는 상당한 손해인 것을 생각해야 합니다.”

유인도 그 말에는 동조를 했다.

“맞습니다만 맹의 의미가 무엇입니까? 정도의 중심이자 그들의 힘을 통제하는 중앙 기관이 아닙니까?”

다른 장로들이 고개를 끄덕이자 그의 말은 계속 이어졌다.

“그렇다면 몸을 사릴 필요가 전혀 없습니다. 맹의 고수들이 팔천이지 실제 각 문파에서 돌아가며 매년 파견 나오는 고수들이 있으니 사천 명이 이번 전투에 참가한다 하더라도 크게 문제될 것은 없다는 것이 제 생각입니다. 사실 맹에 밀집된 고수들의 수가 과하다고 평소 생각하고 있었습니다.”

그 말에 양원룡 장로가 인상을 찌푸렸다.

“우리 맹의 고수들을 소모품으로 쓰자는 말씀으로 들리는구려.”

“그럴 리가 있겠습니까? 가만히 놀리는 것보단 정도 전체를 위해 그들이 필요할 때는 확실히 투입시켜 맹의 위상을 살려야 한다는 말이지요.”

그는 말과 함께 현진 장로에게 시선을 돌렸다.

“총장로님의 생각은 어떠십니까?”

“모두의 말이 맞소. 그러나 이번 천왕교의 공격은 단지 위상뿐만 아니라 정도의 사활이 걸린 일이라는 것을 잊으면 안 될 것이오. 저는 오히려 좀 더 많은 고수들의 투입을 생각했는데…….”

그는 장로들의 눈치를 한번 살피며 말을 맺었다.

“우선 사천 명의 고수들 투입하는 것으로 하고, 차후 다시 이 일에 대해 의논하도록 합시다. 출발은 이틀 후, 그전까지 건의 사항이 있다면 누구라도 주저 말고 장로회를 소집해 주시오.”

“알겠습니다.”

*　　　*　　　*

파팟!

피가 튀었다.

털썩!

처음으로 쓰러진 것은 고성이었다. 더벅머리를 언제나 자랑스럽게 매만지던 그의 평소 미소는 온데간데없었다. 죽음에 대한 불신의 드러난 눈빛만 있을 뿐.

다음은 환노였다. 유소청을 보호하기 위해 몸을 날렸고, 그 때문에 제대로 싸워보지도 못하고 바닥으로 나뒹굴었다.

분노한 옥매화는 그 다음이었다.

검을 빼 들고 상대에게 달려드는 그녀는 평소의 용맹함을 그대로 가지고 있었다. 하지만 실력 차이는 어쩔 수 없었다.

그녀가 가장 고통스럽게 죽었을 것이다. 사지에 구멍이 뚫린 채 팔까지 부러져 버렸던 것이다. 그 상태에서 상대는 그녀의 몸을 밟고 뛰어올라 진강을 덮쳐 갔다.

네 명의 고수가 한 사람을 상대해 쓰러지는 데는 반에 반 각도 걸리지 않았다. 그것도 상대는 죽이는 것을 즐기는 듯 여유를 가지고 있었다.

자엽령은 분노에 찬 시선으로 동굴 가장자리에 서서 동료들이 죽어가는 모습을 바라보아야만 했다.

13

“누구냐?”

절규하는 외침에 누구도 대답하지 않았다. 상대는 그냥 검은 그림자 같을 뿐이었고, 동료들의 죽음을 바라보며 재밌다는 듯 비웃음만 흘릴 뿐이었다.

순간 자엽령의 머리 속에 진소의 표정이 떠올랐다. 죽어갈 때의 그 경악한 모습, 자신의 배에 왜 칼날이 뚫고 나왔는지 모르겠다는 의문의 눈빛, 그리고 마지막으로 내비친 원망의 눈빛이……!

‘아아아악—!!’

“아아악!”

자엽령은 자리를 박차고 벌떡 몸을 일으켰다. 온몸이 땀에 젖어 있었지만 상관하지 않았다. 흥분된 듯, 또는 격양된 듯한 그의 표정은 복수의 불길이 가득 차 있었다. 하지만 이내 자책하는 그였다.

‘내가 데려오지만 않았어도…….’

다시 후회가 밀려오기 시작했다. 진소 때의 실수를 다시 했던 것이다.

왜 옥매화 등을 애뇌산으로 데려왔을까?

“빌어먹을!”

그는 말과 함께 옆에 놓여 있던 검을 집었다. 그 려화라는 계집을 토막토막 쳐버리고, 자신을 이용한 혈교라 불리는 자들을 찾아가 당장 쓰러뜨리고 싶었다. 하지만 공교롭게도 그의 의지는 상처 입은 몸 때문에 꺾여야 했다.

콰당!

자리에 일어서자마자 그대로 바닥으로 뒹굴었다.

그제야 그는 자신의 온몸이 붕대로 감겨져 있다는 것과 극심한 쓰라림이 전신을 괴롭히고 있다는 것을 알았다.

늦었지만 그는 주위를 둘러보았다.

우선 보이는 것은 깔끔하게 정돈된 방이었다. 사실 서랍장 하나가 있을 뿐이었고, 바닥에 이불이 깔려져 있다는 것이 깔끔하게 보이는 원인이었다.

바닥이 따뜻한 것이 불을 땐 모양이었다. 얼핏 보아 시골의 초옥임이 분명했다.

'여기가 어디지?'

분명히 려화에게 부상을 당하고 마지막 일격을 받을 때 공간참을 시전했던 기억이 떠올랐다. 무리를 해서 공간참을 한번 풀었다가 다시 시전했던 기억도…….

그것은 적혈검 때문이었다. 간발의 차이로 려화의 공격이 몸에 닿기 전에 공간참이 발동되었고, 모든 시간이 정지되었다. 전에도 느꼈지만, 공간참으로 시간이 정지되자 그 순간에 느껴졌던 부상의 고통이 사라지지 않고 계속 이어졌다. 하지만 그는 그것을 참으며 적혈검이 있는 곳으로 갔다. 그리고 공간참을 풀자, 조금 전에 자신이 있던 자리가 터져 나갔다. 려화의 공격 때문이었다. 그대로 맞았다면 자엽령은 아마 죽었을 것이었다.

그는 급히 적혈검을 잡으며 다시 공간참을 시전해 동굴 밖으로 빠져나왔다. 입구로 나가는 것이 무리라고 생각했기에 동굴 벽을 뚫고 절벽 아래로 떨어져 내렸다. 하지만 떨어지는 동안 기력이 다했기에 공간참이 풀렸고, 그대로 바닥에 떨어져 버렸다.

다행히 숲이었기에 크게 다치지는 않았지만 려화에게 입은 부상이 컸다. 그는 적혈검을 고목나무 구멍에 집어넣자마자 정신을 잃어야 했다.

"그런데 누가 날 여기에 데려온 거지?"

그는 상처를 돌아보았다. 붕대가 깨끗하다는 것은 몇 번 교체했다는 것을 의미했다. 최소한 며칠은 지났다는 것이다. 고통이 심하기는 했지만 움직이는 데 크게 무리는 없었다.

끼이익!

힘겹게 방문으로 다가가 문을 열었다. 그러자 바로 앞, 마루에 걸터앉자 있는, 황색 옷을 입고 있는 사내의 뒷모습을 볼 수 있었다. 그는 긴 지팡이로 땅을 짚고 있었다.

문이 열리는 소리가 들렸음에도 사내는 뒤를 돌아보지 않았다. 마당을 바라보고 있을 뿐. 정확히 마당에 장난치고 있는 어린 강아지 두 마리를 유심히 살피고 있었다.

잠시 사내가 누굴까, 라는 의문을 가졌던 자엽령이 물었다.

"여기가 어딥니까? 그리고 제가 왜 여기 있는 겁니까?"

사내는 묵묵부답이었다. 여전히 강아지만 바라보더니 지루하리만큼 시간이 지난 다음에야 입을 열었다.

"일어났는가?"

"……?"

자엽령도 한참 만에야 입을 열었다. 말투가 흡사 자신을 알고 있다는 듯했기 때문에 누구인지 생각할 시간이 필요했던 것이다. 하나 뒷모습만으로는 누구인지 알 수 없었다.

"저를 알고 있습니까?"

"알고 있지."

"당신은 누구십니까? 당신은 절 아는데 제가 당신을 모르니 불공평하군요."

그러자 사내가 피식 웃음을 흘렸다. 그리고 고개를 천천히 돌리던 그의 얼굴을 보곤 자엽령이 경악했다.

"다, 당신은……."

대답은 초가의 문밖에서 들려왔다. 싸리문이 열리며 백의노인이 들어왔던 것이다.

"맹주님이시네."

자엽령은 막 초가로 들어서는 노인을 보고 다시 경악했다. 태양신검, 또는 백령검제라 불리는 전노아였기 때문이다. 황당한 일이었다. 하지만 더욱 황당한 일이 벌어졌다. 전노아를 따라 들어온 여인이 갑자기 달려들었기 때문이다.

"가가!"

은소소였다.

순간 맹주의 지팡이가 그녀를 막았다.

"아직 몸이 성치 않은 병자다."

은소소가 감히 맹주를 향해 인상을 썼다.

"상관하지 마!"

하지만 그녀 또한 자엽령의 상태를 알고 있기에 별다른 행동은 보이지 않았다. 다만 자엽령을 향해 야속하다는 듯 말할 뿐이었다.

"너무해! 날 알면서도 왜 무림맹에서 모른 척했어? 그리고 이 꼴이 뭐야?"

말을 하던 은소소가 갑자기 울먹이기 시작하자 전노아가 그녀에게 다가가 토닥였다. 그러면서도 자엽령을 향해 입을 열었다.

"이 철없는 아가씨가 자네 때문에 고생을 많이 했다네. 그래, 몸은 좀 어떤가?"

자엽령이 떨떠름한 표정을 지었다. 도대체 지금 상황을 파악할 수가 없었기 때문이다. 맹주라면 이미 무림맹에 갇혀 있어야 하지 않던가. 그리고 전노아는 또 왜 여기 있는 것인가. 은소소는 또 왜 이들과 같이 있을까?

이해할 수 없는 상황 속에서 자엽령이 대답했다.

"힘이 좀 없지만 움직이는 데 무리는 없습니다."

"다행이군. 그래도 좀 더 쉬게."

"그보다 여기는 어딥니까? 그리고 저를 어떻게……?"

"여기는 무정(武定), 오 일 전에 자네를 애뇌산에서 발견했네. 부상이 심했지만 응급조치만 하고 그곳을 벗어나야 했지. 이상한 자들이 공격해 왔기에 어쩔 수 없었거든. 여하튼 그곳을 벗어나자마자 곧바로 북쪽으로 방향을 잡아 어제 아침에 여기에 도착했네. 물론 자넨 그동안 한 번도 깨어나지 않았고."

그 말에 은소소가 질렸다는 듯 말했다.

"도대체 그 혈의를 입은 자들은 누구야?"

전노아도 궁금한 듯 자엽령을 바라보았다.

"그들은 누군가? 이상한 움직임을 예전부터 파악하고는 있었네만 아직도 정체를 모르겠네. 자넨 알고 있겠지?"

자엽령이 잠시 멍한 표정을 지었다. 혈의 입은 자들을 기절했던 그가 보았을 리 없기 때문이다. 하지만 잠시 후, 려화의 말을 떠올리고는 그들의 정체를 짐작했다. 하지만 그는 바로 말하지 않고 오히려 되물었다.

"은밀한 움직임을 예전부터 파악했다는 것은 무슨 뜻입니까?"

그 말에 대한 대답은 맹주가 대신했다.

"오래전부터 난 총호법과 함께 비밀리에 고수들을 양성하기 시작했네. 처음에 비밀을 드러내지 않았던 이유는 정파와 사파의 중재 역할을 할 세력을 만들고 싶었고, 그것이 알려지면 곤란했기 때문이지. 맹주라는 작자가 중립을 지키는 세력을 만든다는 것이 어디 가당키나 했을까?"

"……?"

"여하튼 그렇게 고수들을 모으던 중에 한 가지 이상한 움직임을 발견했지. 정파와 사파의 싸움을 부추기는 세력이라고나 할까? 이상하게 생각했던 것은 대부분의 싸움에 그들이 관여되어 있다는 점이었네. 그것을 조사하기 위해 노력했지만 밝혀낼 수가 없었지. 신출귀몰한 자들이었다는 말일세. 분명한 것은 그들도 정사의 한쪽에 치우치지 않았다는 것. 모든 정황으로 볼 때 은밀하게 중원의 정사의 싸움을 부추기며 세력을 키워 나가고 있다는 것이었네."

거기까지 듣자 자엽령이 확정적으로 말했다.

"무림일통이군요."

맹주와 전노아가 고개를 끄덕였다.

"그렇게밖에 생각할 수 없었지. 그래서 중립 세력을 키우려던 목적을 바꿨지. 훗날의 대비를 위해 지속적으로 세력을 더 키우기 시작하기로 했던 거지. 무림맹의 상층부에도 알리지 않을 정도로 더 은밀하게……. 맹에도 그들의 첩자가 있다는 것을 알았거든."

자엽령이 약간의 흥미를 드러냈다. 그들에 대한 정체보다는 오히려 은밀히 키운 세력에 관한 것이었다.

"도대체 몇 명의 고수들을 양성하신 겁니까? 그리고 그들의 출신은 무엇입니까?"

"출신이야 제각각이지. 낭인무사에서부터 구파일방의 뛰어난 후기지수, 심지어는 마도라 칭하는 자들도 있네. 대부분 사십대 미만의 젊고 재능있는 자들이네. 총호법이 그들의 포섭을 맡았지. 그들을 양성한 지 이미 십여 년이 훌쩍 넘었으니 나이는 다양하네. 수는 일천오백 명 정도."

자엽령이 약간의 놀라움을 드러냈다.

"그 정도의 숫자라면 비밀이 벌써 누설되었을 텐데요?"

"아니, 대부분 실종으로 처리한 데다 한 번에 포섭한 것이 아니라 십 년에 걸쳐서 포섭했기에 아직 드러나지 않았네."

말과 함께 맹주가 물었다.

"자, 이제 말해보게. 그들은 누구인가? 자네가 알고 있다는 것을 확신하고 있네. 나를 음해한 세력이 그들인 것은 분명하고, 자네가 그 중심에 서지 않았나?"

자엽령이 인상을 찡그렸다.

"저를 그들과 한통속으로 보시는 모양이군요. 그리고 저를 구해준 것도 정보를 캐기 위한 수단?"

"꼭 그렇지도 않아. 그들이 대놓고 그럴 리는 없지. 자넨 아마 이용당했을 게야. 하지만 어느 정도는 그들의 존재를 짐작하고 있겠지. 아닌가?"

자엽령은 한참 동안 고민하다 다시 물었다.

"그들이 누구인지 알아서 무엇을 하실 생각입니까?"

"무림일통이 목적이라면 쓰러뜨려야지. 자네도 보았겠지? 목적을

위해 적혈검을 미끼로 수를 헤아릴 수 없는 무사들을 학살한 그들의
만행을.”

“알고 있지만 일천오백 명의 고수로 그들을 막을 수 있다고 보십니
까?”

“물론 불가능하겠지. 그 정도의 고수로 무너질 것 같은 세력이었으
면 이런 계획을 세우지도 않았겠지. 추측이지만 현 무림에서 그들과
대립할 수 있는 문파가 없을 정도로 강하리라 생각하네.”

“그런데 알아서 무엇을 하시렵니까? 계란으로 바위 치기일 텐데!”

그러자 전노아가 미소를 지으며 말했다.

“우리의 목적을 아직 파악하지 못한 모양이군. 무림의 안정을 도모
하고 분란을 막는 것이 우리의 본 목적일세. 절대 죽고 죽이는 싸움을
하지는 것이 아니야. 만약 그들의 세력이 막강하다면 정파와 사파의
힘을 규합할 것일세. 그리고 그들을 이끌고 선두에서 그자들을 막을
것이네.”

“꽤나 거창하군요.”

자엽령은 비소와 함께 문에 등을 기댔다. 정사의 은원의 깊이를 알
고 있는 그로서는 말도 안 되는 소리로 들렸기 때문이었다.

‘정사가 힘을 합친다?’

그의 생각을 읽었던 전노아가 표정을 굳혔다. 하지만 이내 목소리를
가다듬으며 물었다.

“그들은 누구인가?”

그러자 자엽령이 조소를 흘리며 대답했다.

“혈교!”

“……?!”

순간 정적이 감돌았다. 맹주와 전노아 모두 믿을 수 없다는 표정이
될 수밖에 없었다.

"혀, 혈교? 그들은 수백 년 전에 사라진 세력이 아닌가?"

맹주의 물음에 자엽령이 고개를 끄덕였다.

"생각하고 계신 그들이 맞습니다."

맹주가 어이없다는 표정을 지었다.

"그럼 그 붉은 머리 사내가 그들의 교주였다는 말인가?"

"붉은 머리 사내?"

"그렇네. 맹에서 날 도주하게 만든 자들. 그 때문에 함정에 빠졌었
지. 그리고 구사일생으로 살아 나왔네."

"뇌전검황이라 불리는 맹주께서 구사일생으로 살아 나왔다? 무슨
말씀이십니까?"

맹주는 자신이 겪었던 일과 전노아와 만났던 일을 설명하기 시작했
다. 설명을 모두 들은 자엽령은 경악한 표정을 지었다. 무림 최강의 고
수라 불리던 맹주를 단 몇 수 만에 격패시킬 수 있는 자가 있다는 것이
믿어지지 않았기 때문이다.

순간 그의 뇌리에 소요리와 파냉비를 간단하게 눌러 버린 붉은 머리
의 사내가 떠올랐다. 그래서 그가 급히 그의 외모를 설명하며 확인했
다.

맹주가 고개를 끄덕였다.

"흡사하군. 그런데 어떻게 알고 있나? 그를 본 적이 있나?"

"무림대회에 참가했었습니다."

무림대회 마지막에 모습을 비췄던 맹주나 전노아로서는 처음 듣는
이야기였다. 그들 역시 헛웃음을 흘렸다.

잠시 침묵을 지키고 있던 맹주가 전노아에게 시선을 돌렸다.

"총호법!"

"왜 그러십니까?"

"어떻게 그들을 막아야겠소? 애뇌산의 일을 벌인 것으로 보아 조만간 본격적으로 움직임을 보일 것 같은데……. 대비를 해야 하지 않겠소?"

"그렇습니다만 그들의 본거지도 모르고, 앞으로 어떤 행동을 보일지도 모르는 상태에서는… 난감하군요."

맹주도 동의했다.

"그럼, 수호문으로 가는 것이 어떻겠소?"

"아직 아무것도 결정된 것이 없으니 그것이 좋겠군요."

자엽령이 의아함을 드러냈다.

"수호문이 뭡니까?"

맹주가 대답했다.

"아까 말한 무림 수호대일세. 자네도 같이 가세."

자엽령이 눈을 빛냈다.

"저를 포섭하시겠다는 말입니까?"

"가능하다면……."

"불가능할 것은 없죠. 하지만 저는 무림을 지킨다는 것 따위에는 관심이 없습니다."

순간 자엽령의 눈에서 강렬한 살기가 드러났다. 몸을 떠는 그가 강한 어조로 말을 이었다.

"저는 복수가 목표일 따름입니다."

"복수?"

"제 동료들의 복수!"

살기등등한 그 기세에 전노아가 고개를 절레절레 저었다.

"그런 생각은 버리게. 어찌 강호의 은원을 하나하나 헤아리려고 하는가? 그런 은원이 지금의 분란을 만들고 있는 것이네."

그러자 지금까지 무슨 소리 하는지 모르겠다는 듯 듣고만 있던 은소소가 급히 끼어들었다.

"맞아! 그런 생각 할 필요 없어. 가가는 나와 함께 심령도로 가면 돼. 나랑 살아! 사부님이 잘해주실 거라고 했어."

하지만 자엽령은 그녀의 말은 들은 척도 안 했다. 전노아와 맹주를 향해 웃을 뿐이었다.

"아쉽지만 저는 큰 그릇은 못 되는 모양입니다. 당장 머리끝까지 치미는 제 동료들의 원한을 갚는 것이 중요하니까요."

"나이가 들면 다 부질없는 짓이라는 걸 알게 될 걸세."

"그건 그때 가서 생각할 일. 당장 후회를 남기기 싫을 뿐입니다."

"……!"

"그리고 저를 받아주시겠다니 감사합니다만 저는 먼저 할 일이 있습니다. 나중에 제가 찾아가겠습니다."

"어디를 가려는 겐가?"

"흑랑회 총단."

"거기가 그들의 본거지인가?"

"아닙니다. 분타 정도인 듯합니다."

"흐음……."

잠시 생각하던 맹주가 말했다.

"자네 혼자 상대할 수 있으리라고 보나?"

"그냥 지켜볼 수는 없습니다."

"마음은 알겠지만, 그런 조급한 마음으로 일을 망치지는 말게. 자칫 잘못하다간 복수는 고사하고 자네 목숨까지 보장받을 수 없을 걸세. 아까도 말했지만 그들의 실력은, 특히 붉은 머리 사내의 실력은 상상을 뛰어넘었네. 그리고 그의 수하인 듯한 자 또한 무당의 현진 장로를 스스로 죽였다고 자신할 정도이니 말일세."

자엽령도 알고 있었다. 그러나 지금 당장 그 흑랑회주라는 자의 목을 따버리고 싶은 심정을 누를 수가 없었다.

불현듯 흑랑회주의 실력이 떠올랐다. 맹주의 말대로 그의 실력은 상상을 불허했다. 정면으로 대결을 펼친다면 어떻게 될지 알 수 없었다. 게다가 흑랑회 안에서도 상당한 고수들이 그를 호위하고 있으니 가능성은 희박하다.

순간 자엽령이 몸을 떨었다. 힘없는 자신에 대한 자책 때문이었다.

"나중에 찾아뵙죠."

"굳이 찾아가겠다는 게로군."

"저는 바보가 아닙니다."

"그럼?"

"강해지기 위해 가는 겁니다."

"……?"

모두가 의아한 시선을 드러냈다. 하지만 뭔가를 물어보려는데, 자엽령은 방문을 닫아버렸다.

다음날 아침 전노아와 맹주는 초가를 떠났다. 자엽령에게 수호문의 위치를 알려주고 난 후였다.

그때 안 사실이지만 맹주의 몸은 성하지 않았다. 한쪽 다리를 절고 있었던 것이다. 그리고 은소소의 말로는 맹주의 단전이 상해 예전의 절반도 내공을 끌어올리기 힘들다고 했다.

따돌림

스스슥!

자엽령은 급히 길옆으로 몸을 숨겼다. 깊은 밤 몰래 초옥을 벗어난 그였기 때문이다. 은소소를 데리고 다니기 귀찮다는 것이 그 이유였다. 하지만 채 십 리를 가기도 전에 누군가가 쫓아오는 기척을 느꼈다.

숨을 죽인 채 나뭇잎 사이로 길을 바라보자 역시 은소소가 달려오는 것이 보였다. 그리고는 자엽령이 멈췄던 자리에서 멈춰 섰다.

인상을 찡그리는 자엽령이었다. 몸이 불편했기에 걷는 데도 자국이 날 수밖에 없었던 것이다. 그보다 은소소가 그런 것도 확인할 줄 아는 영민함이 있는 것 같아 그를 난감하게 했다.

한참 동안 바닥을 살피던 은소소가 고개를 갸웃거리더니 갑자기 미소를 지었다.

"가가! 이 근처에 있는 줄 알고 있으니까, 빨리 나와! 안 그러면 화낼 거야!"

'빌어먹을, 어쩔 수 없군!'

생각과 함께 자엽령이 머리를 긁적이며 모습을 드러냈다. 그것을 보며 그럴 줄 알았다는 듯 은소소가 눈을 흘겼다.

"너무해. 왜 날 두고 가는 거야?"

"미안하지만 위험할 수도 있으니까. 넌 심령도로 돌아가."

"싫어! 가가랑 함께 있을 거야."

말을 하며 은소소가 울먹였다.

"얼마나 오랫동안 기다렸는데, 흑흑!"

"그, 그만 울어!"

"데려가 줄 거지?"

"휴—!"

자엽령은 한숨을 깊이 내쉬었다. 허락의 의미였다. 하지만 명확하게 한 가지 짚고 넘어갈 것이 있었다.

"대신 내 상태가 좋지 못하니 널 지켜줄 수 없을지도 몰라. 네 몸은 네가 책임져야 한다는 말이야."

그 말에 은소소가 해맑게 웃었다.

"가가나 조심해. 아니다, 내가 가가를 지켜줄게."

자엽령은 어이없다는 듯 그녀를 바라봤지만 비무대회에서의 그녀를 떠올리자 어느 정도 안심이 되기는 했다. 실제로 그녀의 실력은 현 무림에서도 쉽게 찾아볼 수 없을 정도이기 때문이다. 여기에서 조금만 더 경험을 쌓고 수련을 한다면 심령마녀의 아성을 넘을 수 있을지도 몰랐다.

“말이라도 고맙군.”

말과 함께 자엽령은 헛기침을 몇 번 했다. 은소소의 도발적인 모습 속에 숨겨져 있던 천진난만함과 귀여운 모습이 매력적으로 보였기 때문이다. 그렇게 보면 몸에 쫙 달라붙어 몸매를 노골적으로 드러내는 옷이 오히려 어색하게 보이기도 했다. 어린 소녀가 어른처럼 보이고 싶어 억지로 야한 옷을 입은 것같이 느껴진다고나 할까?

그때 은소소가 걱정스러운 듯 자엽령에게 더욱 다가들며 물었다.

“왜 그래? 어디 아파?”

그녀는 말을 하면서도 자엽령의 얼굴을 만졌다. 그러자 자엽령이 그녀의 손을 뿌리쳤다.

“신경 쓸 것 없어. 아무튼 빨리 가자.”

“어디로?”

“애뇌산!”

“애뇌산? 하지만 거기는 혈교도들이 있을지도 모르는데…….”

자엽령이 고개를 저었다.

“생각이 있는 놈들이라면 거기 있을 리가 없지. 본격적으로 중원을 노리는 놈들이 거길 지키고 있을 이유가 없어. 적혈검도 사라진 마당에.”

“그런데 거기는 왜 가는데?”

“숨겨놓은 물건을 찾아야 하거든.”

자엽령은 더 이상 말하지 않고 걸음을 재촉했다. 그러자 은소소가 그에게 바짝 붙으며 팔짱을 꼈다.

“내가 부축해 줄게.”

“필요없어.”

“뭐가 필요없어? 이렇게 절뚝거리면서.”

순간 은소소가 장난스러운 표정을 지었다. 그 표정을 확인한 자엽령이 그녀의 행동에 두 눈을 동그랗게 떴다.

그는 얼굴을 붉히며 다급히 외쳤다.

“뭐, 뭐 하는 거야?”

그러자 은소소가 엄마가 아이를 다루듯 말했다.

“가만있어.”

말과 함께 그녀는 자엽령을 안아 들었다. 남자가 여자를 안을 때의 행동 그대로였다.

“이거 놓지 못해?”

“가만있으라니까. 아니면 화낼 거야.”

“…….”

“내가 편하게 모셔다 줄 테니 잠이나 한숨 자둬.”

그녀는 자엽령을 안은 상태로 경공술을 펼쳤다. 애뇌산을 향해서였다.

자엽령의 예측대로 애뇌산에는 아무도 없었다. 하지만 자엽령은 시간을 아끼기 위해 계속 길을 재촉했다. 다른 문파에서 애뇌산의 일을 조사하기 위해 조사단을 파견해 올 것이 분명했기 때문이다.

‘어떻게 한다?’

자엽령은 적혈검을 숨겨놓은 장소를 찾으며 곰곰이 생각에 빠졌다. 전노아와 맹주의 말대로 혼자서 혈교에 복수를 하기란 힘들 것이기 때문이다.

‘차라리 천왕교의?’

순간 강한 욕심이 일어나는 것은 어쩔 수 없었다. 천왕교라면 현 무림 최강의 세력. 그 힘을 빌릴 수 있다면 복수가 가능할지도 모른다는 생각이 들었던 것이다.

'하지만 교주가 되고 복수를 한 다음은?'

끝내 천왕교라는 울타리에 갇힐 수밖에 없을 것이 분명했다.

그는 고개를 저었다. 우선 적혈검을 찾아 신화성을 찾아가는 것만 생각하기로 했다. 신화성을 찾아 강해진 다음에 수호문에 몸을 담을지, 천왕교의 힘을 빌릴지를 판단해도 늦지 않는 것이다.

그때 은소소가 말했다.

"저긴 것 같애. 저기가 가가를 발견했던 곳이야."

말과 함께 은소소는 자엽령이 쓰러졌던 곳으로 급히 걸어갔다. 자엽령은 아직도 그녀의 품에 안겨 있었다. 오는 데 삼 일이라는 시간이 걸렸지만 그동안 은소소는 잘 때와 먹을 때를 제외하고는 자엽령을 항상 안아 들고 이동했다. 그 때문에 마을을 지나칠 때는 사람들의 비웃음을 사는 일을 감당해야 했던 자엽령이었다.

자엽령은 주위를 두리번거렸다. 그리고는 한곳을 가리켰다.

"저쪽으로 계속 가봐."

"알았어."

십여 장 정도를 걸었을까? 자엽령이 큰 고목 하나를 가리켰다.

"저기."

은소소가 그곳으로 가자 고목에 나 있는 구멍을 볼 수 있었다. 자엽령이 구멍을 보며 말했다.

"내려줘."

"괜찮겠어?"

“이 정도는 움직일 수 있어.”

하지만 은소소는 걱정스런 표정을 감추지 않았다.

“조심해.”

자엽령은 그녀의 말을 귓등으로 흘려들으며 고목의 구멍을 살폈다. 그러자 보였다, 붉은빛이!

순간 자엽령이 손에 내력을 불어넣으며 곧장 나무 중단을 가격했다. 그러자 ‘팡’ 하는 소리와 함께 나무가 지지직거리며 넘어가기 시작했다.

콰당!

나무가 완전히 땅에 눕자 부러진 단면에 붉은빛을 은은히 발하는 적혈검이 모습을 드러냈다. 그는 바로 적혈검을 잡아 올리며 검신을 확인했다. 그러자 무림에 떠도는 소문대로 검신에 지도 같은 것이 새겨져 있음을 알 수 있었다. 반대편 검신에는 알 수 없는 글자가 새겨져 있는 것도.

문제는 그 지도가 어느 위치를 가리키는지 알 수 없다는 것.

아무리 살펴도 알고 있는 지형이 아니었기에 자엽령이 은소소에게 보여주며 물었다.

“여기가 어딘지 알 수 있겠어?”

“글쎄… 이렇게 봐서는 모르겠어. 중원 지도를 구해서 대조해 보면 알 수 있겠는데…….”

“어쩔 수 없군.”

“……?”

“인근에 있는 가장 큰 마을로 가자. 그곳에서 지도를 구해서 대조해 봐야지.”

"알겠어."

대답과 함께 그녀가 다시 자엽령을 안아 들었다.

"이젠 혼자 걸을 수 있으니……."

"혼나고 싶어?"

그녀는 자엽령을 째려보더니 그대로 경공술을 발휘해 애뇌산을 빠져나갔다.

작은 마을에서는 중원의 지리가 자세히 그려진 지도를 구하기가 쉽지 않았다. 그래서 결국 애뇌산에서 북쪽으로 이백 리나 떨어진 신애(辛艾)라는 곳까지 갈 수밖에 없었다.

"여기 있습니다."

상점 주인은 지도를 건네면서도 연신 은소소의 몸을 훑어보았다. 운남이야 원래 묘족이라 불리는 소수민족들로 구성되어 있기에 그녀의 복장이 크게 이상할 리는 없겠지만 정작 그의 시선을 끈 것은 바로 은소소의 외모였다. 한 번 보면 눈길을 돌릴 수 없게 만들고 있었다. 그것은 상점 주인뿐만이 아니었다. 그때 들어왔던 모든 손님들이 그녀를 힐끔힐끔 쳐다보며 얼굴을 붉히기 일쑤였다.

"고마워!"

은소소는 사람들의 시선에는 신경 쓰지 않고 지도에 대한 값을 지불한 후 바로 상점을 빠져나왔다. 자엽령이 기다리고 있었기 때문이다. 자엽령의 몸이 많이 좋아지기는 했지만 외상이 아직 심해 움직이는 데는 불편했다.

은소소가 상점을 빠져나가자 상점 주인은 문밖까지 따라나와 멍하니 그녀의 모습이 사라질 때까지 눈을 떼지 못했다.

“저런 마누라 한 명 얻으면 소원이 없겠구먼.”

입맛을 다시던 그가 화들짝 놀랐다. 갑자기 누군가가 그의 어깨를 쳤기 때문이었다.

“너 같은 놈은 꿈도 꿀 수 없는 여자다.”

점주가 놀라 뒤를 돌아보고는 더욱 놀란 표정을 지었다. 그리고 순간적으로 머리를 스치는 생각은 ‘재수없다’였다.

그는 두려운 표정으로 사내를 바라보았다. 고급스런 비단 청의에 검을 차고, 뒤에는 호위들을 주렁주렁 달고 있는 모습. 평소와 다름없이 여전했다. 제령문주의 후광을 업고 신애거리를 자기 집 앞마당인 양 활보하는 건방진 모습도…….

“여, 여기는 어쩐 일입니까요, 자청(自菁) 공자님?”

삼십대 후반이지만 아직 결혼을 하지 않았으니 신애에서는 모두들 공자라 불렀다.

자청 공자라 불린 사내가 인상을 팍 썼다.

“네가 그걸 알 처지라고 보느냐?”

“아, 아닙니다요. 그저…….”

“그저 뭐? 뭔 말을 하고 싶은데?”

살기 어린 그의 시선에 점주는 고개를 푹 숙였다. 걸려도 된통 걸렸다는 생각이 들었던 것이다.

하지만 오늘 그는 운이 좋은 모양이었다. 거리의 알아주는 불량배, 자청이 그에게 관심이 없어 보였던 것이다.

자청은 방금 전 가게를 나간 여인에게 관심을 드러내고 있었다. 그 또한 은소소를 본 모양이었다.

“아까 그 소저의 이름이 무엇이냐?”

점주가 내심 다행이라 생각하며 머리를 긁적였다.

"저도 잘 모르겠습니다요."

"신애에서는 처음 보는 소저인데, 여행객이냐?"

"그, 그런 것 같습니다요. 저도 오늘 처음 봤으니까요."

"그래?"

자청은 음흉한 미소를 지어 보였다. 그것을 살핀 점주는 오늘 또 아름다운 여인의 인생이 망쳐지는구나, 라는 생각을 했다. 신애를 지나치던 여인들이 자청과 그의 수하들에게 희롱당하는 일이 종종 벌어졌기 때문이다. 자청의 표정만으로도 점주는 오늘도 여느 때와 같은 일이 벌어질 것이란 것을 확신했다.

자청이 점주를 보며 으르렁거렸다.

"오늘 바쁘니 이만 가겠다만, 다음부터 조심하거라."

도대체 뭘 잘못했다는 것인지 모르겠지만 점주는 고개만 꾸뻑 숙여 보일 뿐이었다.

"알겠습니다요."

그 모습에 흡족한 듯 웃은 자청은 급히 은소소가 사라진 곳을 향해 걸어갔다. 그 뒤로 십여 명의 무사가 뒤를 따랐다.

"많이 기다렸지?"

식당에서 차를 마시고 있던 자엽령에게로 은소소가 다가왔다.

"지도는?"

"여기."

자엽령은 지도를 받아 펼쳐 보았다. 그 모습에 은소소가 삐친 듯 볼을 부풀렸다.

"이걸 찾는다고 얼마나 돌아다녔는데, 수고했다는 말도 안 해?"

"아! 수고했어."

쳐다보지도 않고 하는 그의 말에 은소소는 더욱 인상을 썼다. 하지만 자엽령은 신경도 쓰지 않았다. 연신 눈을 굴리며 지도를 살필 뿐.

순간 은소소가 지도를 뺏어 들었다.

"무슨 짓이야?"

"나중에 봐!"

"바쁘니까 식사나 하고 있어."

"정말 그럴 거야? 내가 이 정도 고생을 했으면 보답이 있어야 하잖아."

"보답?"

은소소는 당연하다는 듯 고개를 끄덕이며 대답했다.

"가가랑 하고 싶은 게 얼마나 많을 줄 알아? 내가 뭣 때문에 가가랑 같이 다니려고 하는데?"

"……!"

의기소침한 듯한 그녀의 표정에 자엽령은 대답없이 한숨을 쉬었다.

'같이 다니는 게 아니었어.'

하지만 후회는 이미 늦어 있었다.

'어쩔 수 없군!'

그는 생각과 함께 몇 시진 정도는 그녀가 원하는 것을 들어줘도 상관없을 것 같아 고개를 끄덕였다.

"알겠다, 알겠어. 뭘 하고 싶어?"

그의 말에 은소소가 활짝 웃어 보였다.

"우선 목욕부터 하고, 옷을 사러 가자! 지금 가가 몰골이 말이 아니야.”

“몰골?”

자엽령은 물음과 함께 의아함을 느끼며 자신을 내려다보았다. 그러고 보니 며칠 동안 씻지도 못했고, 옷은 더럽게 얼룩져 있어 냄새가 나는 것 같았다.

“알겠어. 그 다음엔?”

간단히 허락한 그를 향해 은소소가 말했다.

“나도 옷 살 거니까 같이 따라다녀 줘.”

“여자 옷을 사는데 나보고 따라다니라는 말?”

“가가가 좋아하는 옷을 입고 싶으니까 그렇지. 아무튼 약속했으니까 해줘야 해. 그리고 저녁에는 분위기 좋은 술집에서 방을 잡아서 둘이 술 마시자.”

“흐음!”

잠시 생각하던 자엽령이 고개를 끄덕였다. 사내가 여자 옷을 사러 따라다닌다는 게 내키지는 않았지만 크게 문제 될 것은 없었기 때문이다.

그의 허락에 은소소가 뛸 듯이 기뻐했다. 그녀는 식사를 시키지도 않고 곧장 점소이에게 목욕 준비를 시켰다.

목욕을 마친 자엽령은 투덜거리며 식당을 나섰다. 목욕을 할 때 은소소가 들어와 씻겨주겠다는 웃지 못할 일이 벌어졌기 때문이었다. 간신히 그녀의 호의(?)를 거절한 자엽령이지만 그녀와 있으면 난감한 일이 한둘이 아니라는 생각에 은근히 앞날이 걱정되는 그였다.

여하튼 목욕을 마치고 거리로 나온 자엽령은 은소소가 골라주는 멋진 옷 한 벌을 구해 입었다. 자엽령으로서는 한 번도 입어보지 못한 고급스런 비단옷이었다.

깔끔한 복장에 아름다운 외모까지 더하자 은소소가 감탄을 했다.

"와! 가가, 너무 멋있어."

"다, 다행이군."

자엽령은 대답과 함께 씁쓸한 표정으로 점포를 나섰다. 그리곤 은소소의 옷을 고르기 위해 이리저리 돌아다녀야 했다.

은소소는 옷 가게를 십여 군데나 돌아다니며 자엽령을 귀찮게 했다. 몸이 아직 불편함에도 은소소가 조금만 고생하라는 말에 자엽령은 어쩔 수 없이 그녀의 옷을 골라주어야 했다. 대부분 마음에 든다는 말이었지만…….

한참 동안 돌아다닌 끝에 은소소는 두 번째로 찾았던 옷 가게로 다시 가기를 원했다. 그러자 자엽령이 고개를 저었다.

"도저히 안 되겠어. 난 여기서 쉬고 있을 테니 네가 사고 싶었던 옷을 사 와. 뭘 입어도 잘 어울려."

"그렇게 힘들어?"

"그래."

퉁명스럽게 대하는 자엽령을 유심히 살피던 은소소가 아쉬운 표정을 드러냈지만 어쩔 수 없다는 듯이 고개를 끄덕였다.

"알겠어. 그럼 잠시만 기다려. 금방 올게."

대답과 함께 그녀는 급히 사람들 사이로 사라져 버렸다. 그것을 보던 자엽령의 표정에 회심의 미소가 어렸다. 그녀와 작별할 시간이라고 생각했기 때문이다.

그는 은소소가 사라지기 바쁘게 걸음을 옮기기 시작했다. 아직 몸이 불편했기에 약간의 무리가 뒤따를 거라 생각했지만 어쩔 수 없었다.

멀리 도망가기는 무리더라도 잠시 몸을 숨긴다면 괜찮을 것 같았기 때문이다.

걸음을 떼자 움직이는 데 많은 제약이 뒤따랐지만 그는 상관없었다. 그런데 채 다섯 걸음도 떼기도 전에 멈춰야 했다.

"잠깐 같이 가주실까?"

갑자기 다섯 명의 무사가 그의 앞을 막아서더니 이내 그를 둘러쌌다.

자엽령의 인상이 구겨졌다.

"뭐냐?"

"잠깐 네 몸을 빌리고 싶어하시는 분이 계시다."

말과 함께 무사들이 자엽령의 팔짱을 꼈다.

"날 빌려야 할 분?"

의아함이 들었던 자엽령이 무사들의 복장을 살폈다. 하지만 처음 보는 복장이었다. 몸에서 풍기는 기도로 보아 수준 이상의 실력을 갖추고 있는 것 같았지만, 그렇다고 그렇게 뛰어나 보이지도 않았다.

"누구지?"

"가보면 알 일. 조용히 따라오면 아무 짓도 하지 않을 게다."

자엽령은 가소롭다는 듯 비소를 흘렸다. 하지만 자신을 빌려야 할 사람이 누구인지 약간의 궁금증이 들었던 데다, 잘하면 은소소를 완전히 따돌릴 수 있을 것 같았기에 그들이 하는 대로 따랐다.

그들이 자엽령을 끌고 간 곳은 번화가에서 삼 리나 떨어진 폐가였다. 거의 쓰러져 가는 것이 한참 동안 사람이 살지 않았던 곳 같았다.

"날 빌리고 싶다는 사람은 어디 있지?"

그의 말에 대답하듯 폐가에서 이십대 후반 정도의 사내가 모습을 드러냈다. 입고 있는 옷으로 보아 꽤나 풍요로운 생활을 하는 부잣집 도령의 풍모가 풍겼지만 생긴 것은 아니올시다였다.

"내가 널 불렀다."

사내는 말과 함께 자엽령을 아래위로 훑어보며 말을 이었다.

"보아하니 글줄깨나 읽은 서생 같은데, 어떤 관계냐?"

"어떤 관계?"

"그래. 그녀와 어떤 관계냐고 묻고 있는 거다."

"그녀?"

"멍청한 놈. 너와 같이 다니던 그 소저 말이다."

그제야 자엽령은 이자가 왜 자신을 데려왔는지 알 수 있었다.

"소소에게 관심이 있나?"

"소소?"

순간 사내의 표정이 밝아졌다. 하지만 그 표정은 이내 음흉한 미소로 번졌다.

"흐흐, 이름도 예쁘군. 그럼, 이제 말해보실까?"

"……?"

"어떤 관계냐고 물었던 것 같은데…….'

자엽령으로서는 별일 아닌 일이었기에 심드렁한 말투로 대답했다.

"직접 물어봐."

순간 사내의 표정이 일그러졌다. 그러면서 자신을 소개했다.

"난 자청이라고 한다. 내 이름을 신애에서는 모를 수가 없지. 왜냐고? 제령문의 문주님이 내 아버님이시기 때문이다."

자엽령은 뜬금없는 자기소개에 '그래서 어쩌라고?' 라는 표정을 지어 보였다. 왜 소개하냐는 그의 표정이 노골적으로 비춰졌기에 자청이 오히려 난감한 표정을 드러냈다. 하지만 이내 험악하게 인상을 쓰며 말을 이었다.

"말했듯이 신애에서 날 거스를 수는 없다는 뜻이지."

"그래서?"

"놈! 아직도 분위기 파악을 못하는군! 너랑 그 소저랑 그렇고 그런 관계인 것 같은데, 이제는 볼짱 다 봤다는 거지."

말과 함께 그가 나직이 읊조렸다.

"나에게 넘겨라! 흐흐, 물론 싫어도 어쩔 수 없을 거지만."

음침한 웃음을 흘린 그는 무사들에게 손짓을 했다. 그러자 무사들이 자엽령을 향해 원을 그리듯 자리잡으며 검집에 손을 가져갔다. 위협적인 행동으로 자엽령을 굴복시키려는 수작이었다.

그들의 행동에 자엽령은 속으로 한심해했다. 무공을 익힌 무인이라는 녀석이 동네 건달들이나 하는 짓거리나 하고 있으니…….

속으로 혀를 찬 그가 한숨을 쉬며 말했다.

"좋을 대로 해, 난 상관없으니까."

"뭐?"

약간의 반항이라도 할 줄 알았던 자청이 눈을 동그랗게 떴다. 자신이 봤을 때 소소는 목숨을 걸어도 좋을 만한 미녀였다. 쉽게 찾아볼 수 없는 그런 여인이었던 것이다. 자엽령을 일부러 데려온 것도 그것 때문이었다. 보통 때 같았으면 이런 귀찮은 수고를 할 필요도 없이 여자만 납치해 일을 저질렀을 그였던 것이다. 그런데 앞의 서생 같은 놈은 자신의 여자를 마음대로 하라고 하니 황당할 수밖에.

"너 사내 녀석 맞냐?"

자엽령이 어깨를 으쓱했다.

“딱 봐도 한주먹 거리도 안 되겠지만, 그래도 글줄깨나 읽은 사내 녀석이라면 자신의 여자를 지키는 시늉이라도 해야 할 것 아니냐!”

말을 하면서도 자청은 고개를 절레절레 저었다.

“하여간 글 좀 익히고, 머리깨나 돌리는 녀석들은 이래서 안 돼! 무릇 사내란…….”

설명이 길어질 것 같자 자엽령이 그의 말을 끊었다.

“이봐! 난 상관없으니 마음에 들면 최선을 다해 그녀를 쟁취해! 난 이만 바빠서 갈 테니까.”

말을 툭 던지고 돌아서려는 그를 향해 자청이 외쳤다.

“잠깐!”

“……?”

“내가 왜 널 여기 데려왔다고 생각하나?”

“…….”

“넌 그녀를 여기로 모셔오게 할 중요한 미끼라는 걸 모르는 것은 아니겠지? 넌 납치된 거야! 지금쯤 내 수하들이 그녀를 이곳으로 데려오고 있을 거다.”

“훗!”

자엽령은 가소롭다는 듯 비소를 흘렸다.

“그러고 보니 나도 그냥 갈 처지는 아니군.”

말과 함께 자엽령이 한쪽 어깨에 메고 있던 짐을 바닥에 조심스럽게 내려놓았다. 그러자 그가 하는 양을 지켜보고 있던 자청이 뚱한 표정을 지었다.

“뭘 하는 거냐?”

“그녀를 데려올 거라 했으니, 내가 어디로 갔는지 말할 것이 아닌가?”

“하하하, 네놈이 어디 갈 수 있을 거라고 생각하냐?”

“물론!”

짧은 대답과 함께 자엽령의 모습이 사라져 버렸다.

순간 그의 흔적이 감쪽같이 사라지자 자청과 무사들이 두 눈을 깜빡였다. 그리고 경악성!

“헉! 언제?”

자청은 불신이 가득한 눈으로 자신의 옆에 서 있는 자엽령을 바라보았다. 하지만 그가 그러든 말든 자엽령은 상관하지 않았다. 단지 주먹으로 그의 복부를 내지를 뿐이었다.

퍽!

부상을 입어 몸을 움직이기 불편함에도 내력이 실린 자엽령의 주먹은 자청에게는 살인 무기나 다름없었다. 무공을 익힌 그였지만 호신강기를 만들어 몸을 보호할 정도의 실력은 아니었기 때문이다.

“크윽!”

자엽령의 한 방에 자청은 바닥에 고꾸라지며 신음을 흘렸다. 그리고는 분노에 찬 표정으로 자엽령을 가리켰다. 복부를 가격당했기에 말은 나오지 않았지만 반쯤 죽이라는 명이었다.

그의 손짓을 알아들었는지 무사들이 일시에 자엽령을 향해 달려들었다. 그리고 자청으로서는 절대 벌어지지 말아야 할 일이 벌어지고 말았다.

퍼퍼퍽!

자엽령의 모습은 보이지 않았다. 단지 나타났다 사라졌다 하는 신비한 느낌만 주었을 뿐이다. 자청으로서는 무슨 분신술을 보는 그런 느낌이었다. 그리고 그것을 채 느끼기도 전에 상황은 끝나 있었다. 그를 따르던 무사들이 모두 바닥을 뒹굴고 있었던 것이다.

탁탁!

자엽령은 손을 털며 자청에게 다가갔다. 순간 자청의 표정이 핼쑥해졌다. 이 상황을 어떻게 해결해야 할지 난감할 뿐이었다. 조금 사는 집에서 글공부나 하던 서생인 줄 알았는데 이건 뭐 생전 본 적도 없는 고수였으니…….

하지만 그를 더욱 난감하게 한 것은 자엽령의 표정이었다. 비소를 흘리고 있는 그 모습이 악마처럼 잔인하게 보였기 때문이다. 흡사 사냥감을 어떻게 요리할까 고민하는 표정이었던 것이다.

자엽령이 지척까지 다가오자 갑자기 자청이 급히 무릎을 꿇었다. 그리고는 넙죽 바닥에 절을 했다.

"고, 고인을 몰라 뵀습니다. 한 번만 용서를!"

그 행동에 걸음을 멈춘 자엽령이 피식 웃었다.

"안 그래도 몸이 성치 않은데 수고로움까지 겪게 했으니 그만한 대가는 있어야 하지 않을까?"

자청이 진땀을 흘리며 대답했다.

"마, 말씀만 하십시오. 목숨만 살려주신다면 뭐든 하겠습니다."

"좋아. 그럼, 그녀가 오면 이 말을 전해라."

"어떤……?"

"하남의 기현(杞縣)에 급한 볼일이 있어 먼저 갈 것이니 따라오라고 말하면 된다."

"하남의 기현, 하남의 기연!"

자청은 잊지 않겠다는 듯 계속 되뇌었다.

"알겠습니다. 꼭 그리 전하겠습니다!"

“그리고, 잠깐!”

돌아서려던 자엽령이 갑자기 부르자 자청이 움찔했다.

“내가 지금 가진 돈이 없는데…….”

순간 자청이 품속을 뒤지더니 주머니 하나를 꺼내 자엽령에게 건넸다.

“얼마 안 됩니다만 여비로 쓰십시오.”

“고맙군.”

자엽령은 말과 함께 주머니를 받아 품속에 넣었다. 그리고는 곧장 그곳을 벗어나 버렸다.

第二章

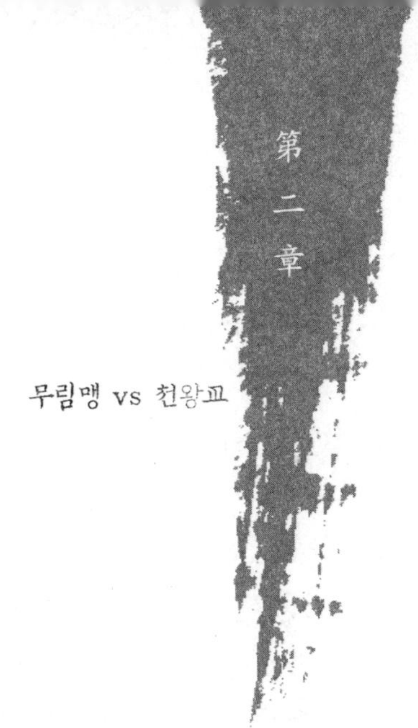

홍의를 입은 늙은 여인이 급히 실내로 들어왔다. 실내는 방이 두 개로 나뉘어져 있는데, 하나는 여인이라고 보기에는 수상할 정도의 기운을 풍기는 미녀들이 양옆으로 기립해 있었고, 다른 방에는 발이 쳐져 있어 무엇이 있는지 자세히 보이지 않았다. 바로 혈화궁주의 방이었다.

여인은 방에 들어서기 바쁘게 맞은편 발 앞에서 부복하며 급보를 전했다.

"우려하던 결과가 드러났습니다."

그녀의 말에 발 안쪽에서 온화하면서도 은근히 힘이 실려 있는 궁주의 목소리가 이유를 요구했다.

"우려하던 결과라면?"

"네. 천왕교의 양 호법께서 전서를 보내왔습니다."

“흐음!”

발 안쪽에서 침음성과 함께 잠시 정적이 흘렀다.

얼마 동안 침묵이 이어졌을까? 지루할 정도의 시간이 지났다고 생각됐을 때, 이윽고 궁주의 목소리가 다시 들려왔다.

“그들을 도와주는 것이 도리이기는 하나, 천왕교와 같이 무너질 수는 없는 일.”

명확한 대답이었지만 늙은 여인은 난감하다는 듯 입을 열었다.

“하지만 그들의 요구를 뿌리칠 수는 없지 않습니까.”

“정확히 천왕교주의 요구겠지.”

“하오면…….”

“생각하는 바와 같다. 분명 천왕교주에게 무슨 일이 생겼다는 것이지. 그렇지 않고서야 이런 중요한 부탁을 교주가 아닌 일개 호법이 할 리가 없다.”

늙은 여인도 고개를 끄덕였다. 처음부터 이상하게 생각했던 부분이었던 것이다.

“그래도 완강히 뿌리치기에는 석연치 않은 부분이 있지 않습니까?”

“그렇지. 답신을 보내라.”

“어떻게 보낼까요?”

“지금은 귀 교나 본 궁의 사정이 맞지 않으니 차후 기회를 봐서 도와주겠다고.”

“단지 그렇게만 전하면 되겠습니까?”

“마지막에는 열흘 후 다시 연락하겠다는 말도 넣거라.”

“알겠습니다.”

대답은 했지만 늙은 여인은 조금 이해가 가지 않는다는 표정이었다.

슬며시 자리에서 일어서며 물었다.

"한데 왜 열흘 후에 다시 연락을 하겠다는 것인지……."

궁주는 그에 대해 말하지 않았다. 다만 여러 가지 명령을 내릴 뿐이었다.

"천왕교에 연락을 넣은 후 즉시 수라교의 인근에 있는 궁녀들에게 그들의 움직임을 파악하게 해라. 보고 시간은 한 시진마다. 보고 내용은 그들의 일거수일투족 모두 다."

"알겠습니다."

늙은 여인은 방을 빠져나오며 고개를 끄덕였다. 그제야 궁주의 뜻을 알아차린 것이다. 궁주는 수라교의 행동에 따라 차후 문제를 결정하려는 것이 분명했다. 그것은 천왕교와 수라교의 관계 때문이었다.

천왕교와 수라교의 관계는 남달랐다. 수라교가 오래전 무림맹과 치열한 전투로 위기에 몰렸을 때 천왕교주가 위험을 무릅쓰고 그들을 도와주었기 때문이다.

하지만 그 이후로는 두 세력 간에 별 내왕이 없었고, 또 시간이 많이 지났기에 무림에서는 그들의 관계에 크게 비중을 두지 않고 있었다. 하지만 천왕교와 관계가 깊은 혈화궁은 알고 있었다, 당시 수라교주가 천왕교주 덕분에 목숨을 구했다는 것과 남몰래 천왕교와 수라교 간의 은밀한 거래가 있었다는 것을.

하지만 세상일, 특히 인간의 일은 아무도 모르는 법. 혈화궁주는 그것을 염두에 두고 있는 것이 분명했다. 만약 수라교가 천왕교의 위기를 모른 척해 버린다면 혈화궁이 나서봤자 밑 빠진 독에 물 붓기가 될 수 있기 때문이다. 뿐만 아니라 지금까지 상당한 손실을 감수해 가며 정파와 쌓아왔던 친분이 모두 허사로 돌아갈 수도 있었다. 최악의 상황으로는 천왕교가 무너진 후 혈화궁에 그 화살이 돌려질 가능성도 있다고 봐야 한다.

여인은 급히 자신의 집무실로 돌아와 서신 두 장을 썼다. 하나는 천왕교에 보내는 것, 또 다른 하나는 수라교를 감시할 궁녀들에게 보내는 것이었다.

마지막으로 그녀는 궁주가 간과한 것이 있다는 것을 알아채고는 하나를 더 썼다. 그것은 천왕교 총단이 있는 옥화산, 그 근처에 있는 궁녀들에게 보내는 것이었다. 혈화궁의 궁녀로서 중원에 퍼져 있는 기루의 기녀들과 정보원으로는 자세한 옥화산의 사정까지 알아올 수는 없겠지만 분명 대략적인 전세는 파악할 수 있을 것이다.

잠시 후, 비둘기라고 보기에는 무리가 있는 거대한 새 세 마리가 하늘을 갈랐다.

늙은 여인이 서신을 쓰고, 그것을 전서구에 달아 천왕교를 향해 날리는 그때, 혈화궁주는 다른 여인에게 걱정스럽게 물었다.

"아성의 상태는?"

"아직 깨어나지 못하고 있습니다."

그녀의 보고에 혈화궁주는 한숨을 쉬었다. 애뇌산에 천냉화와 묘, 그리고 아성을 보냈고, 다행히 천냉화는 무사할 수 있었지만 남은 두 제자는 그렇지 못했기 때문이다. 특히 아성의 상태가 심각했다.

천냉화가 무사할 수 있었던 것은 애뇌산에 들어가기도 전에 살막 등의 공격을 받아 피해를 입었기 때문이다. 그녀에게는 오히려 천행이라고 해야 했다.

적은 수로 애뇌산에 들어가 봐야 크게 도움이 되지 않을 것 같아 아성과 묘만 적혈검을 찾으러 보냈고, 그녀는 지휘 체계를 유지한 채 애뇌산의 입구에서 퇴로를 확보하기로 했던 것이다.

애뇌산에 들어갔던 묘와 아성은 그녀들을 따르는 혈화궁녀들과 함께 벽력탄에 고스란히 당할 수밖에 없었다. 직격은 아니었지만 벽력탄이 워낙 많이 터지는 통에 아성은 심각할 정도로 내상을 입은 채 돌아왔다.

묘 역시 무사하지 못했다. 벽력탄이 터지는 곳에서 멀리 떨어져 있어 몸에는 이상이 없었지만, 문제는 애뇌산이 붕괴되고 난 후에 나타난 의문의 혈의인들이었다.

그 때문에 그녀는 깊은 부상을 입었지만 그녀를 지키기 위해 수많은 궁녀들이 피를 흘렸기에 살아 나올 수는 있었다.

"묘는 좀 괜찮아졌느냐?"

"네. 다행히 내상이 심하지 않았고 외상도 그리 깊지는 않았습니다. 지금은 천수궁에서 요양을 하고 있는 중입니다. 천냉화 천녀님께서 애뇌산 밖에서 기다리고 계시지 않았다면 모두 무사할 수는 없었을 것입니다."

"모두 천행이 따랐던 게지."

여인이 고개를 끄덕이며 수긍했다.

"하늘이 도우신 것은 분명합니다."

"그래, 혈의인들에 대한 정보는 있더냐?"

"지금 조사 중에 있습니다만 아직은……."

"도대체 어떤 작자들이 애뇌산 전체를 무너뜨리려 했던 것일까?"

혈화궁주는 말을 하고도 어이가 없는 듯 한동안 혀를 찼다. 잠시 후 그녀가 물었다.

“너는 누구의 소행이라고 생각하느냐? 정말 무림맹의 말대로 천왕교의 소행일까?”

“전혀 신빙성이 없다고는……. 살아 나온 자들 중에 애뇌산에서 천왕교의 천룡대가 무림인들을 학살하는 것을 목격한 자들도 있으니까요.”

“과연 천왕교가 그렇게 무모할까?”

“…….”

“여하튼 내 생각에 천왕교는 이번 일의 희생양일 뿐이야. 무슨 이유인지 모르겠지만 법왕들의 눈총을 받고 있는 천왕교는 절대 그런 일을 벌일 수 없는 입장일 테니까. 맹으로서는 잘 걸린 셈이지.”

“그럴지도 모르죠.”

“우선 빨리 혈의인들이 누구인지 파악하는 것이 중요하다. 그에 대해 인원과 자금을 아끼지 말도록 천 장로에게 전하거라!”

“알겠습니다.”

*   *   *

무림맹의 기세는 대단했다. 옥화산에서 십육로를 통해 천왕교의 총단을 향해 진격 중이기 때문이다.

팔로는 무림맹의 황맹대를 책임지고 있는 양원룡 장로가, 남은 팔로는 청맹대를 이끌고 있는 오장각 장로가 총작전관으로서 임무를 다하고 있었다. 뿐만 아니라 구파일방 중 아미, 무당, 소림, 청성, 개방에서 자체적으로 고수들 투입해 무림맹을 도와주는 덕에 그 기세는 하늘을 찌를 듯했다. 각각 삼백여 명씩 투입한 그들의 힘을 무시할 수 있는 사

54

람은 아무도 없었다.

"어떻게 됐나?"

일로부터 팔로까지의 작전관으로서 책임을 지고 있던 양원룡 장로의 물음에 청맹대의 대주, 장석이 대답했다. 그들 팔로는 옥화산의 남쪽, 여덟 길을 각자 맡아 진격하며 연락을 주고받고 있었다.

"육로를 맡았던 파원문, 진대문, 잠신문, 대룡문, 천웅방에서 한 시진 전에 천왕교의 호신곡을 장악했답니다."

"잘됐군. 나머지 육로는?"

"일로, 삼로, 오로는 아직도 대치 중이고 이로와 사로는 지금 한창 교전 중, 칠로는 이미 천주협곡을 장악한 후 약속 장소에 도착해 진을 짜고 있다고 합니다."

"확실히 아미와 소림 등이 도와준 칠로가 가장 빨리 약속 장소에 도착했구나."

"그들의 힘은 막강하니까요. 그리고 이번에 아미파와 개방에서 이로와 오로를 돕기 위해 이동 중에 있다고 했으니 그쪽 길도 조만간 뚫릴 것으로 보입니다."

말과 함께 장석이 은근히 조바심을 내며 물었다. 맹에서 대원들과 수련만 했을 뿐 몇 년간 전투다운 전투를 해본 적이 없는 그로서는 실력 발휘를 하고 싶어하는 것이 당연했다.

"우리 팔로는 언제 움직입니까?"

그의 표정을 살핀 양원룡 장로가 이해한다는 듯 미소를 지었다.

"여기는 팔로의 중심이다. 섣불리 움직여 피해를 입는다면 다른 칠로가 모두 흔들릴 수가 있다. 그러니 움직임을 무겁게 해야 할 일. 하지만 남은 칠로가 모두 약속 장소에 모이게 된다면 그때 개방과 소림의 힘을 더해 동시에 진하곡을 뚫을 것이다. 그러니 그때까지 대원들 관리를 잘하도록 하거라."

"알겠습니다."

"참! 오장각 장로에게서는 연락이 있더냐?"

오장각 장로가 맡았던 팔로는 옥화산의 북쪽에서 진격하기로 되어 있었다. 그렇기에 자주 연락을 취하기가 힘들 수밖에 없었다. 중간에 천왕교의 총단이 자리잡고 있었기 때문이다.

"아직 특별한 연락이 없었습니다만 그곳도 크게 문제없을 것으로 사료됩니다. 이곳 팔로보다 인원수가 많은 데다 무당과 청성파가 따로 그들을 돕고 있으니까요. 조만간 좋은 소식이 있을 겁니다."

"그래야겠지."

두 사람은 결연한 표정을 지으며 승리를 장담했다.

그때 천왕교는 불안에 휩싸이고 있었다.

천왕교의 천승각에 상당한 마기를 풍기는 무사 한 명이 급히 들어와 곧장 천승각의 회의실로 향했다.

회의실에는 빈 탁자를 지키고 있는 양성붕 호법만 자리에 앉아 있었다. 나머지 간부들은 십육로로 공격해 들어오는 적들을 막기 위해 동분서주하고 있었기 때문이다.

"무슨 일이냐?"

다급한 무사의 표정을 보고 양성붕 호법이 먼저 물었다.

무사는 호법에 대한 예를 차리기 위해 우선 한 호흡 숨을 삼킨 후 침착하게 보고를 올렸다.

"호신곡이 무너졌습니다. 그리고 아미파와 개방도들이 다시 샛길로 움직이기 시작했습니다. 조만간 다른 곳도 무너질 듯합니다."

그 말에 양성붕이 한숨을 쉬었다.

"아직 적들의 수를 파악하지 못했느냐?"

"워낙 여러 곳으로 공격해 들어오는 바람에 정확한 인원 파악이 불가능합니다. 대략 일만에서 이만 사이 정도로만 추측될 뿐입니다."

"수라교에는 아직도 연락이 없더냐?"

무사는 굳은 표정으로 고개를 저었다.

"아직 연락이 오려면 시간이 걸릴 겁입니다. 차라리 천수대, 천강대, 천룡대, 천귀대, 천령대를 투입하는 것이 어떻겠습니까? 이대로 가다가는 총단까지 밀릴지도 모릅니다."

하지만 양성붕은 무겁게 고개를 저었다.

"그럴 수 없다. 최후의 최후까지는 그들이 투입되어서는 안 된다. 섣부른 움직임으로 그들에게 조금의 손실이라도 생긴다면 총단을 지켜 낼 수가 없게 된다."

"그렇다면 천수대만이라도……."

역시 양성붕은 고개를 저었다.

"그보다 혈화궁은 어찌 되었느냐?"

"아직 연락이 없습니다."

그때였다. 방 안으로 또 다른 무사가 들어와 종이 하나를 건넸다.

"혈화궁과 수라교에서 연락이 왔습니다."

말과 함께 종이를 건네받은 양성붕이 잠시 후 인상을 찌푸렸다. 혈화궁의 서신을 먼저 보았던 것이다.

그의 표정을 보며 무사가 궁금증을 드러냈다.

"무슨 내용입니까?"

양성붕은 서신을 삼매진화의 절기로 태워 버리는 것으로 대답을 대신했다. 그것을 보고 무사는 그들의 도움이 없을 거라는 점을 예측할 수 있었다. 그러는 동안에 양성붕은 수라교에서 온 서신을 보고 있었다.

역시 무사가 궁금증을 드러냈다. 하지만 그는 묻지 않았다. 양성붕의 표정이 약간 밝아지는 것을 발견했기 때문이다.

잠시 후, 양성붕이 무사를 불렀다.

"장료!"

"예, 하명하십시오."

"옥화산을 빠져나갈 수 있겠느냐?"

"이곳 지리를 손바닥 보듯 합니다. 정파의 쓰레기들 실력으로 저를 막을 순 없습니다."

무림에 그 악명을 휘날리던 천왕교의 오대무력세력 중 천수대의 수장을 맡고 있는 그의 대답다웠다.

양성붕은 믿는 듯, 고개를 끄덕이며 명했다.

"지금 즉시 옥화산을 빠져나가 지양에 있는 수라교 분타로 가거라."

"그들을 찾아가 어찌해야 합니까?"

"수라교 일천의 고수들이 분타로 이동 중에 있다고 한다. 그들을 지양에서 만나 옥화산으로 데려오너라."

"일천 명입니까?"

장료의 표정에 약간의 실망스런 기색이 드러날 수밖에 없었다. 수를 알 수 없는 정파의 공격에 풍전등화의 위기로 치닫고 있는 중이었다. 그런데 일천 명의 고수로 얼마나 도움이 될지 회의적일 수밖에 없었던 것이다. 하지만 없는 것보다야 나았다.

그의 표정을 읽은 양성붕이 차분한 어조로 말했다.

"그들로서도 어쩔 수 없을 것이다. 우리 때문에 교의 사활을 걸 수는 없는 일."

"하지만 예전에 우리 천왕교가 그들을 도와주었지 않습니까?"

"맞는 말이다만, 그들을 탓할 수는 없다. 분명한 것은 장기전으로 몰아갈 수만 있다면 더 많은 지원을 해줄 것이라는 점일 뿐."

"그 말씀은 그들이 우리의 힘을 믿지 못하고 있다는 뜻입니까?"

"그럴 수밖에. 법왕들이 따로 놀고 있다는 것을 그들도 알고 있을 테니까. 그리고 교주님에 대한 일도 어느 정도 추측을 하고 있겠지. 그런 상황에서 우리를 믿지 못하는 것이 당연한 것이 아니겠느냐?"

"……!"

"좀 더 많은 지원을 받으려면 무림맹에 뒤처지지 않는 힘이 우리에게 있다는 것을 확인시켜 줘야 하는 것. 그것만이 유일한 길이다. 만약 그렇게 무림맹에 밀리지 않고 장기전으로 갈 수만 있다면 수라교가 좀 더 많은 고수들을 지원해 줄 것이고, 혈화궁에서도 안심하고 지원을 해줄 것이야. 우리가 멸망하는 것을 그들로서도 원하지는 않을 테니까."

장료가 고개를 끄덕였다. 하지만 실망스런 기색은 여전했다.

"알겠습니다. 그들과 함께 옥화산에 도착했을 때 따로 명을 내려주십시오."

말과 함께 그가 사라지자 남은 무사를 향해 양성붕이 물었다.

"엽평은 어찌 됐느냐?"

"여전히 감금 상태이지만 최대한 그의 편의를 봐주고 있습니다."

"잘했네. 계속 감시하게."

그러자 무사가 의문을 드러냈다.

"한데 왜 그자에게 편의를 봐주시라는 건지……?"

"소교주님 때문이다. 어찌 되었든 그의 신변에 문제가 생긴다면 훗날 소교주님을 뵐 면목이 서질 않지 않겠나."

"하지만 그는 소교주님을 납치한 죄인일 뿐입니다."

"어쩔 수 없네. 사람의 마음이라는 것은 아무도 예측을 하지 못하는 거니까. 만에 하나 소교주님께서 그를 아버지로 인정이라도 하는 날에는……."

말을 하던 양성붕이 고개를 절레절레 저었다. 그러면서 다시 확인하듯 물었다.

"옥화산에서 소교주님의 시신을 찾지 못한 것이 확실하겠지?"

"그렇습니다. 옥화산 전체를 뒤졌는데도 찾지 못했다 했습니다. 아직도 찾고 있지만 다행히 없는 듯합니다."

"다행이로세……."

*　　　*　　　*

"연락이 왔습니다."

늙은 여인은 혈화궁주 앞에 부복해 있었다.

"뭐라더냐?"

"수라교에서 은밀하게 일천여 명의 고수가 빠져나갔답니다."

그 말에 혈화궁주는 비소를 흘렸다.

"역시 눈치를 보는군!"

"예전에 무림맹에서 입은 피해를 완전히 복구하지는 못했을 테니 어쩔 수 없는 입장일 겁니다."

“그래도 옛 은혜에 대한 보답치곤 너무 약하다는 것은 부정할 수 없는 사실.”

늙은 여인도 수긍하며 물었다.

“맞습니다. 그런데 우리 혈화궁은 어떻게 할 생각이십니까?”

“수라교의 일천 고수가 천왕교에 합세한다면 상황이 어떻게 바뀔 것 같으냐?”

“글쎄요…… 수라교의 고수들이라면 꽤나 큰 도움이 되리라 생각합니다만 조금은 회의적입니다.”

“나 역시도 그렇게 생각한다.”

“그럼 움직이지 않으시겠다는 말씀입니까?”

그에 대해서 혈화궁주는 뚜렷한 답변을 하지 않았다. 늙은 여인은 그것이 그녀 또한 고민하고 있는 중이라는 것을 경험을 통해 알고 있었다. 아직 궁주도 결정을 내리지 못한 것이 분명했다. 실제로 천왕교를 돕는다는 것은 정파의 공적으로 몰릴 수도 있다는 말이었기에 상당한 무리수가 뒤따를 수밖에 없었다. 하지만 천왕교가 멸망하는 것도 사파로 분류되는 혈화궁으로서는 위협이 될 수 있었다.

늙은 여인은 혈화궁주가 분명히 두 세력 간에 어느 정도 피해를 보는 선에서 그치는 방법을 강구하려는 중일 것이라 확신했다.

괴상한 마을

막바지 여름 더위가 식어갈 무렵, 자엽령은 내리쬐는 태양 빛을 맞으며 걷고 있었다. 다른 지방이었다면 가을의 선선한 바람이 더위를 어느 정도 식혀줘야 정상이겠지만 그가 있는 이곳은 그렇지 못했다. 바로 남해, 바다를 가로질러 남쪽으로 한참을 가야 볼 수 있는 해남도였기 때문이다.

배에서 내린 그는 남만에서나 볼 수 있는 열대 야자수들을 바라보며 해남의 남동쪽 끝인 만녕(萬寧)을 향해 며칠 동안 쉬지 않고 길을 재촉하고 있었다.

"휴……!"

해남도에 도착한 지 보름 정도가 지났을까? 뜨거운 태양이 살을 태우는 듯하자 자엽령은 한숨을 내쉬며 야자수 그늘을 찾아 앉았다. 덥기도 했지만 허기가 졌기 때문이다.

그는 자리에 앉자 곧바로 물병과 건포 몇 개를 꺼내 들어 배고픔과 목마름을 달래기 시작했다. 그러면서 주위를 살폈다.

'이제 조금만 더 가면 되겠군.'

하필 신화성이 있는 곳이 해남도에서도 남동쪽 가장 끝에 붙어 있다는 것이 짜증이 났지만 어쩔 수 없는 일이었다. 그는 다시 지도를 꺼내 세심히 살폈다.

순간 여기 오기 전, 원주민들의 두려운 표정이 떠올랐다. 자엽령이 지도를 보여주며 목적지를 물었을 때의 표정이었다.

자엽령은 만녕에서 떨어진 소해로 가야 했다. 정확히 만녕에서 동쪽으로 조금 떨어진 호수였다.

원주민들은 호수가 끝이 보이지 않을 정도로 크다고 했다. 그리고 그들은 그곳에 가지 않는다고도 했다.

간혹 거기에 희귀한 동물들이 살고 있다는 말에 사냥꾼들이 가지만 모두 돌아오지 않아 두려움의 대상이 된 곳이라는 말도…….

'도대체 어떤 곳일까?'

자엽령은 원주민들의 말을 하나하나 곱씹기 시작했다.

어떤 이들은 그 근처를 지나가다가 바다에서 솟구쳐 하늘로 승천하는 용을 봤다는 사람도 있었고, 어떤 사람들은 거기에 마신이 있어 그곳에 가면 사람을 잡아먹는다고도 했다.

이런 말도 했었다.

"수십 년 전에는 어떤 부호가 그 호수에 희귀하고 맛이 좋은 황금 고기가 있다는 말을 듣고 전 재산을 투자해 인부들로 하여금 작은 항구와 배를 옮겨 놓았지만 반년 만에 그 부호는 죽고 거기에 있던 사람들도 상당수 실종되었죠. 살아남은 사람들 또한 미쳤다는 소문이 떠돌 정도였습니다.”

자엽령의 관심을 끈 것은 다음 말이었다.

“십여 년 전에도 해남파에서 그곳의 소문을 듣고는 조사단을 보낸 적이 있었습니다. 모두 열 명이었는데, 그들조차 돌아오지 못했고, 그 후에도 다시 열 명을 보냈지만 역시 돌아오지 못했습니다.”

“소문이 사실이라면 이상한 곳임에는 분명해.”
중얼거림과 함께 그는 오물거리던 건포를 삼키며 짐을 챙겨 자리에서 일어났다. 그리고는 목적지를 향해 다시 가기 시작했다.
예상대로 한 시진 정도를 가자 호수라고 보기에는 무리가 있는 바다가 보였다. 원주민들이 말하는 소해였다. 호수였지만 거대한 바다 같다고 하여 붙여진 이름처럼 끝이 보이지 않았다. 하지만 산 능선에서 바라본 소해는 별다른 특이한 점을 발견할 수는 없었다.
문득 소해의 한쪽 강변에 마을과 선착장이 있는 것이 눈에 들어왔다. 그것을 보곤 자엽령이 피식 웃었다.
‘역시 소문은 믿을 게 못 돼.’
그리 큰 마을은 아니었지만 마을이 있다는 것은 사람이 살고 있다는 것을 뜻했다. 지금까지 원주민들의 말을 듣고 약간 걱정을 했던 그로서는 스스로가 웃길 수밖에 없었다.
그는 곧장 마을로 향했다. 날이 어두워지고 있었기에 잘 곳이 필요했고, 목적지가 소해에 있는 섬이었기에 배도 구해야 했기 때문이다. 원주민들은 소해에 섬이 없다고 했지만 적혈검에 그려져 있는 지도에는 분명히 섬이 표시되어 있었다.

산을 내려가자 해는 이미 사라져 있었다. 여기저기 마을 건물에 등불이 내걸려 달빛을 대신했다.

"여기 식사와 하룻밤을 해결할 만한 데가 없습니까?"

마을 어귀에서 그물을 널고 있는 어부에게 다가가 물었다. 그의 물음에 어부는 의아함을 드러내더니 말없이 마을 중앙을 가리켰다.

"감사합니다."

어부의 창백한 표정이 조금 꺼림칙했던 자엽령이었지만 공손히 포권을 해 보이고는 마을을 가로질러 갔다. 골목골목을 걸어가자 사람들이 보였다. 하지만 대부분 자엽령에게 관심을 주지 않고 자신의 할 일만 하고 있을 뿐이었다. 외지인이 왔으면 관심을 드러내기도 하련만 시선조차 주지 않는다는 것이 이상했다.

마을 중앙에 다다르자 술집이 두 개가 보였고, 그중 하나는 숙식까지 제공하는 듯했다. 자엽령은 방을 얻을 수 있는 술집으로 향했다.

가난한 어부들이 사는 곳이라 그럴까? 술집 문을 열고 들어서자 손님은 한 명도 없었다. 문 앞을 지켜야 할 점소이뿐만 아니라 주인조차 실내에 보이지 않았다.

"아무도 없습니까?"

"……."

썰렁한 술집에 자엽령의 물음이 벽에 부딪쳐 돌아왔다.

'영업을 하지 않는 곳인가?'

하지만 술집 앞에 등불이 걸려 있었던 것을 기억한 자엽령은 다시 사람을 불렀다.

몇 번을 불렀을까?

잠시 후, 정문 반대편 문이 열리더니 노인 한 명이 슬그머니 모습을 내비쳤다.

순간 자엽령이 움찔했다. 노인의 얼굴색이 창백하다 못해 백지장과 같았기 때문이다. 음침한 미소 또한 음침한 표정과 조화를 이루었다.

"어, 어디 아프십니까?"

자엽령은 자신도 모르게 노인을 향해 물었다. 하지만 노인은 고개를 저으며 더욱 짙은 미소를 지어 보였다.

"아니, 오랜만에 사람을 봐서 그러네."

"예?"

자엽령은 노인의 말을 알 수 없다는 듯 멍한 표정을 지었다. 하지만 타지 사람을 오랜만에 봤다는 말로 해석하고는 이내 고개를 저으며 물었다.

"자고 갈 방이 있습니까?"

"있지. 자고 갈 텐가?"

"그럴 생각입니다."

"좋군!"

뭐가 좋다는 것인지 자엽령은 묻지 않았다. 왠지 기분이 나빠 술집을 나가고 싶은 생각이 먼저 들었기 때문이다. 하지만 기분 탓에 밤이슬을 맞을 필요는 없다는 것이 그의 생각이었기에 중요한 것을 물었다.

"내일 아침 소해를 나가는 배편을 알아봐 주실 수 있는지요?"

"소해에 가서 뭘 하게?"

"갈 일이 있습니다."

그러자 노인이 씨익 웃었다.

"내일 갈 수 있을지 모르겠군."

"무슨 말씀이신지……."

"아닐세. 술을 한잔할 텐가?"

"좋지만 그보다 배가 조금 고프군요. 술과 배를 채울 수 있는 안주 몇 개만 가져다주십시오."

"좋군!"

"……?"

자엽령은 고개를 갸웃거렸지만 역시 무엇이 좋은지 묻지 않았다. 노인의 습관으로 치부해 버렸던 것이다. 그때 노인이 갑자기 피곤한 기색을 드러내더니 눈을 가늘게 떴다.

"아주 오래된 죽엽청이 있으니 특별히 자네에게 주겠네. 기다리게."

"감사합니다."

노인은 주방으로 들어가더니 잠시 후 음식과 술을 가져왔다.

자엽령은 다시 한 번 의아함을 느꼈다. 분명히 주방에서 음식을 만들 정도의 시간이 지나지 않았음에도 음식은 방금 익힌 것처럼 열기가 올라오고 있었기 때문이다. 그것도 세 접시에 세 종류나 되었다.

'언제 이걸 다 만들었지?'

생각과 함께 물어보려 했던 자엽령보다 노인이 먼저였다.

"맛있게 먹게. 난 방을 치워놓고 오지. 방은 이층 첫 번째 방이니 먹고 쉬게."

"가, 감사합니다. 그런데 음식은 언제……."

그가 채 묻기도 전에 노인은 바람처럼 사라져 이층으로 올라가 버렸다. 그것을 보며 자엽령은 탁자를 살폈다. 냄새가 구수한 것이 처음 보는 음식이었지만 식욕을 돋우기에 충분했다. 그리고 술병에서 퍼져 나오는 죽엽청 특유의 쏴한 냄새가 코를 자극했다.

그는 구운 고기 한 조각을 집어 입에 넣었다.

"헛!"

탄성이 나올 정도로 맛있었다.

"무슨 고기지?"

생전 처음 맛보는 고기 맛에 자엽령은 곧바로 음식 먹기에 열중하기 시작했다. 무엇에 홀린 듯 죽엽청은 쳐다보지도 않고 그릇만 비우기 시작하는 것이다. 그만큼 음식 맛이 그를 먹는 데 집중시키게 했다.

음식으로 배를 채우자 다음은 죽엽청이었다. 그런데 죽엽청 또한 지금까지 그가 마시던 것과는 상당한 차이가 있었다. 입에 짝 달라붙는 것이 술을 좋아하고 많은 종류를 마셔보았던 그조차 죽엽청에도 이런 맛이 있었을까라는 의문이 들 정도였다.

술과 음식을 비우는 데는 채 일각이 걸리지 않았다. 그때 노임이 슬금슬금 이층에서 내려오고 있었다.

자엽령이 감탄한 표정을 드러내며 급히 물었다.

"어르신, 이 음식 이름과 재료가 뭡니까?"

"알고 싶나?"

자엽령이 고개를 끄덕이자 노인이 허리를 한 번 쭉 펴더니 기지개를 켰다.

"아! 피곤하군!"

"대답을……."

"조급해하지 말게. 조만간 알게 될 걸세."

"무슨 말씀인지……."

"말 그대로야. 그런데 졸리지 않나?"

그러고 보니 자엽령은 갑자기 졸음이 밀려오는 것을 느꼈다.

"그, 그렇군요."

대답과 함께 이상하게 눈이 저절로 감기는 듯한 느낌이었다. 무공을 익힌 이후로 자는 것도 조절할 수 있는 자엽령으로서는 이상한 현상이었다. 평소 같았다면 상대가 음식과 술에 약을 탔을 것이라 의심해 봤겠지만 그는 그러지 않았다. 노인에게는 내공을 익힌 기운도 느껴지지 않았을 뿐만 아니라, 이런 시골에 무인들이 있을 리도 없었기 때문이다. 게다가 약을 먹었을 때 밀려오는 졸음도 아니었다.

'왜 이러지?'

"많이 졸릴 게야."

노인의 말에 거의 실눈이 될 정도로 눈이 감긴 자엽령이 눈을 뜨기 위해 인상을 썼다. 하지만 눈에 힘을 줄수록 더욱 참을 수 없는 졸음이 밀려오고 있었다.

"왜 이런 겁니까?"

주위가 윙윙거리기 시작했다. 그리고는 고개가 아래로 떨어져 내리더니 이내 탁자에 얼굴을 박았다.

"어, 어르신, 도대체……."

안간힘을 쓰며 물은 대답 뒤로 노인의 괴이한 대답이 윙윙거리며 들려왔다.

"자네 피는 맛있을 것 같군!"

"……."

자엽령은 노인의 말을 듣고도 그 의미를 파악하지 못했다. 다만 그대로 코를 골며 깊은 잠에 빠져들 뿐이었다.

"으음!"

기나긴 잠은 그리 길게 느껴지지 않았다.

자엽령은 갈증을 느끼며 신음을 삼켰다. 그리곤 눈을 떴을 때 그는 지금 이 상황에 대해서 빠르게 정리해야 했다.

'뭐, 뭐야, 이것들은?'

보이는 것은 믿을 수 없는, 그래서 황당한 것이었다. 우선 자엽령 자신을 주위로 사십여 명의 사람이 일정한 거리를 두고 둘러싸고 있는 것이 눈에 들어왔다.

하지만 그것이 황당한 것은 아니다. 자엽령은 둘러싸고 있는 그들의 표정과 행동에 황당함을 느꼈다.

표정은 창백했다. 분가루를 뒤집어썼다고 생각이 될 정도로…….

술집에서 보았던 노인도 그 사이에 끼어 있었다. 그 또한 처음보다 더욱 창백한 표정이었다. 이상한 것은 창백한 얼굴과는 대조적으로 새빨간 입술이었다.

피라도 묻힌 것일까? 입술이 그렇게 붉어 보일 수가 없었다. 그리고 그 붉은 입술 사이를 비집고 튀어나온 이!

짐승의 그것과 같은 송곳니였다.

'강시?'

강시가 있다는 말은 전해 들은 바가 있었다. 하지만 그가 들은 강시는 술법사들의 시술에 의해 만들어지고, 나무토막처럼 뻣뻣해 정상적인 움직임이 불가능하다는 것이었다.

그러나 이들의 행동은 사람의 유연한 움직임 그대로였다.

그렇다면 강시가 아님이 분명했다.

'그럼 뭐지?'

그는 놀라움과 경악함에 목소리를 입 밖으로 내지 못하고 있었다.

괴상한 몸짓으로 춤을 추고 있는 듯도 했고, 뭔가 의식을 행하고 있는 듯도 했기 때문이다. 그 모습이 귀기가 서려 보일 정도였기에 자엽령을 옴짝달싹 못하게 붙들고 있었다.

마을 사람들로 보이는 자들의 의식은 한참 동안 계속되고 있었다. 자엽령을 중심으로 원을 그리면 돌며 일정한 동작에 맞춰 춤을 추었다.

한참 동안 그것을 지켜보던 자엽령이 힘겹게 입을 뗐다. 그나마 안면이 있는 술집 노인에게였다.

"뭡니까?"

말과 함께 그가 움직이려 하자 갑자기 쉿소리가 귀를 자극했다. 다음은 팔목과 발목의 조임이었다.

그제야 자엽령은 자신이 묶여 있다는 사실을 알아챘다. 그는 눈을 돌려 몸을 살폈다. 그러자 십(十) 자 모양의 형틀에 자신이 묶여 있는 것을 확인할 수 있었다. 각 팔과 발목에는 검은 쇠가 채워져 있어 움직임을 봉쇄하고 있었다.

하지만 자엽령은 그것에는 크게 위협을 느끼지 못했다. 마음만 먹으면 단번에 끊어버릴 수 있다고 생각했기 때문이다. 그보다는 이들이 왜 자신을 묶고 이상한 의식을 행하는지가 궁금할 뿐이었다.

"도대체 이게 뭐 하는 짓입니까?"

대답은 없었다. 사람들은 그저 자엽령의 주위를 돌며 춤을 출 뿐이었다. 그러다 갑자기 움직임이 멎었다. 그들은 동시에 그 자리에서 무릎을 꿇더니 절을 하기 시작했다.

모두가 한곳을 향해 절을 하자 자엽령의 시선 역시 그곳으로 향했다. 그리곤 다시 한 번 놀랐다. 그곳에 거대한 철관이 있었던 것이다.

'저건 또 뭐야?'

그때 절을 하던 사람들의 행동도 끝이 났다.

그제야 자엽령은 원하는 대답을 들을 수 있었다. 술집 노인이었다.

"너를 혈신의 제물로 바친다."

말과 함께 노인의 입에서 괴이한 소리가 흘려왔다. 흡사 이가 갈리는 듯한 소리였다. 송곳니에서 투명한 액체가 스멀스멀 흘러내리기 시작한 것도 동시였다.

"혈신? 제물?"

"크크크, 너의 피를 마셔야 할 분이 계시다."

이상하게 사람의 목소리 같지 않았다. 끈적한 목소리와 함께 자엽령은 소름이 돋는 것을 느껴야 했다.

"너희들의 정체가 무엇이냐?"

그러자 노인이 일어서더니 손뼉을 한 번 쳤다. 그것을 신호로 마을 사람들이 다시 자리에서 일어나 자엽령의 주위를 돌며 춤을 추기 시작했다. 소리없이 행해지는 음침한 의식이 더욱 분위기를 스산하게 만들고 있었다.

노인은 의식에서 빠져 있었다. 그는 사람들이 의식을 행하는 중에 자엽령에게 다가왔다. 그리곤 자엽령의 바로 눈앞까지 얼굴을 내밀더니 입을 쩍 하니 벌렸다.

송곳니가 달빛에 야수의 그것과 같이 번들거렸다.

"크르릉!"

범의 으르렁거림이 이럴까? 노인의 입에서는 폐부 깊숙이 담겨 있던 소리가 목을 타고 올라왔다.

"네 피는 꿀보다 진할 것 같군!"

"……!"

자엽령은 말없이 황당한 표정으로 그 의미를 잠시간 되짚었다. 그리고는 입을 열었다.

"흡혈이라도 하는 건가?"

"크룽, 크르룽! 크큭, 알아맞혔군. 네가 이곳에 잘못 온 것이니 하늘에 가서 사죄하거라!"

노인은 말과 함께 자엽령의 손을 잡았다. 그리고는 손톱을 세웠다.

순간 노인의 손톱이 이 촌(二寸:대략 6센티미터) 정도로 길어졌다. 예리한 칼날 같은 그것은 자엽령의 팔뚝을 찌르려 했다. 그것을 지켜보던 자엽령이 인상을 쓰더니 이내 조소를 흘렸다.

"착각하고 있군."

그의 말에 노인이 행동을 멈췄다. 자엽령의 자신감있는 표정에 의아함을 느낀 듯했다. 연신 으르렁거리며 자엽령을 바라보았다.

"난 네놈들 따위에게 당하지 않아!"

말과 함께 자엽령이 양팔을 결박하고 있는 쇠를 끊기 위해 내공을 끌어올렸다.

"무엇을 믿는 광신도들인지는 모르겠지만 사람 잘못 건드렸어."

말과 함께 내력이 온몸을 휘감자 그는 양팔을 힘차게 움직였다. 그런데 이상한 일이 벌어졌다. 평소 같았으면 힘없이 끊어졌어야 할 쇠가 꿈쩍도 하지 않았던 것이다.

철컥! 철컥!

쇠가 약간 흔들리는 소리만 장내를 어지럽혔다.

'뭐지? 이럴 리가 없는데?'

그는 생각을 접곤 다시 힘을 주었다. 하지만 역시 쇠는 끊어지지 않았다.

이번에는 다리를 움직여 보았다.

여전히 꿈쩍도 못하는 자엽령을 향해 노인이 크르릉거리며 말했다.

"넌 이미 죽은 목숨이야."

말과 함께 노인의 손이 다시 움직였다. 그대로 자엽령의 팔목에 손톱을 박더니 아래로 일 촌이나 그어버리는 것이다.

자엽령이 저항하려 거칠게 움직였지만 요지부동이었다. 공간참을 시전하려고도 했으나 무슨 이유에서인지 그것조차 되지 않았다.

결국 깊은 상처가 붉게 물들더니 피가 아래로 흐르기 시작했다. 노인은 그것을 허리춤에 매달린 잔을 들어 반이나 채우더니 냄새를 음미했다. 그 모습이 어찌나 괴이한지 자엽령은 소름이 돋을 지경이었다.

아직도 안간힘을 쓰는 그를 향해 노인이 읊조렸다.

"그분이 깨어나시면 환락의 죽음을 맞이할 것이다."

역시 의미 모를 말을 남긴 노인이 잔을 조심스럽게 든 채 사람들 사이를 뚫고 관으로 향했다. 그때 사람들의 움직임이 다시 멈췄다. 그들은 좀 전과 같이 그대로 자리에 엎드려 관을 향해 절을 했다.

노인은 잔을 관 덮개에 기울였다. 그러자 진한 피가 흘러 관을 붉게 물들였다.

다시 괴이한 일이 벌어졌다. 숨죽이고 있던 관이 덜컹거리며 한 번 움직였기 때문이다. 그러자 사람들의 표정이 경이로움으로 물들기 시작했다.

'도대체 뭘 하는 거야? 그리고 관이 왜 움직여?

자엽령은 그들의 행동에 알 수 없는 감정을 느끼고 있었다. 그것은 두려움이었다. 평범한 생각으로서는 상상할 수 없는 일련의 일들이 벌어지고 있으니 당연했다. 그때 노인이 이상한 말을 외치기 시작했다.

자엽령으로서는 알아들을 수 없는 말이었지만 대충 주문 같은 것이라고 생각했다. 노인의 외침을 사람들이 따라 외치기 시작했다. 그렇게 얼마의 시간이 지나자 관이 다시 움직임을 보였다. 그리고 좀 더 시간이 지나자 관의 움직임이 잦아지고 있었다.

자엽령은 본능적으로 관 속에 무언가가 들어 있고, 그것이 깨어나려 하고 있다는 것을 깨달았다. 그리고 그것이 완전히 관을 열고 나왔을 때 자신에게 위험이 닥치리라는 것도…….

덜컹! 덜컹! 덜컹!

관은 점점 더 빠르게 움직이더니 종내에는 '드드드드' 거리며 땅을 울릴 정도가 되었다.

꿀꺽!

자엽령은 침을 한 번 삼켰다. 관이 흔들리는 광경에 다음엔 무슨 변화가 생길지에 대한 막연한 두려움 때문이었다.

철컹! 철컹!

관의 움직임이 점점 심해지자 자엽령이 다시 몸을 비틀기 시작했다. 온몸이 결박당한 상황이 왠지 모를 불안감으로 다가왔기 때문이다. 몸이라도 자유롭다면 두려움을 느끼지 않았을지도 몰랐다. 하지만 그가 힘을 줄수록 양팔과 다리만 아플 뿐이었다.

그때 그의 움직임이 거짓말처럼 멈췄다.

쾅—!

거대한 굉음과 함께 철판으로 된 관 덮개가 하늘로 숏구쳤다. 그리고는 관에서 사람인 것 같은 자가 몸을 일으켰다.

자엽령의 두 눈에 핏줄이 섰다. 관에서 모습을 드러낸 자는 사람이라고 부를 수 없을 것 같은 형상을 하고 있었기 때문이다.

두 눈은 보이지 않았다. 다만 붉은 광채가 눈을 대신하고 있을 뿐. 그리고 입에는 역시 송곳니가 솟아나 있었다. 하지만 정작 자엽령을 놀라게 한 것은 입에서 나오는 괴음이었다. 나직하지만 듣는 이로 하여금 불안하게 만드는 으르렁거림은 피를 갈구하는 흡혈귀의 그것과 같았던 것이다. 다행인 점은 괴인은 몸을 일으키는 것 외에 별다른 움직임을 보이지 않는다는 것이었다.

괴인이 몸을 일으키자 노인과 사람들이 양팔을 벌리더니 빠르게 주문을 외우기 시작했다. 무엇에 홀린 듯 주문을 미친 듯이 외우는데, 그 모습도 자엽령을 불안하게 만들었다.

자엽령은 재차 몸을 움직였다. 하지만 여전히 꿈쩍도 하지 않았다.

그는 이제 불안감을 넘어 위협을 느끼기 시작했다. 주문이 빨라지고 거칠어질수록 괴인의 몸에서 괴이한 힘이 강해지기 시작했고, 주문이 끝나는 그 순간 분명 괴인이 움직일 것이라 생각되었기 때문이다.

그런데 그때였다.

"멈춰랏!"

찢어지는 듯한 음성이 장내를 어지럽혔다. 그 때문에 사람들의 주문이 멈춰졌다.

자엽령이 고개를 돌려보자 백의에 붉은색 얼룩이 묻어 있는 괴상한 옷을 입은 여인이었다. 그녀는 붉은 머리띠를 휘날리며 빠르게 다가오고 있었다.

사람들이 대처할 사이도 없이 장내로 뛰어든 그녀는 상황을 파악한 듯 자엽령에게로 먼저 달려들었다. 그리고는 자엽령이 묶여 있는 십자 모양의 틀을 땅에서 뽑아냈다.

사람들이 그제야 으르렁거리며 그녀에게 달려들기 시작했다. 하지만 움직임은 그리 빠르지 않았기에 위협이 되질 못했다.

여인은 급히 사람들에게서 멀어져 형틀을 들고 달려가기 시작했다. 무공을 익혔는지 자엽령이 묶여 있는 무거운 형틀을 들고도 꽤나 빠르게 달리고 있었다.

그 때문에 포기를 한 모양이었다. 상당히 거리가 벌어지자 사람들이 쫓는 것을 그만두고 다시 제자리로 돌아가 버렸다. 그들은 조금 전처럼 관을 향해 양팔을 벌리고 앉더니 주문을 외우기 시작했다.

어느 정도 사람들과 거리가 벌어지자 그제야 자엽령이 형틀을 들고 뛰는 여인을 향해 의문을 드러냈다.

“소저는 누구십니까?”

형틀의 무게가 상당했는지 여인은 힘겨웠던 모양이다. 약간 숨이 찬 목소리로 대답했다.

“귀금문(鬼禁門)의 제자!”

“귀금문? 처음 들어보는데……?”

의미로 보면 귀신을 금한다, 또는 거부한다는 것으로 퇴마를 전문적으로 하는 문파임이 분명한 것 같았지만, 자엽령은 그런 문파가 있다는 것을 들어보지 못했다.

“어떤 문파입니까?”

“마를 죽이는……. 지금 그게 중요한 게 아니에요.”

“그럼?”

“최대한 멀리 도망가야 해요.”

“저들이 그렇게 무서운 사람들입니까? 쫓아오는 속도를 보건대, 짐승처럼 송곳니가 있고, 손톱이 비정상적으로 긴 것 외에는 크게 위협이 되지는 않을 것 같은데…….”

결박만 풀리면 문제없다고 생각하고 있던 자엽령이었기에 그녀의 말에 수긍하지 못했다. 하지만 그녀는 놀라운 말을 했다.

"아직 의식을 행하고 있는 중이라 완전히 본모습을 찾지 못해서 그래요."

"저, 저 상태에서도 변한단 말이오?"

"네. 관에 있는 자를 보셨죠?"

자엽령은 몸을 흠칫 떨었다. 그때 그 기분이 되살아났기 때문이다.

"그 괴상한 사내라면 봤습니다."

"그자는 흡인귀! 흡혈귀들의 주인이죠. 그자가 완전히 의식을 찾으면 남은 흡혈귀들도 제힘을 되찾게 돼요."

"어느 정도 강한지는 모르겠지만, 그렇게 무서운 자라면 당신은 왜 날 구해주기 위해 나타난 겁니까?"

"흡인귀까지 있는 줄은 몰랐어요."

"그가 있는 줄 알았다면 구해주지 않았을 거라는 말입니까?"

여인은 당연하다는 듯 고개를 끄덕였다.

자엽령이 인상을 찡그렸다. 하지만 중요한 것은 그게 아니었다.

"우선 제 몸을 먼저 풀어주는 것이 어떻겠습니까?"

"지금은 멀리 도망치는 것이 우선이에요."

"날 풀어주면 더 멀리 도망칠 수 있습니다."

"시간이 없어요. 주술에 걸린 쇠라서 푸는 데 시간이 걸린단 말이에요."

"난 무림의 고수요. 그러니 풀어주면……."

"조용해요. 대답하기 힘들어요."

그녀는 연신 헉헉거리며 달리고 있었다. 그녀의 힘든 호흡이 들릴

지경이라 자엽령은 어쩔 수 없이 입을 다물 수밖에 없었다.

그렇게 이각 정도를 달렸을까? 마을에서는 상당히 멀어질 수 있었지만 무턱대고 달린 덕분에 길을 잃어버렸다는 것이 문제 아닌 문제였다.

쿵!

여인은 형틀을 땅에 내려놓으며 나무에 기대었다. 그러자 자엽령이 말했다.

"우선 팔과 다리를 고정시킨 쇠 좀 끊어주시겠습니까?"

"알겠어요."

여인은 대답과 함께 자엽령의 팔에 채워진 고리를 살피며 말을 이었다.

"생각대로 주술이 걸려 있어요. 보세요, 여기 이상한 문양 같은 것이 새겨져 있죠? 이 문양을 완전히 긁어내야 끊을 수 있어요."

"주술에 그런 모용이 있다는 것은 처음 알았습니다."

"보통 사람들은 잘 모를 수밖에 없어요."

끼익! 끼이익!

여인은 매고 있는 짐을 풀더니 거기에서 일 척 정도 길이의 비교적 긴 단검을 꺼내 들어 자엽령의 오른팔을 고정시키고 있는 쇠고리를 긁어 문자를 지우기 시작했다.

자엽령이 바라보자 검신에 알 수 없는 문자가 빽빽하게 새겨져 있음을 볼 수 있었다.

"그것도 주술로 만들어진 겁니까?"

"네. 이건 마를 제압하는 살부(殺部)예요. 보통 검으로는 귀신을 죽일 수 없지만 이 검은 가능하죠. 그런데 상당히 깊게 새겨 넣어서 지우기가 힘드네요."

끼이익! 끼이익!

검이 쇠를 긁는 소름 돋는 소리가 귀를 자극했지만 자엽령은 그리 듣기 싫다고 생각하지 않았다. 오히려 더 빨리 문양을 지워 형틀에서 벗어나기를 바랐다. 그런데 갑자기 쇠를 긁던 여인이 동작을 멈췄다.

쇠를 긁는 것에만 정신을 집중하고 있던 자엽령이 그녀의 행동에 의아함을 느꼈다.

"왜 그러십니까?"

그녀의 대답은 표정으로 돌아왔다. 긴장된 표정을 여실히 드러내고 있었던 것이다.

자엽령이 확인하듯 재차 물었다.

"왜 그러죠?"

"그, 그들이 와요."

"그들이라면……!"

여인이 고개를 끄덕였다.

자엽령은 절로 다급해졌다.

"빨리 푸세요."

말과 함께 그는 채 문양이 지워지지도 않은 오른쪽 고리를 끊어내기 위해 팔에 힘을 주었다. 하지만 역시 요지부동!

그녀의 손놀림도 더욱 빨라졌다.

차캉―!

결국 오른쪽 팔을 제압하고 있던 쇠고리가 형틀에서 떨어져 나갔다. 문양이 완전히 지워지자 자엽령이 거칠게 팔을 움직였기 때문이다. 하지만 그것으로 끝이었다. 여인이 남은 고리를 풀 생각을 않고, 다시 형틀을 짊어졌던 것이다.

“나머지는?”

“시간이 없어요. 점점 더 가까워지고 있어요. 아직 우리 위치를 파악하지 못한 것 같지만, 저들이 우리를 찾기 위해 움직인다는 것은 힘의 근원인 관 속의 주인이 완전히 깨어났다는 거예요. 지금 도망치지 않으면⋯⋯.”

그녀는 말끝을 흐리며 다시 달리기 시작했다. 그러자 자엽령이 연신 재촉했다.

“그냥 절 풀어주십시오. 그것이 오히려 더 빠를 겁니다.”

“안 돼요. 무림고수라지만 당신 같은 젊은 고수는 그들을 당할 수가 없어요.”

말을 하던 그녀가 갑자기 걸음을 멈췄다. 그녀의 표정이 불안으로 물든 것을 확인한 자엽령이 같은 표정이 되어 물었다.

“왜 그럽니까?”

“포위하고 있어요.”

자엽령은 내력을 끌어올려 청력을 키웠다. 하지만 아무런 기척도 느껴지지 않았다.

“아무도 없는데⋯⋯.”

“아직 멀리 있어서 그래요. 전 당신들과 달리 귀력을 가지고 있어서 그들의 움직임을 알 수 있어요. 분명히 포위하듯 둘러싸고 있는 것이 확실해요.”

“그, 그럼 어떻게 할 겁니까?”

“뚫고 가야죠.”

그녀는 말과 함께 짐 속에서 부적을 꺼내 들었다. 하지만 난감한 표정을 지었다. 형틀을 들려면 두 손을 모두 사용해야 했고, 부적을 사용할 여유가 없었기 때문이다. 그것을 알아차린 자엽령이 그녀에게 제안했다.

"우선 남은 한쪽 팔부터 끊어주십시오."

"그럴 시간이……."

말을 하던 그녀의 동공이 커졌다. 사람의 눈이 이렇게 커질 수도 있구나, 라는 생각을 하던 자엽령 또한 두 눈을 부릅떴다. 그의 눈에도 괴물이 보였기 때문이었다. 언제 왔는지 사방을 둘러싼 열 마리의 괴물이 천천히 으르렁거리며 다가오고 있었다.

피부가 초록색으로 변한 것이 징그럽다 못해 혐오스럽게 보이기까지 했다. 피부가 닿는 것조차 기분이 찝찝할 것 같은 그들은 외모만큼이나 혐오스러운 송곳니를 세우며 거리를 좁혀오고 있었다.

자엽령이 다급히 외쳤다.

"빨리 풀엇!"

그의 강한 명령에 여인은 자신도 모르게 명에 따랐다. 검으로 자엽령의 왼손을 고정시키고 있던 쇠고리의 문양을 긁어내기 시작했던 것이다.

좀 전과는 비교도 할 수 없을 정도로 그녀의 손이 빠르게 움직였다. 하지만 답답함을 느낀 자엽령이 오른손으로 그녀의 단검을 빼앗아 들었다.

"내가 할 테니 당신은 저들을 잠시 동안 막아봐!"

그러면서 그가 단검으로 문양을 지우기 시작했다. 그때 그녀의 뒤에 있던 괴물 하나가 빠르게 달려들었다.

"크아아아!"

순간 움찔한 여인이 몸을 돌리며 손에 들린 부적 하나를 집어 던졌다.

"화룡생토(火龍生土)! 멸(滅)!"

그녀의 주문 뒤로 부적이 갑자기 조화를 부렸다. 괴물을 향해 날아가다 거대한 불덩이로 변해 버렸던 것이다. 그것은 그대로 괴물을 덮쳐 갔다.

쏴아아앙!

굉음이라기보다는 짚단이 화염에 휩싸이는 것 같은 소리가 나더니 비명성이 울려 퍼졌다.

"끼이이이익—!"

바닥을 뒹군 괴물의 비명이었다. 하지만 괴물은 몸이 불에 타는 중에도 벌떡 일어서서 여인을 향해 달려왔다. 그 속도가 조금 전과는 비교가 되지 않을 정도로 빨랐다.

그녀가 재차 부적 한 장을 날렸다.

쉬이익!

"빙음지생(氷陰知生)! 공(鞏)!"

순간 부적이 빛을 발하더니 날아가던 중에 여러 갈래로 나뉘었다. 그리고 그것은 날카로운 얼음 비수가 되어 괴물의 몸에 박혔다.

또다시 괴물의 입에서 비명이 터져 나왔다. 그와 동시에 남은 괴물들도 달려들기 시작했다.

끼이익! 끼이익!

자엽령은 괴물들이 다가오는 속도만큼 빠르게 문양을 긁어내고 있었다. 하지만 행동을 멈춰야 했다. 여인 혼자서 괴물들을 향해 부적을 날리고는 있지만 셋도 제대로 막지 못하고 있었기 때문이다.

쉬이익!

왼쪽으로 다가온 괴물이 자엽령을 향해 칼날 같은 손톱을 찔러왔다.

그러자 자엽령은 급히 오른손으로 들고 있던 비수를 틀어 올려 손톱을
쳐냈다.

캉!

손톱은 강철과 같았다. 잘려 나가거나 부서지지도 않았고, 쇠와 쇠
가 부딪치는 경쾌한 음만 흘렀을 뿐이었다. 하지만 괴물은 약간 놀랐
는지 뒤로 주춤 물러섰다. 그사이 이번에는 오른쪽에서 괴물이 송곳니
를 세우며 물어뜯을 듯 달려들고 있었다.

"어딜!"

자엽령은 단검을 횡으로 그었다. 그러자 놀라운 일이 벌어졌다.

탁!

괴물이 단검을 손으로 잡아버렸다. 손에서 피가 솟구쳤지만 그 외에
는 별다른 반응이 없었다. 고통도 느끼지 않는 모양, 상처 입은 손으로
단검을 쥐고는 반대 손을 자엽령의 목을 향해 뻗어왔다.

"크읍!"

자엽령은 호흡을 들이마신 후 최대한 고개를 꺾었다. 기이할 정도로
옆으로 꺾자 뼈가 '뚜둑' 거리며 소리가 귀를 어지럽혔다.

카캉!

손톱이 형틀에 부딪치며 불꽃을 튀겼다.

자엽령은 간신히 손톱을 피할 수 있었다. 하지만 공격은 그것으로
그치지 않았다. 물러섰던 괴물이 다시 달려들었고 앞을 막아서던 여인
을 넘어 공중에서도 괴물 하나가 손톱을 찔러왔다.

카카카캉!

자엽령은 빠르게 단검을 휘두르기 시작했다. 하지만 한 팔 이외에는
묶여 있는 상태라 움직임에 상당한 제약이 따를 수밖에 없었다. 간신

히 공격을 막고는 있지만 일촉즉발의 위기 상황이었다.

"어떻게 좀 해봐!"

약간의 빈틈만 보여도 목숨이 왔다 갔다 하자 자엽령이 짜증나는 듯 외쳤다.

"노, 노력하고 있어요."

하지만 그녀의 노력은 그녀 자신의 방어만으로도 벅차 보였다. 아무리 부적을 날려 타격을 가해도 다시 일어나 공격을 해왔으며 그들은 무림의 절정고수만큼이나 빠르고 강했기 때문이다.

하지만 정작 문제는 그녀의 손에 들린 부적의 수가 점점 줄어들고 있다는 것이었다. 그렇게 약간의 시간이 더 지나자 결국 부적은 하나를 남기고 모두 사라져 버렸다.

한 손에 한 장의 부적!

그녀는 잠시 당황했다. 급히 가까이 있는 괴물에게 부적을 던지며 주문을 외우더니 짐 속에 손을 넣었다.

무엇을 고를 여유가 없었기에 잡히는 것을 아무거나 꺼내 든 그녀의 표정에 희색이 띠었다. 어른 주먹만한 주머니 같은 것이었다.

순간 그녀가 빠르게 무언가를 외치며 주머니를 바닥에 던졌다.

"화랑유희(花郞遊戱)!"

촤아악—!

주머니가 바닥에 부딪치며 안에 있던 내용물이 터져 나왔다. 막 그녀의 목을 찢으려던 괴물, 그리고 그녀의 머리를 으깰 듯 주먹을 날리던 괴물, 그 사이에서 기회를 엿보던 괴물 등등!

주위를 둘러싼 괴물들이 갑자기 무엇엔가에 가격당한 듯 사방으로 날아가 나무와 바위 등에 부딪쳤다. 그것은 자엽령을 공격하던 괴물들도 마찬가지였다.

순간 주위가 한산해지자 자엽령이 놀라움을 드러내며 물었다. 말투는 조금 전과 달리 다시 존대로 돌아와 있었다.

"어떻게 한 겁니까?"

"일시에 마의 힘을 제압했어요. 알을 한 번도 낳지 않은 닭 피를 사용한 거죠."

"대단하군요."

"아니에요. 시간만 벌었을 뿐 저들은 잠시 후 다시 움직일 거예요."

"얼마 동안 멈춰 있는 겁니까?"

"저도 처음 써보는 거라서 정확히는 몰라요. 저들이 귀기의 힘을 얼마나 가지고 있느냐에 따라 달렸죠."

말과 함께 그녀가 형틀을 잡았다. 그러자 자엽령이 말렸다.

"차라리 절 풀어주십시오."

"하지만……."

"무거운 형틀의 무게에 제 무게까지 더해졌는데, 얼마나 더 도망칠 수 있겠습니까? 차라리 절 풀어주는 게 더 나을 겁니다."

"당신을 풀어줘도 변하는 것은 없잖아요."

"왜 없습니까, 제가 강한데."

잠시 그녀가 망설였다. 하지만 형틀에 묶여 있으면서도 괴물들을 상대했던 것을 떠올리고는 혹시나 하는 생각을 가지게 되었다.

그때를 놓치지 않고 자엽령이 채근했다.

"빨리 결정해요."

"아, 알겠어요."

그녀는 단검을 건네받은 후 다시 쇠를 긁기 시작했다. 그전에 자엽령이 먼저 긁어놨었기에 왼쪽을 고정하고 있던 고리는 금방 풀어낼 수 있었다. 이번에는 오른발이었다.

그녀는 몸을 숙여 발목을 채우고 있던 고리의 문자를 지우기 시작했다. 예의 쇠가 갈리는 음이 장내를 어지럽혔다. 그때 자엽령의 목소리가 그녀를 두렵게 했다.

"그, 그들이 오고 있습니다. 빨리……!"

그녀의 동작이 빨라지기 시작했다. 그런 만큼 쇳소리도 빠르게 울려 퍼졌다. 다시 자엽령의 다급한 목소리가 들렸다.

"쓰러졌던 녀석들도 깨어나고……."

그는 말을 하다 멈췄다. 멀리서 다가오는 검은 인영들 중 하나가 빠르게 접근하는 것이 눈에 들어왔기 때문이다. 그리고 그것은 곧장 자신을 덮쳐 왔다.

몸을 움직이려 했지만 예상대로 제약이 뒤따랐다.

"빌어먹을!"

그냥 있다가는 어떠한 식으로든 봉변을 당할 것 같자, 그는 욕과 함께 뒤에 기대고 있던 나무를 두 손을 돌려 잡았다.

쉬이익!

검은 인영은 무섭게 자엽령의 눈앞으로 확대되어 왔다.

"헙!"

자엽령은 괴음과 함께 폐부 깊이 숨을 들이마시고는 있는 힘껏 아래로 잡아당겼다. 그러자 그의 몸이 형틀과 함께 위로 솟구쳤다.

쾅!

간발의 차이로 검은 인영이 나무 중단에 부딪쳤다. 동시에 나무가 부러져 나갔다.

우지직!

콰당!

거목이 쓰러지며 바닥을 때리는 소리는 꽤 컸다. 그 소리와 갑작스럽게 위로 뛰어오른 자엽령 때문에 놀란 여인은 검은 인영을 보고는 엉덩방아를 찧었다. 하지만 바쁜 여인이었다. 아픈 엉덩이를 돌볼 사이도 없이 그녀는 급히 짐 속에 손을 넣어 잡히는 대로 무언가를 꺼내들었다.

낡은 목검 하나와 붉은 천 하나, 그리고 밧줄이었다.

그녀는 우선 밧줄을 검은 인영을 향해 집어 던졌다.

"정도영신(正道迎神)! 묵(墨)!"

주문과 함께 밧줄이 거짓말처럼 검은 인영을 묶더니 조여들었다.

순간, 검은 인영의 입에서 답답한 신음이 튀어나왔다. 동시에 밧줄을 풀기 위해 온몸을 비틀기 시작했지만 밧줄은 예사 밧줄이 아닌 모양이었다. 검은 인영이 풀려고 할수록 '뿌드득' 거리는 소리와 함께 더욱 조여들더니 종내에는 기이할 정도로 밧줄이 그의 몸을 옥죄었다.

특이한 점은 여인의 입이었다. 그녀는 밧줄을 조종하는 느낌을 강하게 주고 있었다. 연신 괴이한 주문을 중얼거리는데, 신들린 사람마냥 그것에 집중했다.

바닥에 내려선 자엽령이 그것을 바라보며 여인에게 외쳤다.

"뒤를 조심하십시오!"

외침과 함께 여인이 몸을 돌리지도 않고 목검을 날렸다.

"신천다검(神天多劍)! 이(理)!"

목검이 허공을 격하더니 회전하기 시작했다. 곧이어 무서울 정도의 괴음을 자아내던 그것은 다가오는 괴물을 향해 베어나갔다. 눈으로 볼 수 없을 정도의 회전이라 괴물의 몸에 닿자마자 피를 뿌렸다. 하지만 그것이 다였다. 괴물의 몸은 강철이라도 되는지 검상과 함께 뒤로 튕겨 나갈 뿐이었다.

하지만 더 놀라운 것은 검의 움직임이었다. 괴물을 벤 검이 다시 방향을 바꾸더니 이번에는 다른 괴물들을 노렸기 때문이다.

"이기어검?"

자엽령은 놀란 듯 두 눈을 부릅떴다. 이기어검은 검을 날려 허공에서 시전자가 원하는 움직임을 보이게 하는 기술로 화경의 경지, 그 이상의 무공을 가지고 있어야 했기 때문이다. 게다가 내력 운영을 아주 정밀하게 해야 했다. 무공뿐만 아니라 집중력도 남달라야 사용할 수 있는 극강의 고급 기술이라 할 수 있었다.

자엽령도 이기어검을 사용할 수는 있지만 지금 여인처럼 공중에서 여러 사람을 베어나갈 정도로 현란하게 움직일 수는 없었다. 여인의 나이를 생각했을 때는 불가능한 일임에 분명했다.

하지만 자세히 보면 이기어검이 아닌 것 같기도 했다. 검을 날림과 함께 역시 여인이 좀 전과는 다르지만 주문을 외우고 있었던 것이다. 검을 조종하는 무슨 술법인 모양이었다.

반면 검은 인영, 즉 관 속에서 나왔던 흡인귀를 결박하고 있던 밧줄이 느슨해지고 있었다. 게다가 밧줄로 인해 약해졌던, 몸에서 퍼져 나오던 검은 기운이 밧줄의 결박이 느슨해질수록 점점 더 강해지고 있어 보는 사람으로 하여금 두려움을 느끼게 만들었다.

금방이라도 밧줄을 끊어버릴 듯한 그 모습을 여인도 봤는지 다시 주문을 바꾸었다. 처음 밧줄을 던질 때 사용하던 주문이었다. 그러자 밧줄이 다시 흡인귀를 조여들었지만 불행히도 괴물들을 견제해 주던 검은 점점 힘을 잃어 금방이라도 바닥에 떨어져 내릴 것처럼 변했다. 그러자 여인이 다시 주문을 바꾸었다.

자신의 얄팍한 지식으로는 증명할 수 없는 괴이한 일들이 연이어 벌어지자 자엽령은 잠시 시선을 빼앗길 수밖에 없었다. 하지만 곧이어 자신도 몸을 제대로 움직일 수 없는 상태라는 것을 인식하고는 곧장 손을 놀려 바닥을 짚었다. 단검을 입에 문 채였다. 두 다리가 형틀에 고정되어 있기에 이동을 하는 방법은 그것뿐이었던 것이다.

"힘들더라도 참으십시오."

자엽령은 말과 함께 빠르게 손을 놀려 장내에서 벗어나기 시작했다. 그것을 바라본 여인의 두 눈에 원망이 가득 서렸다. 목숨을 걸고 구해 줬더니 위험한 상황에 처하자 혼자 내빼는 것처럼 보였던 것이다.

"나, 나쁜……!"

그녀는 말을 하다 말고 다시 주문을 외웠다. 조금이라도 틈을 보일 시간이 없었다. 그 혼란한 틈을 이용해 자엽령은 숲 속으로 몸을 숨겨 버렸다. 장내에는 오직 여인만이 괴물들과 흡인귀를 상대할 뿐.

괴물들은 자엽령에게는 신경도 쓰지 않고 그녀를 공격하기 위해 최선을 다하고 있었다.

"휴!"

한참 동안 달린 끝에 괴물들에게서 멀어진 자엽령이 한숨을 쉬었다. 그리 많은 인생을 살아온 것은 아니었지만 오늘 본 것은 평생을 가도 다시 경험할 수 없는 것이란 생각이 들었다. 그로서는 다시 하고 싶지 않은 경험이었지만 말이다. 힘이라도 제대로 발휘가 됐다면 모르겠지만 옴짝달싹할 수 없는 상황으로까지 변했으니 더욱 그랬다. 자신이 무언가를 할 수 없다는 것이 그의 마음을 조급하고 답답하게 만든 이유였다.

곧이어 움직임을 멈춘 자엽령은 아무도 없는 것을 확인한 후에야 입에 물었던 단검을 빼 들어 발목을 고정시킨 고리를 긁기 시작했다.

끼이익! 끼이익!

쇠를 긁는 소리는 여전히 음산했다.

귀를 거슬리는 듯한 소음.

정적 속이라 더욱 그의 신경을 자극하고 있었다. 하지만 어쩔 수 없는 일이다. 조금이라도 빨리 쇠를 끊어내야 하기 때문이다.

자엽령이 형틀에서 벗어나기 위해 노력하고 있을 때 그를 도와준 여인은 위기일발이었다. 주문을 번갈아 가며 흡인귀와 괴물들을 상대하느라 심력이 현저하게 떨어져 나가고 있었다.

하지만 결국 집중력이 떨어져 흡인귀를 제압하고 있던 밧줄이 풀려나갔다.

흡인귀는 바닥을 뒹굴더니 자리에서 천천히 일어서기 시작했다. 다행인 것은 약간의 충격을 받았는지 곧바로 여인을 덮치지 않는다는 것이었다. 하지만 그것도 잠시였다.

여인은 그를 버려두곤 검을 움직이는 데 최선을 다했지만 흡인귀가 천천히 다가오는 것이 보이자 질린 표정을 지었다.

연신 곁눈질로 그의 일거수일투족을 확인한 그녀는 흡인귀가 다섯 걸음 안으로 들어올 때 식은땀을 흘렸다.

"크으으윽!"

흡인귀의 입에서 괴이하면서도 음흉궂은 소리가 흘러나왔다. 그것은 여인의 모든 행위를 머뭇거리게 할 정도로 소름이 돋는 것이었다.

네 발짝 거리로 좁혀오자 여인의 목검을 움직이기 위해 중얼거리는 주문에도 흔들림을 보였다.

세 발짝까지 다가오고, 다음은 두 발짝.

다음은 한 발짝 거리까지 좁혀들었다. 흡인귀가 손을 뻗는다면 여지없이 목이 떨어져 나갈 판이었다.

쉬이익!

역시 그녀의 예상대로 흡인귀가 손을 뻗어왔다. 목을 향해 뻗는 손에는 푸른 섬광, 긴 손톱에는 달빛에 번들거려 붉은 섬광을 자아냈다.

'나쁜 자식!'

그녀는 곧이어 싸늘하게 식어버릴 자신을 생각하고는 자신을 버려두고 도망가 버린 자엽령을 향해 속으로 다시 욕했다. 질끈 감은 두 눈은 후회의 의미를 떠올리듯 파르르 떨렸다.

스팟!

흡인귀의 손에 걸린 광망이 빛을 바랬다.

그녀는 본능적으로 주먹을 불끈 쥐었다. 그때 그녀를 일깨우는 차갑고도 긴 듯한 목소리가 장내를 울렸다.

"멈춰—!"

캉!

귀를 찢는 쇳소리가 먼저였다. 그리고 이어지는 둔탁한 격타음이 뒤를 이었다.

타타타타탁!

무엇인가 상황이 바뀌었다는 것을 느낀 그녀였다. 목이 손톱에 의해 걸레 조각이 되었어야 했는데, 아무런 고통도 느껴지지 않았기 때문이다. 게다가 목이 손톱에 찢어지는 소리치고는 너무 격했다.

그녀는 슬며시 두 눈을 떠 상황을 살폈다. 그러자 놀라운 광경이 눈앞에 펼쳐지고 있었다.

우선 먼저 보이는 것은 자엽령의 뒷모습이었다. 그리고 그 너머 흡인귀가 바닥에 쓰러져 꿈틀거리고 있는 것이 보였다.

"어, 어떻게……?"

그녀의 물음에 자엽령이 고개를 돌려 그녀를 슬쩍 바라보았다.

피식!

비소였을까? 그녀는 잠시 그렇게 느꼈지만 나중에는 아니라는 것을 알았다.

"오래 기다리셨죠?"

차분하게 입을 떼는 그의 말투 때문에 그녀는 이상하게 긴장이 풀렸다. 하지만 최대한 차가운 어조로 따져 봐야 할 것이 있었다.

"왜 돌아왔죠?"

갑자기 자신을 버리고 도망가 버렸던 자엽령이 미울 수밖에 없는 그녀였다. 야속하다는 듯 바라보는 그녀를 일별한 자엽령이 꿈틀거리며 일어서는 흡인귀를 바라보며 대답했다.

"구원을 입었으니 당연히."

"도망갈 때는 언제고……!"

그 말에 자엽령이 자신의 발을 가리켰다.

"이걸 풀기 위해서는 어쩔 수 없었으니 서운하다 생각하지 마십시오."

그제야 그녀는 자엽령이 형틀에서 빠져나왔다는 것을 알아차릴 수 있었다. 그 때문에 자엽령에 대한 원망은 꼬리를 감출 수밖에 없었다.

우선 안심이 되자 다시 고민거리 하나가 슬며시 고개를 쳐들었다.

자엽령이 도망을 친 것이 얄밉고 억울했지만 다시 찾아오자 그가 걱정되기 시작했기 때문이다.

'차라리 도망을 치지……'

그녀의 마음을 읽었는지 자엽령이 다시 고개를 돌려 미소를 지어 보였다. 화사한 미소 안에는 자신감이 물씬 풍겨 나오고 있었다.

"이제는 걱정 끝!"

말과 함께 완전히 일어선 흡인귀를 향해 단검을 겨냥했다. 하지만 그는 흡인귀보다는 다른 괴물들을 신경 써야 했다. 흡인귀는 그 자리에서 가만히 있을 뿐, 오히려 다른 괴물들이 자엽령과 여인을 향해 무서운 속도로 다가오고 있었기 때문이다.

지친 덕에 주술의 힘이 바닥난 여인의 표정이 다시 긴장감으로 물들었다. 하지만 그녀의 긴장과 걱정은 기우에 불과했다.

팟!

자엽령이 땅을 박차고 옆으로 움직였다.

윙!

단검이 횡으로 움직이는데도 불구하고 무서운 파공음이 장내를 울렸다. 동시에 여인이 경악한 표정을 지었다.

"저, 저럴 수가!"

그녀는 입을 벌릴 채 다물지 못했다. 그 짧던 단검에서 괴이한 빛이 이 장이나 뻗어나갔기 때문이다. 흡사 단검이 장검으로 변한 듯한 느낌을 주었다.

파파팍!

옆으로 달려들던 세 명의 괴물이 검기에 부딪치며 뒤로 튕겨 나갔다. 검기에 엄청난 힘이 실려 있었는지 튕겨 나가는 속도뿐만 아니라

팅긴 후 나무와 바위 등에 날아가 부딪치는 것도 무서울 정도였다.

처박힌다는 표현이 맞을 정도로 세 명의 괴물이 나가떨어지자 이번에는 앞쪽이었다.

쉬쉬쉭!

단검이 수십 개의 검영을 만들어냈다. 흡사 그물과 같이 촘촘히 뿌려지는 검기 속에 조금의 빈틈도 드러나지 않았다.

"크이익!"

괴이한 비명과 함께 검기에 휩싸인 괴물들이 뒤로 밀려 넘어졌다. 하지만 그들의 몸은 도검불침이라도 되는 듯 다시 일어서 덤벼들고 쓰러지고를 반복했다. 그것을 지켜보던 자엽령이 여인을 향해 외쳤다.

"어떻게 해야 완전히 제압할 수 있습니까?"

자엽령의 신기 어린 무공에 놀라 멍하니 있던 여인이 화들짝 놀라며 대답했다.

"머, 머리를 완전히……."

뒷말은 듣지 않아도 알겠다는 듯 자엽령이 괴물 하나를 향해 몸을 날렸다.

쑤아악!

손톱이 자엽령을 찢어발길 듯 허공을 쓸어왔다. 하지만 자엽령은 그 자리에 이미 없었다. 공간참을 시전했기 때문이다. 손톱은 공중만 찢어발겼을 뿐이었다. 그사이 괴물을 머리 위로 자엽령이 모습을 드러냈다. 그는 급히 단검을 아래로 내리찍었다.

팍!

괴물의 머리도 강철 같았다. 단검이 머리를 찌르자 반 치 정도만 박혔을 뿐, 더 이상 상처를 주지는 못했던 것이다.

"크으윽!"

신음과 함께 괴물이 자엽령의 팔을 잡기 위해 손을 뻗었다.

자엽령은 급히 단검을 빼낸 후 다시 공간참을 시전해 이번에는 괴물의 앞에 모습을 드러냈다.

"이래도 괜찮은지 한번 보자!"

말과 함께 그는 괴물을 눈을 향해 직선으로 단검을 찔러 넣었다. 내공을 충분히 실었기에 단검에서는 붉은 빛이 강렬하게 퍼져 나오고 있었다.

"크아아아악!"

이번에는 충격이 있는 모양이었다. 단검이 그대로 눈을 꿰뚫자 괴물은 높은 괴음과 함께 물러섰다. 하지만 완전히 제압된 것이 아니었기에 자엽령이 재차 그의 머리를 향해 검기를 날렸다.

한 마리의 괴물을 완전히 쓰러뜨리는 데 상당한 노력이 필요했다. 그사이 다른 괴물들도 덤벼들었기 때문이다. 하지만 자엽령은 착실하게 하나하나 처리해 나갔고, 결국 괴물들의 수를 절반으로 줄이는 데 성공할 수 있었다. 하지만 문제는 흡인귀였다.

그때까지 가만히 있던 흡인귀가 움직이기 시작했다.

검은 안개 같은 것을 몸 밖으로 뭉게뭉게 피워내더니 급작스럽게 자엽령을 향해 손을 뻗어왔다.

"흡!"

자엽령은 호흡을 멈추며 최대한 위로 뛰어올랐다. 간발의 차이로 공격을 피할 수는 있었지만 양옆으로 다른 괴물들이 뛰어오르며 그를 공격해 왔다.

"이런!"

낭패라 느낀 그가 급히 공간참을 시전했다.

캉!

괴물들의 손톱이 자엽령이 사라진 공간에서 부딪쳤다.

자엽령이 나타난 곳은 흡인귀의 뒤였다. 그는 모습을 드러냄과 동시에 단검에 내력을 주입하여 흡인귀의 정수리를 찔렀다. 하지만 놀라운 일이 벌어졌다.

킹!

단검이 흡인귀의 정수리에 부딪치더니 그 힘에 못 이겨 부러져 나간 것이다.

순간 흡인귀의 입에서 괴성이 튀어나왔다.

"크아아앙!"

흡인귀는 소리와 함께 몸을 돌려 자엽령의 머리를 향해 손톱을 찔러 넣었다. 워낙 빠른 몸놀림과 속도였다. 무공을 익히지 않은 평범한 동작이었지만 웬만한 고수라면 피할 수 없을 만큼 빠른 공격이었다.

눈앞에 확대되어 오는 날카로운 손톱을 바라보며 자엽령은 급히 몸을 숙였다. 그와 함께 머리카락이 손톱에 끊어져 나가며 사방에 휘날렸다.

파파파파팡!

북 터지는 소리와 함께 자엽령의 주먹이 흡인귀의 복부를 강타하기 시작했다. 끊임없이 이어지는 주먹 세례에 흡인귀도 뒤로 주춤주춤 물러서고 있었다. 하지만 힘에 밀려 물러서는 것일 뿐, 타격을 받은 것은 아닌 모양이었다. 연신 타격을 당하며 물러서는 중에도 손톱 세운 두 손을 자엽령을 찢어버릴 듯 아래로 내려치는 것이다.

팟!

오른발을 앞으로 차며 자엽령이 급히 뒤로 물러섰다. 그리고는 다시 흡인귀에게 붙어 권각을 놀렸다. 그때 여인의 비명성이 울려 퍼졌다. 남은 괴물들이 여인을 공격하기 시작했던 것이다.

자엽령은 흡인귀를 버려두고 여인을 향해 몸을 날렸다. 그리고는 막 여인을 공격하려던 괴물 둘을 향해 회전각으로 타격을 가하고 동시에 그녀의 안아 들었다.

"괜찮습니까?"

여인이 고개를 끄덕이자 자엽령은 즉시 몸을 날렸다. 죽을지 죽지 않을지도 모르는 흡인귀를 상대로 날이 샐 때까지 내력을 소모하기보 다는 도망치는 것이 더욱 안전할 것 같았기 때문이다.

그가 몸을 날리자 괴물들과 흡인귀가 그 뒤를 따라 몸을 날렸다.

쉬이이잉—

바람을 가르는 소리가 무서울 정도로 귀를 스쳐 지나갔다. 하지만 그렇게 빨리 달리는데도 괴물들과의 거리는 멀어지지 않았다. 흡인귀 와는 오히려 거리를 좁혀지고 있었다.

"엄청 빠르군!"

말과 함께 그가 여인을 향해 물었다.

"흡인귀를 죽이려면 어떻게 해야 하죠?"

"부적이 없이는 보통 사람으로는 불가능해요."

"그럼 다른 방법은 없는 겁니까?"

"해가 뜨게 되면 자연스럽게 힘을 상실하게 되어 있어요. 빛을 보면 죽게 되거든요."

"그럼 어쩔 수 없겠군."

중얼거림과 함께 자엽령은 속력에 더욱 박차를 가했다. 날이 샐 때까지 달리기로 마음먹은 것이다. 상황과 맞지 않게 그는 폐부 깊이 밤 공기를 들이마셨다.

언제 이렇게 마음 놓고 달려보았을까?

쫓기는 중에도 그는 도망친다는 생각을 완전히 잊어버리고 있었다. 실제로 잡힌다는 생각을 하지 않았고, 잡혀도 문제없다고 생각했기 때문이다. 오히려 경공술을 마음껏 펼치는 지금 이 순간을 그는 즐기기 시작했다.

第三章

"여기는 왜 오셨죠? 말투로 보아 해남 사람은 아닌 것 같은데……."

여인의 물음에 자엽령은 소해를 바라보며 미소를 지었다.

"강해지려고 왔죠."

"강해지려 왔다고요?"

"네."

여인은 자엽령의 옆모습을 뚫어져라 바라보았다. 어젯밤에 보였던 그의 무공은 그녀로서는 상상도 할 수 없는 높은 경지의 것이었다. 흡인귀를 부적이나 아무런 주술의 영향도 없이 압도하는 실력은 쉽게 볼 수 없는 것이었으니 말이다.

그런데 더 강해지려 한다?

여인은 믿을 수 없다는 듯 물었다.

"더 강해질 실력이 있나요?"

자엽령은 여전히 미소였다.

"글쎄요…… 저보다 강한 사람이 꽤 있는 것 같으니 저도 강해질 수 있겠죠."

"어디로 가시는 길이죠?"

"날 강하게 만들어줄 수 있는 곳."

"그곳이 어디……."

여인의 말을 자엽령이 끊었다.

"어제는 고마웠습니다. 그럼 인연이 있다면 다음에 또 뵙도록 하죠."

말과 함께 자엽령이 마을에서 찾은 짐을 어깨에 짊어졌다. 그러면서 걸음을 떼자 여인이 급히 말했다.

"전 곽양경(郭兩經)이라고 해요."

자엽령이 걸음을 멈추고 대답했다.

"전 자엽령입니다."

"자. 엽. 령!"

여인이 곱씹기도 전에 자엽령은 저만치 걸어가 강변으로 향하고 있었다.

마을을 지나 강변으로 갈 때까지 사람들은 보이지 않았다.

하룻밤의 광기 어린 꿈을 꾸면 이런 느낌일까? 그렇게 밤새 괴롭히던 괴물들이 거짓말처럼 보이지 않자 자엽령은 허탈함마저 느꼈다. 혹시나 싶어 집 안을 살폈지만 사람의 형상을 한 것은 보이지도 않았다.

'설마, 진짜 꿈을 꾼 것은 아니겠지?'

그는 생각과 함께 다시 선착장으로 향했다. 그곳에 가자 오래된 배

이십여 척이 눈에 들어왔다. 자엽령은 그중 상태가 괜찮은 것을 몇 척 고른 후, 거기서 가장 작은 배에 올라 배를 몰았다. 다행히 오래된 배임에도 물살을 가르는 데는 문제가 없었다.

그는 노를 저으며 꼬박 하루를 소해를 누비는 데 투자했다. 하지만 섬은 보이지 않자 검을 빼 검신을 살폈다.

검신에 나타나 있는 지도에는 소해의 정가운데에 분명히 섬이 그려져 있었다.

"이 근방에 섬이 있어야 하는데……."

그는 연신 주변을 두리번거렸다. 하지만 아무리 살펴보아도 섬이라고 할 만한 것은 보이지 않았다. 그런데 그때 자엽령이 인상을 찡그렸다. 괴상한 냄새가 풍겨오기 시작했기 때문이다. 유황 냄새 같기도 했지만 뚜렷하게 확신할 수는 없었다.

"무슨 냄새지?"

냄새는 북쪽에서 바람을 타고 불어오고 있었다. 그는 냄새를 따라 뱃머리를 돌렸다. 그렇게 일각쯤 가자 냄새가 점점 더 심해지기 시작했다. 유황 냄새가 아니라 무언가 썩는 듯한 냄새였다.

북쪽으로 향할수록 냄새는 더욱 지독해졌다. 손으로 코를 막지 않으면 안 될 정도까지 되자 자엽령은 호흡을 멈췄다. 그런데 문제가 생겼다. 호흡을 멈추기 위해 내력을 올리고 산소를 혈도에 옮기기 시작하자 이상하게 어지럼증이 생겨났기 때문이다.

'왜 이러지?'

흡사 술에 취한 듯 배가 울렁거리더니 급기야 눈이 감기기 시작했다. 마을에서 죽엽청을 마셨을 때보다 더욱 심한 것 같았다.

그는 무거워지는 눈꺼풀을 들어올리기 위해 안간힘을 쓰기 시작했다. 하지만 보이지 않는 강한 힘이 그의 눈을 감기게 만들었다.

털썩!

소리와 함께 자엽령은 자신도 모르게 배 안에서 쓰러져 버렸다. 동시에 바닥에 떨어진 적혈검에서 강렬한 빛을 발산되었다.

*　　　*　　　*

채채채챙!

수천의 고수들이 숲을 끼고 치열한 전투를 벌이고 있었다. 달빛에 벗 삼아 이루어지는 전투는 하늘을 찌를 듯 요란하게 이루어졌다. 옥화산 남쪽에서 삼로를 맡아 진격 중이던 무림맹의 고수들과 그들을 기습한 수라교들이었다.

수라교에서 상당한 정예를 보냈는지 거의 세 배에 달하는 무림맹의 수적 우세에도 불구하고 무림맹은 오히려 이롭지 못한 형국이었다. 삽시간에 대열이 무너진 후 난전으로 변했는데, 그들을 구한 것은 연락을 받고 급히 달려온 소림사의 승려들이었다.

소림의 고수 삼백여 명의 가세로 거의 흩어져 가던 무림맹의 고수들이 다시 기세를 돋우었다. 반면 수라교의 고수들은 때아닌 적의 구원군 때문에 퇴로를 확보해 후퇴를 시작했다. 장기전으로 가봐야 그들의 손해만 나기 때문이었다.

정확히 지리가 익지 않은 데다 어두운 밤이라 무림맹 측의 고수들은 굳이 수라교의 고수들을 쫓지 않았다. 오히려 수라교가 물러가자 대열을 정비하며 약속 장소로 가기 위해 시간을 재촉할 뿐이었다. 남은 칠로가 기다리는 곳으로 향해 뭉치는 것이 더욱 유리하다고 판단했던 것

106

이다.

“도와주셔서 감사합니다.”

삼로에 속한 강영문의 책임자가 소림승들을 향해 고개를 숙여 보였다. 그러자 승려들 사이에서 노승 한 명이 나오더니 합장을 하며 마주 고개를 숙였다. 소림사의 자랑인 백팔나한승들을 책임지고 있는 진헌이었다. 이번 무림맹을 돕기 위해 소림사에서 나온 고수들은 모두 삼백여 명. 그중 백팔나한이 열여섯 명이나 속해 있을 정도로 소림사는 막강한 힘을 자랑했다.

백팔나한이 열여섯 명이라지만 남은 승려들도 그에 못지않은 실력자들로 다음 대에 백팔나한의 고수에 합류하기 위해 노력하는 후보들이었고, 나이 또한 상당히 많은 노고수들이었기 때문이다.

“아미타불! 당연히 도와야 하는 것이니 감사하다는 말씀은 당치 않습니다. 우선 우리 소림이 앞길을 열 것이니 뒤따라오십시오.”

“알겠습니다.”

대답과 함께 앞장서는 소림승들을 따라 삼로의 고수들이 달렸다.

그렇게 남쪽 팔로로 진격하던 모든 무림맹의 고수들이 약속 장소에 도착하게 되었다. 천왕교의 총단이 있는 곳에서 오십 리 떨어진 장소였다.

그 소식은 나는 듯 천왕교의 총단으로 들어갔다.

“휴……!”

회의실에 무림맹 공격에 대한 모든 작전을 관리 감독하던 양성붕 호법이 한숨을 쉬었다. 남쪽과 북쪽에 각각 팔로의 무림맹 고수들이 모두 길을 뚫고 들어와 뭉쳤기 때문이다. 앞뒤 모두 적을 맞이하게 된 천왕교로서는 위기라 할 수밖에 없었다. 그나마 수라교의 지원으로 약간의 시간을 지체시킬 수는 있었지만 이젠 그것도 끝이었다.

"이차 지원은 언제 보낸다 하셨소?"

양성붕의 물음에 앞에 있던 수라교의 장로 천영비마가 난감한 표정을 드러냈다.

"이차 지원에 대한 언급이 있기는 했으나, 정확히 그 수와 시기에 대해서는 교주님께서도 말씀하지 않으셨습니다. 최대한 빠른 시일 내로 보낼 것이란 말씀 외에는……."

"그럼, 다시 한 번 수라교의 교주님께 서신을 전해줄 수 있겠소?"

천영비마가 고개를 끄덕였다.

"아, 알겠습니다."

양성붕은 이번엔 나이 든 문사를 바라보았다.

"혈화궁에서는 연락이 없었느냐?"

"아직 없었습니다."

"열흘이 넘은 지 오래다. 어찌……."

계산 빠른 여우라 불리는 혈화궁주의 의도를 모르는 바는 아니었으나 양성붕은 그녀가 야속하기만 했다. 하지만 내심 그녀가 도와줄 것이란 확신을 하고 있었다. 천왕교가 무너지면 정사의 균형도 무너질 것이기 때문이다. 아직 정파 쪽에서 큰 믿음을 얻지 못한 혈화궁으로서는 천왕교가 무너지는 것을 바라지는 않을 것이 분명했다.

"혈화궁에도 다시 서신을 보내거라."

"알겠습니다."

다시 천왕교에서 전서구 몇 마리가 하늘을 갈랐다.

그 시각 남북으로 나뉜 무림맹의 고수들은 천왕교의 빈틈을 노리기 위해 두 눈에 불을 켜고 있었다. 언제고 틈만 보이면 바로 진격할 태세였다. 천왕교 또한 도움을 요청하는 한편, 이차 방어진을 치기 시작한 것이다.

*　　　*　　　*

"허억!"

자엽령은 입을 쩍 벌렸다. 갑자기 눈을 뜰 수 없을 정도로 빛이 밝아졌는데, 좀 더 빛이 있는 곳으로 다가가자 거대한 철문이 눈에 들어왔기 때문이다.

철문을 보고 놀란 것은 아니었다. 정작 그를 놀라게 한 것은 철문에 양각되어 있는 거대한 글자 때문이었다.

신화성.

"여, 여기가?"

그렇게 찾아 헤매도 보이지 않던 신화성을 발견한 그는 한참 동안 문을 바라보았다. 철문의 재질이 무엇인지는 몰라도 밝은 빛은 여전히 눈을 부시게 만들었다.

그는 천천히 철문을 향해 다가갔다. 그리고는 내력을 끌어올려 있는 힘을 다해 철문을 밀었다.

끼이이이익!

허무하다고나 할까?

열리지 않을 것 같던 철문이 너무 쉽게 열리자 힘이 빠졌다. 그는 몸 하나가 지나갈 수 있는 틈이 생기자 급히 문 안으로 몸을 옮겼다.

순간 어둠이 밀려왔다. 그리고 경직되는 몸.

"으읍!"

그는 가벼운 신음과 함께 몸을 굳혔다. 움직이려 해도 움직여지지 않았기 때문이다. 동시에 놀라운 일이 벌어졌다.

―신화성의 문을 연 자여!

"누, 누구십니까?"

아무것도 보이지 않는 어둠 속에서 우렁우렁한 목소리가 대답했다.

―수천 년의 비밀을 간직해 온 자!

"……."

자엽령은 눈을 돌려 주위를 살폈지만 어둠뿐 보이는 것은 아무것도 없었다. 그때 다시 목소리가 들려왔다.

―나 그대에게 신화성의 비밀을 개방하리니…… 수천 년의 역사를 몸속에 담으라! 시간은 하루! 원하는 것이 그대에게 있으리라!

"원하는 것?"

목소리는 더 이상 들려오지 않았다.

옴짝달싹할 수 없는 자엽령으로서는 어이없는 말이었다. 여전히 몸이 움직여지지 않고 보이는 것은 어둠뿐인데 무엇을 구할 수 있다는 것인지…….

그는 연신 두 눈을 굴렸다. 하지만 아무것도 없었다. 그런데 그때 그의 두 눈에 흐릿한 빛이 들어왔다.

자엽령은 두 눈을 부릅떴다. 빛이 보이더니 갑자기 사방이 밝아졌기 때문이다.

"이, 이럴 수가!"

그는 탄성을 자아냈다. 끝이 보이지 않는 복도가 눈에 들어왔고 양옆은 책장, 그리고 그 책장 안에는 수많은 책들이 긴 복도만큼이나 길게 진열되어 있었기 때문이다.

"이것이 신화성의 무공 비급?"

그는 급히 몸을 움직였다. 그러자 거짓말처럼 몸이 움직여졌다.

제일 먼저 살핀 것은 가장 가까이 있는 책장의 첫 번째 책자였다. 표지에는 유성기공(留聲氣功)이라고 적혀 있었다. 내용은 단전에 기운을 모아 그것을 소리로써 몸 밖으로 뿜어내는 음공의 종류였다. 입을 움직이지 않아도 소리를 낼 수 있고, 그것으로 상대를 공격할 수 있는 신비한 무공이었다.

"저, 정말 고대 무공 비급이구나!"

그는 말과 함께 다음 책을 살폈다. 그 역시 현 무림에서 볼 수 없었던 신기한 무공이 기술되어 있는 책자였다.

"이런 곳이 정말 있었다니……."

잠시 생각하던 자엽령이 급히 몸을 움직였다. 하루라는 시간만 준다고 한 것을 기억해 냈기 때문이다.

하루 만에 무공 하나를 다 익힌다는 것은 불가능한 일. 그가 천하의 기재도 아니었기에 달달 외운다 하더라도 기억할 수 있는 무공은 두세 개 정도에서 많으면 대여섯 개 정도라는 생각이 들었다.

급히 몸을 움직이며 책을 하나하나 꺼내 제목만 살피기 시작했다. 최대한 자신에게 맞고 속성으로 익힐 수 있는 무공을 찾기 위해서였다.

그렇게 책을 빼내길 한 시진.

그의 손이 갑자기 한 책자를 꺼내 들면서 멈춰졌다.

책자 표지에는 이렇게 적혀 있었다.

천마신공(天魔神功).

천마라는 말 때문에 집어 넣으려 했지만 쉽게 뿌리치기 힘들었다. 천마신공을 들어봤기 때문이다. 저 옛날 천마라는 사람이 있어 손짓 하나로 산을 뒤엎는 극강의 기운을 뿜어냈다는 전설이 있었다.

그는 우선 자신이 익힐 수 있는 것인지를 확인하기 위해 빠르게 책을 훑어보았다. 이미 익히고 있는 심법이 있었기에 그것과 반대되는 성질의 것이라면 빨리 포기하는 것이 좋기 때문이다.

그런데 어느 순간 자엽령이 감탄성을 내뱉었다. 그가 알고 있는 무공 이론를 완전히 무너뜨리는 내공 심법이었던 것이다.

"이럴 수가! 이게 가능한 건가?"

보통 심법은 내력을 단전에 모아 각 혈도로 보냄으로써 체력의 한계를 극복하게 된다. 단전이 기본이 된다는 말이었다. 그런데 천마신공은 단전뿐만 아니라 가슴, 머리, 어깨, 무릎에도 기를 저장할 수 있는 심법이었다. 단전에 내력을 쌓기 위해 수련하는 동안 다른 여섯 군데의 단전에도 내력을 쌓을 수 있기에 보통 사람의 여섯 배나 빠른 내공 진보를 보일 수 있을 것 같았다. 실제 내용도 그것을 정확히 기록하고 있었다.

군이 특별한 내공 운영을 필요로 하는 것이 아닌 것도 특이했다. 어떤 심법이든 응용이 가능했던 것이다. 자엽령이 익히고 있는 심법으로도 천마신공 수련이 가능했다.

"이런 무공이니 천마라는 고수가 전설로 남았겠지. 이 정도면 군이 화경이니 출가경이니 하는 경지를 깨지 않아도 훨씬 많은 내력을 수련할 수 있겠어."

그는 말과 함께 다시 첫 장부터 천마신공에 대한 책을 찬찬히 살펴 나가기 시작했다. 지금 바로 익힐 수는 없고, 우선 거기에 적혀 있는 설명을 머리 속에 외워야 했기 때문이다. 글자 하나도 틀리지 않고 외우기 위해 상당한 시간을 투자해야 했다. 그리 많은 분량이 아니었지만 하나라도 잊을까 두려워 그는 외우고 또 외웠다.

그렇게 천마신공을 완전히 외우는 데 모두 세 시진이라는 시간이 흘러갔다. 하지만 노파심에 다섯 번을 더 반복해서 외우고 책을 보며 확인 절차를 거친 다음에야 다시 다른 책을 살펴 나가기 시작했다.

욕심만으로는 여기 있는 모든 무공을 다 익히고 싶었지만 그럴 수 없다는 것이 안타까울 뿐이었다. 혹시 책을 가져갈 수 있을지도 모른다는 생각으로 천마신공을 품속에 넣었지만 크게 기대는 하지 않았다.

다시 한 시진 정도가 흘렀을까? 그의 눈길을 끄는 비급이 또 하나 들어왔다.

"천검령(天劍靈)?"

내용을 살펴보니 제목에서도 짐작할 수 있듯이 검법이었다. 내용은 이백여덟 가지의 초식을 그림과 설명으로 기술하고 있었다. 그리고 마지막 장의 말이 그를 끌었다.

검법을 외울수록 잊어야 하고, 완전히 잊게 되면 무초식의 세계로 접어
들게 되리라!

그는 천검령을 천마신공처럼 첫장부터 살피며 외우기 시작했다. 꽤
많은 분량과 그림이었기에 천마신공보다 더욱 많은 시간을 소비해야
했다.

천검령까지 외우게 되자 그는 다음으로 넘어갔다. 처음보다 조급해
져 있었다. 어림짐작으로는 반나절이 지나간 것 같았기 때문이다. 좀
더 많은 비급을 외우기 위해서는 급할 수밖에 없었다.

세 번째로 그의 눈길을 끈 것은 우주진경(宇宙眞經)이었다. 그것을
외우게 된 이유는 내용 때문이었다. 무공 비급이라기보다는 무공의 깨
달음에 대한 것과 마음 자세에 대한 것이었다. 화경, 출가경, 자연동화
경에 대한 설명과 무공을 익힘에 있어 피해야 할 것, 그리고 경지가 올
라갈수록 빠져드는 자괴감과 심마 등에 대해 상세하면서도 심도있게
기록되어 있었다. 게다가 마지막에는 마음을 다스리는, 누구나 할 수
있는 심법이 있어 유용하게 느껴졌다.

자엽령은 그것을 모두 외우고 난 뒤, 다시 벽력신공(霹靂神功)을 외
우기 시작했다. 정확히 벽력신공에 들어 있는 제삼장 벽력파(霹靂把)와
제오장 벽력강기(霹靂罡氣)의 무공이었다.

다음은 금황신보(金黃身步)였다. 하지만 그는 그것을 제대로 외울 수
가 없었다. 처음 몇 장을 보기도 전에 갑자기 어지럼증이 느껴졌기 때
문이었다.

“으윽!”

어지럼증 다음에는 극심한 두통이었다.

그는 머리를 감싸 쥐며 연신 식은땀을 흘리기 시작했다. 그때 그의 귀로 예의 우렁우렁한 목소리가 들려왔다.

―천운을 타고나 신화성에 들어온 자여, 그 운이 다했으니 이제 작별을 고하노라! 그대는 이제 두 번 다시 신화성에 오지 못하리라!

“아, 아직 보지 못한…….”

그는 채 말을 맺기도 전에 스르륵 눈이 감겨 버렸다. 정신을 잃었던 탓이었다.

“크아아악!”

갑장스런 괴성이 소해를 울렸다. 자엽령이었다.

그는 급히 자리에서 벌떡 일어나 주변을 살폈다. 하늘에는 동이 터 오면서도 별이 떠 있고, 배는 잔잔한 물살에 넘실거리고 있었다.

“뭐, 뭐지?”

한참을 두리번거리던 그는 이내 허탈한 표정을 지었다. 기억 속에 남아 있던 신화성, 그것이 꿈이었다는 것을 깨달았기 때문이다.

“꿈이었다니…….”

이상한 냄새로 인해 환각이라도 본 모양이었다. 자엽령은 그렇게 생각했다.

“빌어먹을! 신화성이란 결국 지어낸 말이었나?”

그런데 그게 아닌 모양이었다.

자엽령이 눈을 번뜩였다. 꿈이었다 하더라도 너무 생생했고, 꿈속에서 외웠던 무공 비급이 머리 속에 뚜렷이 남아 있었기 때문이다.

"맞아! 분명히 비급의 이론은 허황된 것이 아니었어!"

그는 외침과 함께 급히 짐 속을 뒤졌다.

그가 꺼내 든 것은 종이와 붓이었다. 흔들리는 배 안에서 급히 먹을 간 그는 꿈속에서 외웠던 무공 비급의 내용을 잊기 두렵다는 듯 빠르게 종이에 써 내려가기 시작했다. 특이한 점은 다급히 적는 중에도 비급의 내용이 글자 하나하나까지 또렷하게 기억난다는 것이었다. 자엽령으로서는 다행일 수밖에 없었다.

그는 모든 내용을 다 적어놓고는 찬찬히 살피기 시작했다. 그리고는 확신하듯 중얼거렸다.

"그래, 꿈이 아니야. 난 분명히 신화성에 다녀온 거야. 현실에서는 존재하지 않는 미지의 땅에……."

그는 말과 함께 노를 저어 소해를 빠져나가기 시작했다. 이제 그가 할 일은 신화성에서 가지고 나왔던 무공을 익히는 것과 다시 중원으로 가는 것이었다. 그 이후에 할 일은 그때의 상황을 봐가며 계획할 생각이었다.

자엽령이 소해의 강변에 도착한 시간은 햇빛이 내리쬐는 오후였다. 그는 곧장 왔던 길을 되밟으며 중원으로 향했다. 우선 흑랑회로 가서 비밀리에 그들의 움직임을 살필 생각이었던 것이다.

그는 길을 가면서도 밤에는 써놨던 무공 중 천마신공을 우선으로 수련했다. 자신이 익힌 내공심법을 천마신공에 맞춰 응용하기만 하면 되는 간단한 방법이었기 때문이다. 하지만 그의 생각과 달리 어려운 점이 많았다. 우선 단전에만 기를 쌓던 수련을 완전히 바꿔 머리와 가슴 등에 또 다른 단전을 만들어야 했는데, 그 과정이 상당히 힘들었다. 혈도에 내력을 돌리는 과정에서 가슴과 머리, 어깨, 무릎에 내력이 지나갈 때 일각 정도 내력 운용을 정지시키는 것은 쉽게 될 성질이 아니었다.

그는 자는 시간을 반 시진으로 줄이며 수련을 거듭했다. 해남을 빠져나오는 데 보름이라는 시간은 물론이고, 배를 타는 며칠 동안에도 선실에 앉아 하루종일 천마신공에 따른 내공 수련에만 전념했던 것이다. 간간이 시간이 남을 때는 다른 무공을 살피며 이론을 연구하면서였다.

그렇게 광서성 남단에 위치한 북해(北海)에 도착하자 자엽령은 천마신공을 완전히 습득할 수 있었다. 그렇다고 급격히 내력이 진보를 보인 것은 아니고, 단전 이외에 또 다른 여섯 개의 단전을 만드는 데 성공할 수 있었다는 말이었다.

이후부터는 내공 수련으로 단전 이외의 여섯 개의 단전에 내력을 쌓는 일과 그렇게 쌓인 내력을 동시에 몸 밖으로 뿜어내어 폭발적인 힘을 발휘할 수 있게 하는 것만 남게 되었다. 그렇게 되자 자엽령은 천마신공을 기록해 놨던 종이를 파기해 버렸다. 이미 자신의 몸이 체득한 무공이니 남겨봐야 좋을 것이 없을 것 같았기 때문이다.

북해에서 이틀을 머문 자엽령은 천마신공을 부단히 수련하며, 동시에 천검령의 비급을 보기 시작했다. 자엽령 자신이 거의 무초식에 가까운 검법을 구사했지만 천검령에는 무초식을 위한 검법이면서도 초식이 정확히 들어 있는 것이기에 흥미가 일었던 것이다.

무초식을 위한 유초식은 어떤 것일까?

좀 더 완벽한 무초식을 위한 수련 방법이라고 생각하자 자엽령은 관심이 갈 수밖에 없었다.

북해에서 출발해 광서성을 지나 호남에 들어설 때까지 그는 아침마다 비급을 보고 검법 수련을 했다. 처음에는 상당히 난해한 검초들로 이루어져 있어 익히는 것에만 주안을 두었고, 보름 만에야 검초들을 완전히 몸으로 외울 수 있었다. 그런 그에게 놀라운 일이 생겨났다.

몸으로 익힌 천검령. 부분적으로 매일 수련하던 그가 최초로 천검령의 모든 초식을 처음부터 끝까지 시전했을 때 일어난 일이었다.

호남에 막 들어선 새벽, 천마신공으로 내공 수련을 한 후 천검령의 초식을 처음부터 마지막까지 완벽하게 끝냈을 때, 갑자기 피를 울컥 쏟아냈다. 이런 경우는 내력이 단전에 완전히 쌓인 상태에서 그 다음의 경지로 올라갈 때나 생기는 경우였다. 내력, 즉 몸속에 흐르는 기에 대한 깨달음을 얻었을 때 나타나는 증상이었던 것이다.

그런데 내력에 대한 변화는 전혀 이루어지지 않았다. 놀람에 몸속의 기를 살폈는데, 별로 변한 것이 없었던 것이다.

'검법에 대한 깨달음으로 피를 토한다는 말은 들어본 적이 없는데……'

아무리 생각해 봐도 이상한 일일 수밖에 없었다. 그런데 더욱 놀라운 것은 천검령의 초식이었다. 다음날 우연히 천검령의 초식을 시전하려는 데 갑자기 기억이 나지 않았던 것이다.

그는 급히 종이를 꺼내 들어 초식을 살폈다. 그리곤 그것을 다시 외우며 검법을 시전했다.

억지로 끝까지 시전은 했지만 기억이 가물가물한 것이 이상했다. 천검령의 초식은 다양한 공격법과 방어를 담고 있는 수많은 초식으로 이루어져 있다. 초식과 초식의 연결이 난해하기는 했지만 대부분 간단한 동작이었기에 익히는 것에 크게 무리가 없었다.

그런데 그런 간단한 초식이 몸으로 시전했을 때 기억이 나지 않는다는 것이 신기할 뿐이었다. 그런데 다시 천검령의 초식을 펼칠 때 놀라운 일이 벌어졌다. 그나마 기억에 있던 초식까지 잊어버렸던 것이다.

그는 마지막 장에 적혀 있던 구절을 기억해 냈다.

"'검법을 외울수록 잊어야 하고, 완전히 잊게 되면 무초식의 세계로 접어들게 되리라!' 라고 했지?"

그는 잠시 그 말을 되새기곤 다시 천검령을 시전했다. 그리고 그는 허탈한 미소를 지었다. 완전히 기억에서 지워져 버렸기 때문이다. 머리 속에는 그 초식이 그려짐에도 몸이 따르지 않는다는 표현이 맞았다.

"백부님이 기본 초식을 왜 중요시 여겼는지 알겠군."

그의 백부인 자개양은 검법의 기본만을 그에게 강요했다. 하루에 수천 번이나 같은 동작을 반복하게 해서 오히려 재미를 잃게 만들었던 수련. 하지만 그 이유를 자엽령은 이제야 알 수 있는 듯했다.

오히려 예전에 자개양에게 배웠던 기초적인 초식보다 천검령의 초식이 더욱 기초적이라는 생각이 들자 그를 웃게 만들었다.

"하하하, 무에서 유가 탄생하고, 유에서 무로 돌아간다고 했던가? 오히려 많은 초식을 익히는 것이 무의미한 것이었구나."

만약 자신이 검법을 전혀 모르고 있었다면 더 빨리 천검령을 익혔을지 모른다는 생각이 그를 웃게 만들었다.

'앞으로 초식에 연연하지 않을 것이다.'

그는 다짐과 함께 아침을 먹고는 다시 길을 재촉했다. 여전히 밤마다 천마신공을 수련해 내공을 쌓았고, 천검령 수련은 완전히 빼버렸다. 대신 그 시간에 벽력파와 벽력강기를 수련했다.

벽력파와 벽력강기는 이름에서도 알 수 있듯, 뇌전의 기운을 쓰는 무공이었다. 벽력신공의 일부인 그것은 뇌전의 기운을 내력을 이용해 인위적인 방법으로 가둬두는 것을 뜻했다. 정확히 벽력파가 가둬 쓰는 것이었고, 벽력강기는 가둬진 뇌전의 기운을 밖으로 분출하는 것이었다.

장점은 본신의 내력으로 낼 수 있는 파괴력을 두 배 이상으로 낼 수 있다는 점이었다. 종이에 적힌 내용에 따르면 벽력신공이 십성만 넘게 되면 본신의 내력에 최고 네 배의 파괴력을 낼 수 있다고 했고, 십이성에 이르게 되면 열여섯 배의 파괴력을 일시에 낼 수 있다고 했다.

반면 단점은 그만큼 내력 소모가 심하다는 것, 그리고 익힘에 있어서 단전이 파괴될 수도 있다는 점이었다.

자엽령은 고개를 설레설레 저었다. 익히는 데 상당한 시간이 걸릴 것 같았기 때문이다. 천마신공과 천검령과는 비교도 되지 않을 수련 시간이 필요할 것 같았다.

그는 우선 벽력파부터 수련하기 시작했다. 다행히 천마신공의 심법을 이용했기에 뇌전의 기운을 몸속에 가둠으로 해서 생기는 단전의 무리가 줄어들었다. 천마신공 때문에 벽력파의 수련 시간을 줄일 수 있을 것 같았다.

"뇌전의 기운을 몸속에 갈무리하는 것만 가능하다면 벽력강기는 쉬울 것 같은데……."

그는 생각과 함께 수련에만 몰두했다. 그렇게 되니 오히려 흑랑회로 가는 시간이 상당히 느려질 수밖에 없었다. 그런 그가 호남 북쪽에 위치한 천자산(天子山)에서 방향을 틀었다. 흑랑회가 있는 섬서성 쪽이 아닌 하남성 쪽으로였다. 도중에 놀라운 소식을 들었기 때문이다. 바로 무림맹이 천왕교를 공격하고 있다는 소문이었다.

혈교의 존재를 알고 있고, 그들의 무림 지배 계획을 알고 있는 자엽령으로서는 이번 일이 그들과 무관하다는 생각을 했다. 아니, 생각보다는 확신이라 해야 했다.

혈교의 계획 하에 무림맹이 움직이고 있음이 분명했고, 그 선상에 무림맹의 천왕교 공격이 들어 있음이 분명했다. 그래서 옥화산이 있는 강서성에 먼저 가려고 했지만 우선 전체적인 무림 사정을 알아야 할 것 같았기에 수호문을 향해 전력을 다해 경공술을 펼쳤다. 그의 느낌으론 혈교의 본격적인 움직임이 얼마 남지 않았기 때문이다.

혼자 힘으로 혈교라는 거대한 세력에 대항할 수 없다는 것을 알고 있는 그로서는 자신의 복수에 힘이 되어줄 조력자가 필요했고, 그것을 수호문으로 생각한 것이다.

*　　　*　　　*

"크아악!"

앞서 나서던 일천 명의 천왕교 교도들이 쓰러지기 시작했다. 천왕교 총단에서 남쪽을 막고 있던 이차 방어진이었다. 그 소식은 급히 천왕교 총단으로 들어갔다.

소식을 전한 무사가 양성붕 호법을 향해 진언했다.

"이대로는 이차 방어진까지 무너지는 건 시간문제입니다. 어서 오대 무력세력을 지원하는 것이 좋을 겁니다."

하지만 양성붕은 고개를 저었다.

"그럼 한 개 대(隊)만이라도……."

"그럴 수 없다. 마지막까지 총단을 지킬 여력은 남아 있어야 한다."

그 말에 옆에서 듣고 있던 수라교의 천영비마 장로가 입을 열었다.

"이차 방어진이 너무 쉽게 무너지는 것도 좋지 않습니다. 적의 힘을 어느 정도는 빼놔야 총단을 지키기도 수월할 것이니 저 무사의 말을 듣는 것이 어떻겠습니까?"

"이차 방어진이 무너지는 것은 이미 예견된 일입니다. 그곳에서 천왕교의 힘을 손실할 수는 없는 일입니다."

하지만 그도 천영비마의 의견을 완전히 묵살할 수는 없었다. 오대무력세력인 천수대, 천강대, 천룡대, 천귀대, 천령대를 제외하고 남은 이천의 고수들 중 일천의 지원을 허락했다. 그런데 그때 다시 급보가 올라왔다.

"북쪽에 진을 치고 있던 적들이 공격을 해오기 시작했습니다."

양성붕 호법은 암담한 기분에 한숨을 내쉬며 말했다.

"북쪽에도 남은 일천 명의 고수를 지원할 테니 최대한 시간을 끌라 이르거라."

"존명!"

급보를 전한 무사는 대답과 함께 몸을 날려 회의실을 빠져나갔다. 그것을 지켜보던 천영비마가 조심스럽게 양성붕을 안심시켰다.

"조금만 더 기다린다면 본 교에서 일천 명의 고수가 도착할 것이니 염려치 마십시오."

하지만 그 소식은 바로 오늘 아침에 전해진 것이었다. 수라교의 총단과 천왕교가 있는 옥화산의 거리는 수천 리 길. 그들이 도착할 때까지 과연 총단이 버틸 수 있을지가 걱정이었다. 하지만 그런 내색을 천영비마에게 할 수는 없는 일. 양성붕은 고개를 끄덕이며 감사했다.

"고맙소. 이번에 총단을 지켜낸다면 수라교에 대한 은혜는 잊지 않을 것이오."

"과분한 말씀이십니다. 예전에 우리 수라교를 도와주셨던 은혜를 갚는 것이니 너무 신경 쓰지 마십시오."

천영비마의 말에 양성붕은 고개를 끄덕이면서도 고마움을 표시했다.

그러는 사이 남쪽으로 진격해 오던 무림맹의 고수들을 막고 있던 천왕교의 고수들에게 일천여 명의 고수가 더 지원이 되었다. 얼마 안되던 천왕교라 금방 무너뜨릴 줄 알았는데, 다시 거센 반격을 해오자 양원룡 장로가 전군에 일시 후퇴를 명했다. 그러자 푸른 기가 올라가고, 곧이어 천왕교의 이차 방어선인 옥정관을 공격하던 무림맹의 고수들이 일시에 물러났다.

"조금만 더 몰아붙이면 될 텐데 왜 후퇴를 명하셨습니까?"

옥정관을 무너뜨려 큰 공을 세우려던 파원문의 장로가 아쉬움을 드러냈다. 그러자 양원룡 장로가 대답했다.

"적의 수가 늘어났으니 좀 더 관망한 후 공격하는 것이 좋을 것 같소."

"하지만 일천여 명 정도가 지원 나왔을 뿐입니다."

"난전으로 변질될 가능성이 있소. 총단을 치기까지는 힘을 허비해서는 안 되는 법. 잠시 적의 동태를 살핀 후 공격하는 것이 좋을 것이오."

남쪽으로 진격하던 무림맹의 고수들을 책임지기로 한 양원룡 장로의 말이었기에 파운문의 장로는 어쩔 수 없이 수긍할 수밖에 없었다. 그러자 옆에 있던 천웅방의 장로가 제안했다.

"적의 수가 늘어났다고는 해도 어차피 우리에게는 미치지 못합니다. 차라리 전원 공격해 들어가는 것이 어떻겠습니까?"

"좁은 길목에 많은 고수들을 투입하는 것은 바람직하지 못하오. 시간이 조금 걸리더라도 정석으로 나가야 할 것이오."

"하지만 식량 조달이 조금씩 힘에 붙이고 있습니다. 장기전으로 가기에는 조금 무리가 있지 않겠습니까?"

"이미 사람을 보내 인근에 있는 정도문파에 지원을 해달라고 요청했으니 걱정하지 않으셔도 될 것이오.”

“그럼 이차 공격은 언제쯤 시작할 생각이십니까?”

“오늘 저녁으로 하겠소. 그때까지 모두 쉬도록 하시오.”

“알겠습니다.”

무림맹이 쉬고 있는 사이, 멀리서 그 모습을 지켜보는 여인이 있었다. 그녀는 급히 종이에 무언가를 쓰더니 전서구에 달아 하늘로 날려 올렸다.

잠시 후 전서구는 옥화산의 남서쪽의 숲 속에 내려앉았다. 정확히 숲 속에 있던 중년 여인에게로였다.

그녀는 전서구에 달린 종이를 읽어보더니 뒤에 선 젊은 여인을 향해 전서를 내밀었다.

“전투를 멈췄답니다.”

“다행이구나!”

젊은 여인은 대답과 함께 전서를 세심히 살폈다. 천냉화였다.

그녀는 전서를 읽어 내려가며 물었다.

“진진, 네가 생각할 때 어느 쪽이 우세할 것 같으냐?”

“당연히 무림맹 쪽입니다.”

“천왕교 쪽에서 오대무력세력을 움직인다면?”

“그럼 지금과는 다른 양상으로 변할 가능성이 큽니다만 결국에는 무림맹 쪽이 승리하겠죠. 단지 언제 무너지느냐 하는 시간 싸움인 것이 분명합니다.”

“결국 승패를 뒤집기란 불가능한 것?”

진진이라 불린 중년 여인이 고개를 끄덕였다. 그러자 천냉화가 다시 물었다.

"만약 우리가 천왕교를 돕는다면?"

"글쎄요…… 때만 잘 맞춰 무림맹의 뒤를 친다면 궁주님의 바람대로 장기전으로 들어가 비길 거란 생각은 들지만 그것도 요행까지 바라야 성사될 겁니다."

솔직한 그녀의 말에 천냉화는 인상을 찌푸렸지만 다른 말을 하지는 않았다. 그저 궁녀 일천여 명으로 천왕교를 도우라는 궁주의 명에 의아함을 느낄 뿐이었다.

'도대체 무슨 생각이신 거지?'

상당히 신중한 혈화궁주이지만 한번 결정이 서면 물불을 가리지 않는 과단성이 있다는 것을 알고 있는 천냉화로서는 이번 명령이 이상하게 여겨질 수밖에 없었다.

잠시 생각하던 그녀가 진진에게 명했다.

"계속 무림맹과 천왕교의 전투를 감시해라. 기회를 봐서 전면으로 나서 무림맹을 위축시키는 수밖에 없다."

"알겠습니다."

진진이 물러가자 천냉화는 깊이 한숨을 들이마시며 생각에 잠겼다. 일천의 궁녀로 일을 성사시키기는 그녀로서도 힘들어 보였다. 천왕교의 오대무력세력이 무림에 명성이 자자하지만 이만은 족히 되어 보이는 무림군웅들과 구파일방에서 지원 나온 고수들을 전부 막을 수는 없을 것이다. 그간 일차 방어선을 뚫고 이차 방어선을 무너뜨리기 위해 흘린 무림맹 쪽의 피해가 크기는 하지만 그 수는 조금도 줄어 보이지 않았다.

만약 이차 방어선이 무너진다면 무림맹은 곧바로 총단을 공격할 것이고, 총단에는 수라교의 고수들을 합치더라도 칠천을 넘지 못할 것이니 상당한 피해가 날 것이 예상되었다. 거기에 혈화궁이 가세한다 하더라도 팔천이니 크게 결과가 변하지 않을 것이 분명했다. 무림맹에 지원을 나온 각 문파의 고수들도 약한 자들이 아니었기 때문이다.

"상책은 우리 혈화궁이 독자적으로 움직여 무림맹과 천왕교의 중간에 서는 것이로군. 하지만 수가 너무 적어서 무림맹에 위협이 별로 되지 않을 것인데……. 그렇다면 무림맹의 뒤를 치는 방법?"

그녀는 고개를 저었다. 첫 번째 방법은 그녀가 말했듯이 혈화궁의 힘이 강해야 이루어질 수 있는 것이기 때문이다. 혈화궁의 힘이 강하면 무림맹에서도 혈화궁이 천왕교를 돕는 것을 두려워해 물러날 가능성이 있었다. 하지만 실상이 그렇질 못하니 문제였다. 그런 면에서는 두 번째 방법이 가장 좋기는 하지만 혈화궁이 떠안는 위험 부담이 너무 컸다. 승패를 떠나 무림맹과 적이 될 것이 자명하기 때문이다. 천왕교 다음 목표가 될 수밖에 없었다.

잠시 후 그녀가 뒤에 서 있던 여인을 향해 물었다.

"무림맹의 보급 상태는 어떻더냐?"

"식량 조달이 상당한 문제 같았습니다. 이틀 전 옥화산 인근에 있는 정도문파에 무사들을 보낸 것으로 보아 거기에서 식량을 보급할 모양인 것 같았습니다."

"흐음……!"

천냉화의 입가에 조소가 걸렸다. 좋은 생각이 났기 때문이다.

"우선 무림맹이 장기전을 치를 수 없게 만드는 방법을 써야겠다."

말과 함께 그녀가 다시 물었다.

"어느 문파에 사람을 보냈느냐?"

“근처에 있는 정파 모두입니다.”

“모두라고 해봤자 천왕교 때문에 정도문파가 몇 개 되지 않을 텐데?”

“맞습니다. 천도문과 제왕문, 그리고 조금 멀리 떨어져 있기는 하지만 사룡방과 칠선문에 사람을 보낸 것으로 알고 있습니다.”

“좋아, 그럼 오늘밤 삼경 초에 궁녀들을 둘로 나누어 천도문과 제왕문을 공격한다.”

순간 여인이 인상을 찡그렸다.

“그러면 문제가 상당히 커질 수 있습니다. 지금까지 쌓아온 혈화궁의 좋은 인식이 다시 사파로…….”

“들키지 않으면 상관없다. 거창하게 공격할 것도 아니고 그들의 창고와 사업장만 무너뜨려 자금줄을 틀어막으면 되니까. 오늘밤 시행할 테니 지금 즉시 옥화산을 빠져나가도록!”

“알겠습니다.”

第四章

무림맹의 위상이 하늘을 찌를 듯했다. 거대한 태산으로 불리는 사파의 지존 천왕교를 몰아붙인다는 소문이 전 무림에 퍼져 나갔기 때문이다.

어둑한 무림맹 내원의 회의실에 현진 장로가 홀로 앉아 있었다. 한시진 동안 찻잔을 홀짝이며 생각에 잠겨 있는 것이 무언가를 기다리는 듯했다.

그렇게 일각을 더 기다렸을까? 천장에서 기척이 나더니 음침한 목소리가 흘러나왔다.

"모든 준비가 종료되었습니다."

그 말에 현진 장로, 인면신제가 비소를 흘렸다.

"이제야 시작되는 것인가?"

"그렇습니다."

"어디부터 시작할 생각이라더냐?"

"용정문, 신해문, 곤륜파, 공동파, 기련문, 정서방, 합장문, 만악문, 금창부, 황중문, 호조문 등, 문도 수 삼천이 넘는 문파는 열여덟. 그 외에 스물세 개의 군소방파를 일시에 칠 계획이랍니다. 다음날은 다른 오십여 개의 문파를 공격하고, 그 다음날 청해성과 감숙성에 위치한 모든 문파에 항복을 권유하는 명령서를 보낼 겁니다. 거절의 뜻을 비치는 문파는 그대로 멸망시킬 계획이랍니다."

"며칠을 계획하고 있지?"

"모두 오 일입니다. 오 일 안에 청해성과 감숙성을 혈교의 발아래 둘 계획입니다."

"호호호……!"

인면신제는 음침한 웃음을 흘리며 말했다.

"두 개의 성을 오 일 만에 쓸어버린다? 우리 혈교가 아니라면 감히 엄두도 못 낼 일이지."

"애뇌산의 일로 중원무림이 상당한 타격을 입은 데다 이번 천왕교와 무림맹의 싸움으로 다시 한 번 힘이 꺾였으니 감히 우리의 진격을 막을 수는 없을 겁니다."

"호호, 한심하구나. 사정이 이런데도 무림맹과 천왕교는 서로의 목을 끊어놓기 위해 혈안이 되어 있으니……."

"어차피 계획의 일부에 지나지 않았으니, 당연한 결과입니다. 우리의 존재를 알게 된다면 충격을 받겠지요."

"그럴 테지. 장강!"

"하명하십시오."

"이제 내가 이곳에서 할 일은 없다. 내일 축시(丑時)에 이곳에서 몸을 뺄 생각이다."

"준비하겠습니다."

"흑랑회는 어떻게 되었나?"

"이미 모두 철수시켰습니다."

"나머지 용병들은?"

"모두 저 세상으로……. 그리고 비웅신제께서는 지금쯤 비밀 총단으로 이동 중에 있을 겁니다."

"그분은?"

"감숙성에 만들어진 비밀 총단에 계십니다."

"그럼 그곳으로 가겠다."

"알겠습니다."

대답과 함께 기척이 사라졌다. 인면신제는 연신 비소만 흘릴 뿐이었다.

'중원의 쓰레기들이여, 잘 있거라!'

＊　　　　＊　　　　＊

중심을 잡기 위해선 마음을 바로 세워야 하고, 마음을 바로 세우기 위해선 중심을 잡아야 한다. 돌고 돌아 무엇이 먼저인지 알 수 없게 된 이 모순은 무공에도 적용될지니, 어찌하여 무의 길을 택했던 것인가.

자엽령은 하남 땅에 발을 디딘 후부터 우주진경에 흠뻑 빠져들었다. 무공을 익힘에 있어 마음가짐을 바로 하고 깨달음을 얻게 하는 문장들이 다시 한 번 그를 일깨웠기 때문이다. 그의 눈길을 가장 끈 것은 이

문장이었다.

　무에 대한 욕심은 약한 마음에서부터 피어나는 것이니, 그대여, 자신의 부족함을 탓하지 말고 항상 풍요로움과 느긋한 마음으로 자신을 돌아보고 세상을 돌아보라!

　"훗!"
　자엽령은 피식 미소를 지었다. 맞는 말 같았다.
　"느긋한 마음이라… 그런 눈을 가지게 되려면 무공 수련보다는 마음의 수양이 더 필요하겠군."
　그는 중얼거림과 함께 계속 우주진경을 읽어나갔다.
　그렇게 며칠 동안 정신을 집중해 우주진경을 읽고 또 읽는 동안 어느새 그의 앞에는 수호문이라는 큰 현판을 달고 있는 장원에 도착할 수 있게 되었다.
　해남에서 이곳까지 그리 길지도 짧지도 않는 시간이 걸렸지만 그간 자엽령은 천마신공으로 상당한 내력 증진을 보일 수 있었다. 화경의 경지로 올라서며 비약적으로 커진 단전. 하지만 거기에도 내력을 쌓는 양에는 한계가 있었다. 그 한계에 부딪친 자엽령은 더 이상의 내력 증진을 맛보지 못했는데, 천마신공으로 그것을 해결할 수 있었던 것이다. 게다가 머리와 어깨 등에 만들어진 여섯 개의 단전에 동시에 내력이 쌓이게 되니 내공 증진이 스스로 생각해도 놀라울 정도로 빠르게 진행되었다.
　반면 천검령으로 예전의 무초식을 완전히 벗어던지는 성과도 이루었다. 분명 그가 사용하는 것은 수많은 검법에 따른 무초식이었지만 그것은 무초식을 가장한 틀이었을 뿐, 이번 천검령 때문에 진정한 무초식이 무엇인지를 알게 된 느낌이었다. 가장 큰 성과는 아마 그것일 것이다.

또 벽력파와 벽력강기로 인해 몸 밖으로 뿜어내는 강기의 파괴력이 한층 더 강하게 만들어져 있었다.

짧은 시간 동안 많은 것을 얻어낸 그가 수호문의 정문 앞에서 문을 두드렸다. 여느 문파와 달리 문지기가 없었기 때문이다.

쾅쾅!

소리와 함께 문 안에서 나직한 목소리가 흘러나왔다.

"누구시오?"

"자엽령이라고 합니다."

그러자 이미 들은 바가 있는지 정문이 열리며 노문사가 모습을 비췄다.

"문주님께 들었습니다. 들어오시지요."

자엽령은 노문사를 따라 장원을 걸어갔다. 특이한 점은 큰 장원임에도 불구하고 무공을 익힌 무사를 볼 수가 없다는 것이었다. 하인이나 시녀조차도 보이지 않으며 음산한 기운까지 풍기고 있었다.

자엽령이 안내받은 곳은 허름한 건물 안이었다. 노문사는 그를 건물 안에 있는 방으로 안내하고는 그대로 사라졌다. 그러자 문 안쪽에서 익숙한 목소리가 들려왔다.

"들어오게."

전노아의 목소리였다.

자엽령이 문을 열고 들어가자 예상대로 전노아가 자리에 앉아 그를 바라보고 있었다.

자엽령이 포권했다.

“급히 알아볼 것이 있어 들렀습니다.”

“알아볼 것? 옥화산에 대한 일이겠지?”

자엽령이 고개를 끄덕이며 빈자리에 앉았다.

“어떻게 된 일입니까?”

“소문으로 들은 그대로네.”

“왜 무림맹이 천왕교를 공격하는 것입니까? 그럴 이유가 아직 없을 텐데요?”

“그들이 수를 쓴 게지.”

“어떤 수를 썼기에 이렇게 강호가 떠들썩한 것입니까?”

“애뇌산의 일을 천왕교에 뒤집어씌웠네. 무림맹으로서는 가시 같은 그들을 없앨 빌미가 제공된 것이니 기다렸다는 듯이 공격하고 나선 걸세.”

“흐음……!”

“게다가 애뇌산에서 천왕교의 오대무력세력 중 하나인 천룡대를 봤다는 증인들이 몇몇 있는 모양일세. 그것이 결정적으로 무림맹을 움직인 이유가 되었지.”

순간 자엽령이 뜨끔했다. 자신을 돕기 위해 천룡대가 나선 것은 누구보다 그가 잘 알고 있는 사실이었기 때문이다. 왠지 천왕교에 미안한 마음이 들었다. 하지만 그런 마음을 숨긴 그가 능청스럽게 물었다.

“수호문은 왜 아직까지 움직이지 않고 있는 것입니까? 어르신은 아직 무림맹의 총호법으로 계시니 사실을 알려 막을 수 있을 것이 아닙니까?”

“자네도 전에 들었겠지만 무림맹에 혈교의 첩자가 있네. 맹주의 말로는 현진 장로가 주범이지만 그 말고 또 누가 더 있는지 알 수 없으니 섣불리 나서기가 곤란한 실정이네."

"그럼 이대로 지켜보고 계실 생각이십니까?"

"움직여야지."

"여기 오면서 들은 소문으로는 천왕교가 거의 무너져 가고 있다고 했습니다. 지금도 늦었는데 언제 움직인다는 것인지……."

"우선 증거를 잡아야 해."

"증거라면?"

"혈교가 이번 일에 개입이 되었다는 증거, 그리고 애뇌산의 일도 혈교의 계획이었다는 증거일세. 그것이 없이는 싸움을 멈출 수가 없네. 그전에 우리가 나선다면 오히려 말리기보다는 삼파전이 될 공산이 크지."

"하지만 이대로 지켜볼 수는 없는 일입니다."

"그럼 자네는 어쩌자는 겐가?"

자엽령이 되물었다.

"증거를 잡는 데 얼마나 시간이 걸리겠습니까?"

"대충 가닥은 잡혔지만 결정적인 증거는 없네."

"그런 제가 증인이 되겠습니다. 흑랑회 소속이었다는 것은 모두가 아는 사실. 제가 나선다면 충분하겠지요."

"과연 그렇게 간단하리라 생각하는가? 무림맹의 천왕교에 대한 원한은 아주 크네. 모든 일에 천왕교가 걸림돌이었으니까. 설사 자네 말을 믿는다 하더라도 어느 한쪽이 완전히 무너지지 않는 이상 멈추지는 않을 걸세."

그 말에 자엽령이 자리에서 일어섰다.

“멈추게 만들면 되는 일. 제가 멈추게 만들겠습니다.”

“무슨 수로?”

“천왕교의 힘이 강했다면 이런 일도 없었겠죠.”

“자네가 강하다는 것은 인정하네만 자네 한 명이 천왕교를 돕는 것이 무슨 큰 힘이 되겠나?”

“두고 보시면 압니다.”

전노아는 아무런 말 없이 자엽령의 표정을 한참이나 들여다보았다.

‘무언가 달라 보이는군.’

분명히 예전의 그대로였지만 그 내면과 표정에 들어 있는 무언가는 다르다는 것을 전노아는 느꼈다. 전에 느꼈던 동료의 죽음에 대한 분노와 복수는 보이지 않았고, 왠지 차분하면서도 자신감에 넘친 표정이었다.

믿음이 간다고나 할까?

거짓말은 아닐 것 같다는 느낌을 받은 전노아가 확인하듯 물었다.

“자신있나?”

그러자 자엽령이 엄지를 치켜세웠다.

전노아가 고개를 끄덕였다. 그리고는 놀라운 말을 했다.

“살아오면서 한 가지 확신하는 것이 있네. 멈출 때는 잠룡이 되고 움직일 때는 태산이 되어야 한다는 것일세.”

“……”

“최대한 빨리 혈교의 꼬리를 잡겠네. 자넨 자네 말대로 옥화산으로 가 그들의 싸움을 말리게. 수호문의 고수들을 자네에게 맡기겠네.”

“하지만 제가 그들을 데리고 가면 혈교에 대한 일 처리는…….”

“오백여 명은 증거를 잡기 위해 움직이고 있으니 일천여 명은 될 걸세. 상관없으니 데리고 가게. 만약 생각처럼 일이 풀리지 않는다면 시간이라도 벌어주면 좋을 게야."

자엽령이 고개를 끄덕였다.

"알겠습니다."

그때 방문이 벌컥 열렸다. 그리고 들리는 분에 찬 목소리.

"가가! 왜 이제 돌아왔어?"

순간 자엽령이 진땀을 흘렸다. 그제야 은소소를 이곳으로 보낸 것이 기억났던 것이다.

그가 뜨끔해하는 사이 은소소가 바람처럼 달려들더니 자엽령을 끌어안았다.

"한 번만 더 날 따돌리면 가만두지 않을 거야!"

서럽게 우는 그녀를 향해 자엽령은 난감한 표정을 지을 수밖에 없었다.

다음날 아침 자엽령은 수호문을 떠났다. 사람들의 눈을 의식했기에 수호문의 무사들과는 별도로 행동하기로 한 채였다. 하지만 은소소의 고집 때문에 어쩔 수 없이 그녀와는 동행을 하게 되었다.

　천냉화의 계획은 전혀 뜻밖의 결과를 초래했다. 식량 보급을 막은 것까지는 좋았으나 그 때문에 무림맹에서 천왕교의 공격을 서두르기 시작했기 때문이다. 그날 이후 무림맹이 천왕교를 몰아붙인 덕분에 이 차 방어선은 금세 무너졌고, 천왕교의 총단까지 진격하게 되는 결과를 낳게 되었다.

　결국 어쩔 수 없었던 천냉화는 남쪽을 공격하려던 무림맹의 뒤를 쳐 공격한 후, 기회를 틈타 천왕교의 총단으로 들어가 버렸다. 다행히 그와 동시에 수라교에서 일천여 명의 고수가 더 지원되었기에 어느 정도 안정을 찾을 수 있었지만 무림맹의 작전에 말려 피해를 입은 것 때문에 상당한 힘을 상실해야 했다. 수라교의 천영비마의 제안으로 야습을 나갔다가 그것을 미리 알아차린 무림맹에 오히려 역습을 당한 때문이었다.

　그날 이후부터 천왕교는 섣불리 총단을 나가지 않게 되었다. 철벽의 요새에 기대어 방어에만 치중했던 것이다. 거의 세 배의 숫자가 차이 나는 데다 무림맹의 발호로 모인 고수들도 상당한 실력자들, 그리고 구파일방에서 지원 나온 절정의 고수들까지 있으니 전면전으로서는 양쪽 다 상당한 타격을 받을 수 있었기 때문이다.

무림맹으로서는 그렇게 되어도 좋았다. 어차피 여러 문파가 모였으니 피해를 본다 하더라도 각 문파별로 따지면 그리 큰 피해가 아니었기 때문이다. 하지만 천왕교 쪽에서는 사정이 다를 수밖에 없었다. 이번 전투로 입은 피해는 천왕교 전체의 피해를 뜻했다.

천왕교 쪽에서 정면 대결을 피하자 전투는 장기전으로 흐를 기미를 보였다. 하지만 식량 조달에 어려움을 겪고 있는 무림맹이라 천왕교의 의도대로 그냥 있지는 않았다.

"준비는 되었소?"

양원룡 장로의 말에 천웅방의 장로가 고개를 끄덕였다.

"어렵게 벽력탄 열두 개를 구해놨습니다."

"수고하셨소."

"한데, 벽력탄을 써도 괜찮겠습니까? 암묵적으로 사용이 금지된 물건이 아닙니까."

"사파의 무리들을 쳐부수는데 뭐가 문제가 되겠소. 저들은 애뇌산에서 벽력탄으로 수를 헤아릴 수 없는 사람들을 학살했소. 받은 대로 돌려주는 것이니 너무 염려하지 마시오. 게다가 정문을 부수는 것에 사용할 뿐이니 인명 피해도 없을 것이오. 무림 정의를 위해 모여든 우리가 어찌 적에게 벽력탄을 써 같은 취급을 받을 수가 있겠소."

그의 말에 천웅방의 장로가 고개를 끄덕였다. 그리고 그 주변에 모여 있던 다른 문파의 책임자들도 수긍하는 눈치를 보였다. 그것을 확인한 양원룡이 수하에게 명했다.

"벽력탄의 절반을 북쪽에 있는 오장각 장로에게 전해주어라. 북문을 부수는 데 문제가 없을 것이다."

"알겠습니다."

수하가 급히 밖으로 뛰쳐나가자 양원룡 장로가 좌중을 돌아보며 다시 말을 이었다.

"내일 아침을 먹고 오시(午時)에 총공격을 펼칠 것이니 모두에게 전달해 주시오."

"알겠습니다."

회의는 간단하게 끝이 났다. 천왕교로 들어갈 수 있는 문만 뚫린다면 특별한 작전이 필요없기 때문이었다.

"상황은 어떻습니까?"

자엽령의 물었다. 그는 옥화산에서 삼백 리 정도 떨어진 작은 마을을 지나고 있었다.

그의 물음에 사십대 중반 정도의 무사가 대답했다.

"천왕교가 쉽게 무너질 것 같지는 않았습니다. 정문과 후문을 걸어 잠그고 있는데 큰 피해 없이 지키기만 할 뿐, 무림맹으로서는 더 이상의 얻어지는 것 없이 시간만 때우는 듯했습니다."

"다행이군요."

그 말에 중년 무사가 물었다.

"옥화산에 가서 정확히 어떻게 하실 생각입니까?"

"우선 천왕교와 무림맹의 책임자를 불러 대화를 해볼 생각입니다."

"그들에게 통하겠습니까?"

“무림맹은 몰라도 천왕교에는 통할 겁니다.”

“자신있는 말투로군요.”

자엽령은 미소 지을 뿐 다른 말은 하지 않았다. 그러자 중년 무사가 다시 물었다.

“만약 생각과 달리 우리를 공격해 오면 어쩌시겠습니까?”

“그렇다면 천왕교 쪽에 붙을 겁니다. 그것이 힘의 균형을 위해 좋으니까요.”

‘또 진 빚도 있으니까.’

마지막 말은 마음속으로 되뇌었다. 그때 은소소가 나섰다.

“얼마나 더 가야 하지?”

“하루 정도.”

대답과 함께 자엽령이 중년 무사에게 물었다.

“지금 어디에 대기 중입니까?”

“옥화산 서남쪽에서 대주님이 오시길 기다리고 있습니다.”

“그럼 최대한 빨리 가야겠군.”

말과 함께 그는 마을을 벗어나 준비했던 말을 타고 옥화산으로 달리기 시작했다. 그렇게 예정 시간보다 일찍 옥화산에 도착했을 무렵이었다. 갑자기 거대한 굉음이 멀리서 울려왔다.

콰콰쾅!

“무슨 소리지?”

놀란 은소소의 물음에 자엽령이 고개를 저었다. 곁에 있던 중년 무사도 대답이 없었다. 그런데 그때 어디선가 무사 한 명이 그의 앞으로 달려오더니 포권을 했다. 수호문의 무사였다. 정갈하면서도 강렬한 기운을 내뿜는 그가 급히 보고를 올렸다.

"큰일났습니다."

자엽령이 물었다.

"무슨 일입니까?"

"조금 전 무림맹이 천왕교의 총단을 총공격했사온데, 벽력탄을 사용해 간단히 남문과 북문을 부쉈습니다."

순간 자엽령이 인상을 구겼다. 문이 뚫렸다면 난전이 될 수밖에 없기 때문이다. 그럴 경우 압도적인 수를 자랑하는 무림맹이 유리했다.

그는 대답도 하지 않고 급히 몸을 날리며 중년 무사를 향해 외쳤다.

"지금 즉시 수호문의 무사들을 총단으로 데리고 오십시오!"

그 말에 중년 무사가 막 대답을 하려는데, 자엽령의 몸은 이미 점이 되어 있었다. 그 놀라운 속도는 은소소조차 따라가려던 마음을 접게 할 정도로 빨랐다.

채채챙!

사방으로 날리는 검무 속에 두 명의 적이 피를 뿌리며 쓰러졌다. 천냉화는 그 모습을 보며 총단 입구 왼쪽, 천비당 앞에 서 있었다. 그녀의 뒤로 칠백여 명의 궁녀가 대열을 갖추며 앞서 달려오는 무림맹의 고수들과 병장기를 주고받았다.

천냉화는 솔선수범을 보이기 위해 선두에서 적들을 베어 넘기며 궁녀들을 다독였다. 급작스런 벽력탄의 폭발, 그리고 정문에서부터 쏟아져 들어오는 무림맹의 고수들에 대한 놀람도 있었지만 그것은 잠시였다. 혈화궁은 그녀를 중심으로 그 어느 때보다 용기백배로 남자들보다 더욱 높은 기상을 보여주고 있었다. 반면 그 반대편인 북문에서 적들을 막고 있는 수라교의 고수들 역시 혈화궁의 궁녀들 못지않은 무위를 보여주고 있었다.

천영비마를 중심으로 뭉쳐진 그들은 사이한 기운을 풀풀 풍기며 무림맹의 고수들을 막아서고 있었다. 하지만 적들의 수가 워낙 많았다. 어중이떠중이였다면 상관없지만 이름있는 문파의 고수라는 작자들의 집합이라 막는 데 어려움이 많은 것이다. 게다가 중간중간 끼어 있는 구파일방의 고수들 때문에 피해는 시간이 갈수록 커지고 있었다. 결국 벽력탄이 터진 지 이각이란 시간이 채 지나기도 전에 후퇴 명령을 내릴 수밖에 없었다.

혈화궁 또한 마찬가지였다. 점점 뒤로 물러서더니 급기야 몸을 돌려 천왕교의 내원 쪽으로 퇴각하기 시작했다.

사실 그들의 임무는 천왕교의 오대무력세력이 최종 방어선을 구축하는 시간을 버는 역할이었고, 그것을 충분히 이행했기 때문이기도 했다.

혈화궁과 수라교의 고수들이 물러서자 무림맹의 고수들은 거침이 없었다. 남문과 북문으로 모든 고수들이 들어오더니 천왕교의 내부를 휘저으며 혈화궁과 수라교의 고수들을 몰아붙였다. 하지만 그들의 진격도 천왕교의 내원 앞에서는 멈출 수밖에 없었다. 사악한 기운을 극도로 풍기는 오천 명의 고수. 오천의 고수가 극도로 단련된 기운을 풍겨내는 모습은 그들로서도 두려운 마음을 일게 했다.

그들이 주춤하는 사이 혈화궁의 궁녀들과 수라교의 고수들이 천왕교의 오대무력세력과 합세를 했다. 같이 내원을 둘러서며 진을 구성해 무림맹과 한판 승부를 벌일 태세를 갖추는 것이다.

그때 내원의 정문 쪽으로 구파일방의 고수들이 이동했다. 그리고는 노승 하나가 합장을 하며 천왕교를 향해 입을 열었다.

"아미타불! 천왕교의 교주를 만나고 싶소!"

그러자 천왕교 쪽에서 오십대 후반의 사내가 앞으로 나섰다. 극악한 기운을 숨김없이 풍기는데, 그는 천강대의 대주였다.

"너는 누군데 감히 우리 교주님을 뵙자고 하는 것이냐? 그럴 만한 능력이 된다고 생각하느냐?"

"빈승은 진헌이라고 하오! 백팔나한승을 책임지고 있소."

그 말에 천강대의 대주가 눈살을 찌푸렸다. 소림의 백팔나한이라면 그 실력은 소림에서 최강이라고 해야 했다. 그런 그들을 책임지고 있다면 그 지휘는 무림에서도 상당히 높은 위치를 차지하는 것이 당연했다. 하지만 천강대의 대주는 전혀 위축되지 않고 대답했다.

"그대는 교주님을 뵐 자격이 되지 않소. 그리고 여기까지 온 상황에서 우리 교주님과 무슨 대화를 하겠다는 말이오?"

"피를 흘리지 않고 서로 양보할 수 있다면 어찌 한마디 대화가 어려운 것이겠소? 아미타불!"

그 말에 옆에 있던 아미파의 여승도 앞으로 나섰다. 그녀 또한 나이가 상당히 많은지 백발에 주름투성이였다. 하지만 눈에서 흐르는 정기는 누구보다 맑았고, 몸 밖으로 풍겨 나오는 기운은 정순했다.

"아미파의 소정 사태라 하오. 돌려 말하지 않겠소. 지금 이 순간부터 무기를 버리고 천왕교의 해체를 선언한다면 우리 아미파는 그대들에게 그 어떠한 해도 가하지 않을 것이오."

그러자 이번에는 천왕교의 장로 한 사람이 나섰다.

"흥! 고얀 놈들! 천왕교가 그렇게 하찮게 보이더냐? 너희 같은 무림의 쓰레기들 천만이 몰려와도 두렵지 않다! 감히 어느 앞이라고 해체 운운한단 말이냐?"

소정 사태가 고개를 절레절레 저었다.

"아미타불!"

그녀는 불호와 함께 뒤에 있던 제자들에게 명했다.

"옥검현로(玉劍玄路)를 펼치거라!"

순간 삼백여 명의 아미파 제자가 앞으로 나서더니 검진을 구성했다. 다섯 개의 원이 순식간에 만들어지고 그 원 안에 각각 한 명씩 자리를 잡는 검진이었다.

그녀들의 행동에 소림사의 진헌 또한 지시를 내렸고, 역시 소림승들이 아미파의 옆에 진법을 펼쳤다. 이어 개방과 무당 등이 그 옆을 지켰다. 구파일방이 선두에서 몰아붙이겠다는 뜻이었다. 천왕교의 오대무력세력을 의식했음이 분명했다.

그들이 선두에 나서자 남은 무림맹의 고수들도 내력을 끌어올리며 공격적인 자세를 드러냈다. 순간 장내에는 팽팽한 긴장감이 감돌기 시작했다. 그것을 지켜보던 천냉화가 인상을 쓰며 옆에 있던 진진에게 전음을 보냈다.

[앞으로 나서지 말고 최대한 뒤만 받쳐라. 기회를 봐서 자리를 피해야 한다.]

사정이 여의치 않자 그녀는 혈화궁의 힘만이라도 지키기 위해 지시를 내렸다. 그러자 진진이 고개를 끄덕였지만 표정은 회의적이었다.

[적들이 내원을 겹겹이 둘러쳤습니다. 과연 빠져나갈 수 있을지 걱정이군요.]

[빠져나가야 한다. 이대로 여기에서 당할 수는 없어.]

[알겠습니다.]

그들이 대화를 주고받고 있는 사이 아미파의 소정 사태가 검을 들어

앞으로 내렸다. 그러자 아미파의 제자들이 펼친 다섯 원 검진 중 가장 가운데에 자리를 잡고 있는 제자들이 원을 따라 돌기 시작했다.

가장 먼저 입을 연 것은 가운데 원의 중앙에 자리잡고 있는 여휘량이었다. 그녀 또한 소정 사태를 따라 이번 천왕교의 공격에 참여했던 것이다.

"천지멸절(天地滅絶)!"

그녀의 외침에 다섯 원이 갑자기 앞으로 빠르게 이동했다. 동시에 구파일방의 다른 고수들도 각 진법이 가진 모용을 뽐내며 천왕교 쪽으로 공격을 가했다. 그러자 드넓게 펼쳐진 내원 담장을 등지고 있던 천왕교의 고수들도 질 수 없다는 듯 사방으로 움직이기 시작했다. 무림맹과 천왕교의 전투 중 가장 치열한 접전이 벌어지려는 것이다.

쉬이잉!

바람이 귀를 타고 뒤로 넘어가는 소리는 무서울 정도였지만 시간이 지나자 그것은 잔잔한 파도와 같다고 자엽령은 생각했다.

그는 하나의 바람이 되어 있었다.

순간 귓가에 흐르는 바람 소리를 들으며 앞으로 나가던 그의 두 눈이 번뜩였다.

"저기군!"

능선을 타고 이각 정도를 달라자 드넓은 초원이 그의 눈에 들어왔던 것이다. 그리고 초원의 중앙에 자리잡고 있는 천연의 요새 같은 천왕교의 총단도!

그는 급히 총단의 정문으로 달려갔다. 벽력탄으로 인해 부서진 성벽과 성벽 주위로 수백의 시체들이 늘어서 있었다.

'꽤나 성대한 전투를 치른 것 같군!'

그는 생각과 함께 정문을 통과했다. 그리곤 인상을 찌푸렸다. 총단 밖에서 보던 모습보다 총단 안의 모습이 더욱 심했기 때문이다. 수천은 족히 될 듯한 무사들의 시체와 피가 사방을 뒤덮고 있었다. 그중 그의 눈에 들어온 시체가 있었다.

"혈화궁? 혈화궁이 천왕교를 도운 건가?"

수라교가 천왕교를 돕기 위해 고수들을 투입했다는 말은 들었지만 혈화궁에 대해서는 아무런 소문도 듣지 못한 그였다. 하지만 시체가 있는 위치와 쓰러진 방향으로 보아 천왕교를 도운 것이 분명해 보였다.

'정문이 뚫리자 여기에서 막아섰군. 그리고 점차 수적으로 밀리자 저곳으로 퇴각했어.'

그가 유추한 바는 정확히 맞아떨어졌다. 혈화궁이 퇴각했으리라 짐작되는 곳에서 병장기 부딪치는 소리와 함께 대규모의 전투 소리가 들려왔다.

자엽령은 다시 경공술을 발휘해 소리가 들리는 곳으로 달려갔다.

第五章

채채채채챙!

"크아악!"

사방에서 귀를 찢을 듯한 소음이 하늘을 찔렀다. 죽이지 않으면 죽게 되는 전쟁터가 모두 그렇겠지만, 천왕교의 총단에서 벌어지는 전투는 더욱 살기가 짙게 배어 나오고 있었다.

"얍!"

한 소리의 기합성과 함께 천냉화의 검이 앞서 들어오는 사십대 중반의 승려를 향해 뻗어나갔다. 서슬 퍼런 검기는 강렬한 빛을 머금고 있어 상당한 내력이 실려 있음을 증명했다. 하지만 소림승의 무공도 만만치 않았다. 평생 무공에만 전념했다는 것을 뽐내려는 듯, 권으로 검기를 쳐내는 놀라운 무위를 보였다. 뿐만 아니라 반대 손으로 공격까지 가해오고 있었다.

천냉화는 급히 검을 틀어 공격을 막고는 각술을 펼쳤다.

파파파팍!

순간적으로 소림승이 뒤로 밀려나며 균형을 잃었다. 때를 놓치지 않고 천냉화의 보조를 맞추고 있던 진진이 앞으로 나가며 소림승의 허리를 베어버렸다.

스팟!

"크윽!"

소림승이 쓰러지자 그 뒤로 아미파의 여승 세 명이 달려들었다.

양편 다 무공 실력의 우위를 판가름할 수 없을 정도였기에 치열한 전투는 계속 이어지고 있었다. 무림의 뒤흔드는 천왕교의 오대무력세력이라지만 구파일방의 수백 고수와 그 뒤를 받치는 무림맹의 고수들이 워낙 저돌적으로 공격했기 때문이다.

실제론 무림맹 쪽의 피해가 점점 커지고 있었지만 수적인 차이를 천왕교 또한 극복하지 못하고 있었다. 급기야 선두에 있던 무사들이 밀려나며 내원으로 퇴각하기 시작했다. 그러자 무림맹의 고수들도 내원 담장을 넘어 끝까지 천왕교를 밀어붙였다.

천왕교는 내원에 위치한 대연무장까지 밀려났다. 사실 밀려났다기보다는 의도된 행동이라 해야 했다. 대연무장 양옆에 위치해 있는 현충각과 상룡당, 그리고 뒤에 위치해 있는 주영당이 삼면을 막아주고 있어 소수의 인원으로 다수의 적을 막기에는 좋은 위치이기 때문이다. 한 방향으로만 적을 막으면 되니 그만큼 저항하기가 쉬울 수밖에 없었다. 반면, 수가 많은 무림맹 쪽에서는 손해였다. 수적인 우세에서 얻어질 수 있는 이익이 전혀 없었기 때문이다. 한 면으로만 공격할 수밖에 없으니 수가 많더라도 실질적으로 천왕교를 공격할 수 있는 고수의 숫자는 한정될 수밖에 없었다.

채채챙!

“크아악!”

한쪽은 공격을 하고, 한쪽은 방어를 하면서 요란한 전투 소리가 지축을 뒤흔들었다. 자엽령은 대연무장의 왼쪽에 위치한 상룡당 꼭대기에서 그 모습을 바라보고 있었다.

그의 판단으론 이대로 끝까지 간다면 무림맹이 승리한다는 것이었다. 하지만 결국 그 피해는 천왕교 못지않게 클 것도 분명해 보였다. 오히려 더욱 큰 피를 흘릴 수도 있을 것 같았다. 그만큼 선두에서 적을 막고 있는 천왕교의 고수들은 막강한 실력을 자랑하고 있었던 것이다.

체력만 유지가 된다면 반대로 무림맹이 낭패를 볼지도 모른다는 생각이 들 정도였다. 문제는 인간의 체력과 내공을 쓰는 것에 한계가 있다는 점이다.

“중지시켜야 하는데…….”

하지만 워낙 많은 사람들이 밀집해 있어 섣불리 끼어들기가 힘들 것 같았다. 우선 무림맹과 천왕교의 싸움을 일시에 멈출 정도의 무언가가 필요했기에 그는 급히 주변을 둘러보며 사람들의 시선을 끌 만한 것을 찾기 시작했다.

“저거면 되겠군!”

그는 기왓장을 지탱하기 위해 지줏대 역할을 하고 있는 사 장여 길이의 긴 철봉을 집어 들었다. 단단히 고정되어 있는지 쉽게 움직이지 않았지만 약간의 내력을 이용하자 그리 어렵지 않게 뽑아낼 수 있었다.

그는 철봉을 든 채로 심호흡을 크게 했다. 그리고는 내력을 실어 큰 소리로 외쳤다.

“모두 멈추시오!!”

꽤나 큰 소리였지만 전투를 중지시키기에는 무리가 있었다. 눈앞에 칼날이 왔다 갔다 하는 판국에 소리의 주인을 찾기 위해 고개를 돌릴 무인은 없는 것이다.

“역시!”

자엽령은 당연한 반응에 피식 미소를 지으며 사 장이나 되는 철봉을 휘두르기 시작했다. 처음으로 단전 이외에 또 다른 여러 개의 단전에서 내력을 뽑아낸 천마신공을 사용했다.

결과는 놀라웠다. 자엽령 자신조차 놀랄 정도의 용솟음치는 내력이 순식간에 철봉에 전달되더니 이내 강기가 되어 반대편 건물을 향해 쏟아져 나갔다.

사 장이나 되는 철봉에서 뻗어 나온 반월형의 강기는 그 크기만큼이나 허공을 가르는 파공음이 컸다. 흡사 천지가 뒤흔들릴 정도의 거대한 소리가 사람들의 귀를 찢을 듯했다.

세에에에엑!

거대한 반월형의 강기가 건물 벽에 지속적으로 부딪치며 파편을 만들어냈다. 그 놀라운 소리와 파괴력에 잠시 전투가 멈칫거렸다. 때를 놓치기 싫었던 자엽령이 다시 한 번 내력을 실어 외쳤다.

“모두 멈추십시오!!”

“……!”

“……?”

잠시 정적이 감돌았다. 워낙 강한 내력이 실린 소리라 사람들의 관심을 불러일으키기에 충분했던 것이다. 게다가 소리치기 전에 보여주었던 거대한 강기와 그 파괴력이란…….

사람들의 시선을 느낀 자엽령이 말을 이었다.

"양편은 각기 살기와 무기를 거두고 물러나 주십시오."

그 말에 누군가가 위협적으로 물었다.

"너는 누군데 전투를 혼란시키는 게냐?"

"헛되이 흘릴 피를 멈추게 할 사람이니 잠시만 물러나 주십시오."

모든 사람들이 인상을 찌푸렸다. 하지만 이미 전투는 중지되어 있었고, 자엽령의 표정이 진지했기에 잠시 물러나기로 마음먹은 모양이다. 사실 천왕교와 무림맹 모두 상대의 힘에 내심 놀라고 있었기에 가능한 일이다.

두 세력 간에 몇 걸음씩 물러서자 대연무장에 횡으로 길이 생겼다. 자엽령은 그곳으로 내려서며 중앙으로 걸어가기 시작했다. 그중 몇몇이 자엽령을 알아보고는 놀란 표정을 지었다.

가장 먼저 그를 알아본 것은 여휘량이었다. 그녀는 자엽령을 보고는 얼굴을 붉히며 고개를 푹 숙여 버렸다. 워낙 많은 인파가 몰려 있었기에 고개 숙인 그녀를 자엽령이 알아볼 수 있을 리 없었다. 반면 천왕교를 위해 싸웠던 천냉화는 당당히 그를 아는 체했다. 물론 기분 나쁜 표정을 물씬 풍기고서였다.

"네, 네가 여기에 무슨 일이냐?"

걸어오는 말에 고개를 돌린 자엽령이 천냉화를 알아보고는 미소 지었다. 하지만 그것뿐, 아무런 대답도 하지 않는 그는 누구라고 할 것 없이 모든 사람들을 향해 내력을 실어 말했다.

"지금 당신들의 싸움은 제 살 깎아 먹기밖에 되지 않습니다. 그러니 각자 자신의 문파로 돌아가 주시기를 바랍니다."

그 말에 여기저기에서 건방지다는 소리가 터져 나왔다. 누군가가 또 기분 나쁘다는 투를 노골적으로 드러내며 물어왔다.

"무슨 근거로 젊은 놈이 그런 소리를 하는 것이냐?"

"최근에 일어났던 사건들. 즉, 맹주의 악행, 그리고 애뇌산의 혈겁, 그리고 지금 있는 천왕교와 무림맹의 싸움이 우연이 일어났다고 보십니까?"

"……?"

잠시 후 소림사의 노승이 앞으로 걸어나오더니 합장했다.

"아미타불! 젊은 시주께서는 그 일들이 무언가와 연관이 되어 있다는 뜻으로 하는 말이시오?"

"그렇습니다."

"그럼 소승의 견문을 넓혀주시오."

자엽령이 고개를 끄덕이며 말했다.

"저를 아시는 분들이 여기에 있으리라고 봅니다. 저는 흑랑회의 용병. 전에 있었던 무림맹주의 사건에 직접적인 관여가 되어 있었습니다. 알 만한 분들은 아시는 일. 그때 맹주의 일에 대해 밝힐 때 무림의 정의 따위는 생각하지 않았습니다. 용병이 그따위의 것을 생각한다는 것은 말이 안 될 테니까요."

"그럼 시주께서는 누군가의 의뢰를 받았다는 것이오?"

"그렇습니다. 표면적으로 수도문의 전대 문주의 의뢰였지만 그 뒤에 또 다른 세력과 음모가 있었습니다."

그 말에 사람들이 술렁거리기 시작했다. 그들의 동요를 바라보며 자엽령이 계속 말을 이었다.

"애뇌산의 일도 그와 연관된 일입니다. 저도 최근에 안 사실이지만 그 모든 일에는 흑랑회가 관여되어 있었습니다. 이번 애뇌산에서 적혈검을 찾아오라는 것도 흑랑회주의 지시가 있었으니까요. 그리고 결정적으로 흑랑회의 뒤에 중원무림을 발아래 놓으려는 자들이 있다는 것입니다. 천왕교와는 아무런 상관이 없습니다."

"말도 안 되는 소리!"

노한 목소리가 터져 나왔다. 사람들이 바라보자 무림맹의 양원룡 장로가 앞으로 걸어나오고 있었다.

그는 분노한 눈빛을 드러내며 자엽령에게 말했다.

"애뇌산의 일은 분명히 천왕교의 짓이다. 그때 살아 나온 몇 명의 무사들의 증언이 거짓이라는 게냐?"

"거짓이 아닙니다. 하지만 천왕교가 벽력탄으로 애뇌산을 무너뜨린 것은 아닙니다."

"어찌 그리 단언할 수 있느냐? 만약 천왕교의 짓이 아니라면 어찌 벽력탄이 터지기도 전에 그들이 모두 빠져나가 무사할 수 있었던 거지?"

"그 사정을 다 말씀드릴 수는 없습니다."

"흥! 좋다. 그렇다면 네가 말하는 그 암흑 세력은 누구냐? 누가 중원무림을 넘본다는 것이냐?"

"혈교입니다."

"……?!"

다시 대연무장에 정적이 감돌았다. 그리고 이어지는 비웃음 소리.

"하하하!"

장내의 대다수 사람들이 말도 안 된다는 듯 비웃기 시작했다. 양원룡 장로도 마찬가지였다. 자엽령을 향해 비소를 던지며 입을 열었다.

"하하하, 수백 년 전에 사라졌던 세력이 뜬금없이 중원무림을 삼키기 위해 일을 벌였다? 그것을 믿으라는 것이냐?"

"믿어지지 않으시겠지만 사실입니다. 제가 직접 흑랑회주의 명으로 동행했던 여인에게 들은 말이니까요. 그리고 무림맹에도 혈교의 첩자가 있습니다. 그에 의해 맹주가 누명을 쓴 것입니다."

"닥쳐랏! 감히 어느 앞이라고 무림맹의 일에 대해 왈가왈부하는 것이냐! 네 말처럼 무림맹이 첩자가 들어올 정도로 경비와 방비가 허술한 줄 아느냐?"

"사실을 말했을 뿐, 무림맹을 낮추고자 한 말은 아닙니다."

"고얀 놈!"

양원룡 장로는 무림맹에 대해 함부로 말하고 있는 자엽령을 향해 분노의 눈길을 던지고 있었다.

"그래, 좋다, 말해보거라. 흑랑회가 혈교의 끄나풀이고 네가 그 속에 있었다니 알고 있겠지. 누구냐? 혈교의 첩자가 무림맹의 누구라는 말이냐?"

"현진 장로!"

"네 이놈!"

급기야 참지 못한 양원룡 장로가 신형을 움직였다.

무림맹의 장로라면 그 권한과 무림에서의 신용은 대단한 것이었다. 그렇기에 무림맹의 장로인 양원룡 장로 또한 그에 대한 자부심은 대단할 수밖에 없었다.

자신을 깔보았다는 듯한 기분을 느낀 양원룡 장로의 손에서 푸른 불길이 일며 곧장 자엽령을 향해 덮쳐 갔다.

자엽령의 인상이 구겨졌다.

'어쩔 수 없지.'

생각과 함께 그가 내력을 끌어올렸다. 천마신공을 익힌 후부터 전보다 더욱 빨리 내력을 조종할 수 있는 그였기에 순식간에 그의 옷이 터질 듯하게 부풀어 올랐다.

쾅!

양원룡 장로의 손가 자엽령의 손이 부딪치며 굉음이 쏟아져 나왔다.

놀랍게도 손해는 양원룡 장로였다. 거의 기습이라고 해도 좋을 정도로 갑작스런 공격이었지만 오히려 그가 뒤로 삼 장이나 밀려났던 것이다.

"크윽!"

인상을 쓰며 약간의 고통을 호소하는 그를 뒤로하고, 이십여 명의 무사가 자엽령을 향해 달려들었다. 양원룡 장로의 직속 수하인 황맹대의 대주와 그 대원들이었다.

이십여 명이 동서남북과 그 사이를 점하며 검을 뿌렸다. 상당한 실력을 증명하듯, 각기 뻗어내는 검기는 그물과 같은 형태로 자엽령을 덮쳤다.

순간 자엽령의 몸에서 강렬한 기운이 몸 밖으로 뻗어 나왔다. 천마신공을 기본으로 한 호신강기였다. 순식간에 그의 몸을 둘러싼 붉은빛은 안개처럼 그의 몸을 뒤덮어 하나의 방어막을 형성했다.

"저, 저럴 수가!"

여기저기에서 경악성이 터져 나왔다. 유형의 호신강기를 이렇게 강렬하게 내뿜을 수 있으리라곤 생각지 못했던 것이다.

파파파팡!

검기와 붉은 호신강기가 부딪치며 공간을 찢는 괴성이 장내를 울렸다. 동시에 충격을 못 이긴 이십여 명의 무사가 튕겨 나갔다.

"무, 무슨 사술이냐?"

황맹대 대주의 물음이었다. 붉은빛에 휩싸인 자엽령의 모습은 사람들에게 두려움을 주기에 충분했다.

자엽령은 황맹대주의 물음에는 대답하지 않고 비소를 흘리며 말했다.

"잠시 병력을 물려주십시오."

양원룡 장로가 분노에 몸을 떨며 외쳤다.

"이렇게까지 하고도 네 말을 듣길 바라느냐?"

"지금까지는 부탁이었을 뿐, 끝내 진실을 외면한다면 저로서도 어쩔 수 없습니다."

말과 함께 자엽령이 주변을 향해 외쳤다.

"전투 준비!"

순간 양옆 건물에서 강력한 기도를 풍기는 일천여 명의 고수가 모습을 드러냈다. 수호문의 무사들이었다. 설핏 보아도 상당한 수련을 쌓은 절정고수들임이 분명해 보이자 연무장에 몰려 있던 사람들이 어안이 벙벙한 표정으로 그들을 둘러보았다. 자엽령의 지시 한 번으로 사정을 두지 않고 공격하겠다는 듯 검을 뽑아 들고 있었다. 그 때문에 무림맹의 고수들이 다시 술렁이기 시작했다.

그때 또 다른 무림맹의 책임자인 오장각 장로가 나섰다.

"그대의 말이 진정 무림을 위한 것인가?"

자엽령은 생각할 것도 없다는 듯이 고개를 끄덕였다. 하지만 대답은 달랐다.

"혈교에 대한 복수입니다."

"복수? 왜 복수를 하려는 것이냐? 그리고 자네의 복수와 우리가 전투를 멈춰야 하는 것과는 무슨 상관이 있다는 것이냐?"

"제 동료들을 죽였으니까요. 그리고 앞으로도 수많은 무림인들이 그들의 칼 아래 목숨을 잃을 겁니다. 여기서 천왕교와 무림맹이 끝까지 피를 본다면 결국 혈교의 의도대로 되는 것이니 잠시 물러가 주십시오."

"하지만 이미 수많은 목숨이 이곳에서 사라졌다. 여기에서 천왕교와 끝을 보지 않는다면, 그리고 네 말이 거짓이라면 정파는 아무런 이득도 없이 상당한 피해만 보고 물러난 꼴이 된다."

"만약 제 말에 거짓이 있다면 천왕교를 제가 쓰러뜨리겠습니다."

그 놀라운 말에 사람들은 다시 한 번 황당한 표정을 지었다. 아무리 일천여 명이나 되는 극강의 고수를 부린다고는 하지만 천왕교의 힘이 만만치 않기 때문이다.

"네 말을 어떻게 믿느냐?"

그때 천왕교 쪽에서 한 여인이 나섰다. 혈화궁을 이끌고 있는 천냉화였다.

"제가 보증을 서겠습니다. 저 또한 제 이름을 걸고 혈화궁과 천왕교가 적이 될 것을 약속하겠습니다."

그녀의 말에 진진이 놀란 표정으로 전음을 보냈다.

[천녀님, 어찌 그런 말씀을 함부로 하십니까.]

역시 천냉화가 전음으로 대답했다.

[어쩔 수 없는 상황이다. 이대로 간다면 우리 혈화궁은 정파의 공적이 될 수밖에 없어. 믿든 안 믿든, 지금은 저자의 말에 수긍하며 뒤로 빠져야 해.]

[만약 거짓이라면……!]

[그때는 정말 정파의 편에 서서 천왕교를 공격해야지. 그것만이 혈화궁의 피해를 줄이는 방법!]

[하지만 궁주의 명도 없이 함부로……]

[어쩔 수 없다.]

대답과 함께 천냉화가 외쳤다.

"우리 혈화궁의 정보력은 모두들 인정하고 있을 겁니다! 실제로 애뇌산의 일에 대해서 우리 혈화궁은 미심쩍은 움직임을 발견했습니다. 그에 대해 조사를 지금도 진행 중에 있고요. 우리가 천왕교를 돕는 것도 그 때문입니다. 애뇌산의 일과 천왕교가 아무런 잘못이 없다는 판단을 했기 때문이다."

그녀까지 나서자 무림맹의 고수들도 섣불리 나서질 못했다.

잠시 생각하던 오장각 장로가 양원룡 장로에게 다가가 몇 마디를 주고받았다. 그리고 한참 후에 양원룡 장로가 이를 갈며 말했다.

"좋다. 진위 여부를 가리기 전까지 잠시 물러겠다. 하지만 그만한 값어치가 있는 것을 넘겨라. 그래야 믿을 것이다."

그 말에 자엽령이 천왕교 쪽을 바라보며 말했다.

"책임자는 나오시오."

그러자 인자하게 생긴 백발의 늙은 노인이 연무장의 가장 뒤편에서 천천히 걸어나왔다. 천왕교의 전투를 총지휘하고 있는 무림 최강의 고수, 양성붕 호법이었다.

그가 걸어나오자 수많은 천왕교의 고수들이 길을 터주며 고개를 숙였다. 흡사 천왕교의 교주가 걸어나오는 듯한 모습이었다. 그를 보던 자엽령이 포권을 하며 공손하게 제안했다.

"천왕교에 교주만이 가질 수 있는 보물이 있다고 들었는데, 그중 교주의 신물인 천왕신검이 있다고 알고 있습니다."

"그렇네."

"그럼 그것을 저들에게 당분간 맡겨주십시오."

잠시 양성붕의 인상이 찡그려졌다. 교주의 신물을 다른 사람에게 넘긴다는 것은 천왕교의 자존심을 넘기는 일이나 진배없었기 때문이다. 하지만 그는 거절의 의미를 내비치지 않았다. 한참 동안 고민하는 듯한 표정만 짓는 것이었다.

잠시 침묵이 흐른 후, 그가 자엽령에게만 들릴 정도로 작게 물었다.

"그 말은 천왕교의 교주로서 하는 말인가?"

이번에 자엽령이 인상을 찡그렸다.

"무슨 말씀이십니까?"

"자네의 신분을 모르리라고 생각하는 건가?"

"알고 있겠죠. 하지만 분명히 거절한다고 전해 들으셨을 텐데요."

"그렇지. 하지만 신물을 넘기는 것은 내 마음대로 할 수가 없네. 교주님만이 결정할 수 있는 일이지."

"제안을 거절한다면 이대로 천왕교는 무너질 수도 있습니다. 그러길 바라십니까?"

"천왕교는 교주님을 따르는 단체. 교주님을 대신하는 신물을 남에게 넘기면서까지 존속할 이유는 없네."

말과 함께 양성붕이 혼잣말로 중얼거렸다.

"자네가 천왕교의 교주가 된다면 모를까……."

자엽령은 대답없이 그를 바라보았다. 결연한 표정이 천왕신검을 절대 무림맹에 넘기지 못한다는 듯했다.

'어떻게 한다…….'

잠시 머뭇거리던 그가 편법이라도 써볼까, 하는 생각을 했다. 지금 무림맹과 천왕교가 끝까지 전투를 벌인다면 무림으로서는 상당한 손실이 생길 것이다. 지금까지도 상당한 피해를 입었던 양쪽이었지만 마지막까지 가게 된다면 혈교로서는 최상의 성공이었다.

'차라리 이들을 이용해서?'

생각과 함께 그가 전음으로 물었다.

[만약 내가 교주가 된다면 혈교를 막고 바로 물러날 것입니다. 그래도 받아들일 수 있습니까?]

그러자 양성붕도 전음으로 답했다.

[그건 교주가 된 자의 마음! 교주는 천왕교에서 절대자, 단 차기 교주를 지목해야 함은 잊지 말아야 할 것이다.]

그나마 다행일 수 있었으나 양성붕의 말에 오히려 부담이 생기기 시작한 자엽령이었다. 그래서 다시 물었다.

[어차피 잠깐 무림맹에 천왕신검이 넘겨지는 것일 뿐, 굳이 이럴 필요가 있겠습니까?]

[자네가 간과하고 있는 것이 있군!]

[……?]

[천왕신검은 제일보고에 있네. 그곳은 교주님 이외에는 누구도 들어갈 수 없는 금역. 나조차도 교주님의 허락이 있어야 들어갈 수 있는 곳이네. 누구도 천왕신검을 가지고 나올 수 없다는 것이야.]

[결국 누군가가 교주가 되어야 한다는 말이로군요.]

[자네에게 많은 걸 바라진 않네. 욕심이 없는 사람 같은데, 그런 자네에게 많은 책임감을 주고 싶지도 않고. 하지만 지금 교주가 없음으로 해서 지단의 법왕들이 반란을 일으키기 직전까지 가 있고, 내부에서

도 지휘 체계에 문제가 많이 생겼네. 교주 자리가 공석이 됨으로 해서 생긴 생각지도 못한 엉뚱한 문제지. 그 말은 교주 자리만 채워진다면 자연스럽게 해결되어 예전의 힘을 되찾을 수 있다는 말이야. 그때까지만 맡아주게. 혈교에 대한 동료의 복수를 하고 싶다 했으니, 최대한 그에 대해 돕겠네.]

"흐음……!"

자엽령은 잠시 침음을 흘리며 이것저것 따지기 시작했다. 그런데 그때 양원룡 장로가 짜증나는 투로 분기를 드러냈다.

"어떻게 할 것이냐?"

'어쩔 수 없군!'

"휴……!"

자엽령은 한숨을 쉬면서 양원룡 장로를 돌아보았다.

"천왕교에서 천왕신검을 잠시 무림맹에 맡기겠답니다."

뜻밖의 대답에 양원룡 장로도 잠시 당황하는 표정을 지었다. 천왕신검이 교주의 신물이라는 것을 잘 알고 있었고, 그것을 무림맹에 넘긴다는 것이 무엇을 의미하는지 잘 알기 때문이다. 그것은 다른 사람들도 마찬가지였다. 그리고 자엽령에 대해 모르는 천왕교의 고수들도 당황하는 눈치를 보였다. 그때 양성붕 호법이 그의 권한으로 외쳤다.

"천왕신검을 무림맹에 잠시 넘기고 휴전에 들어가겠다! 우리 천왕교로서는 치욕이라 할 수 있으나, 애뇌산의 누명을 벗고 무림을 혈교의 손에서 구할 수 있는 길이라면 잠시 감수해야 할 일이다!"

순간 천왕교 쪽의 간부들이 불만을 드러내기 시작했다. 하지만 양성붕이 그들을 노려보자 잠잠해졌다. 전음으로 무언가를 말했기 때문이다.

[교주님의 뜻이오!]

누가 교주라는 것인지는 모르겠지만 그들은 양성붕 호법을 절대적
으로 믿고 있었기에 수긍의 의사를 드러냈다. 곧이어 양성붕이 자엽령
을 향해 말했다.

"따라오십시오."

갑자기 존대를 하는 그의 말투에 사람들이 의아함을 드러냈지만 흘
려 넘길 수밖에 없었다. 그사이 양성붕과 자엽령이 천왕신검이 보관되
어 있는 천왕보고로 향했다.

천왕보고로 들어가자 제일보고에서 양성붕이 멈춰 섰다.

"여기서부터는 교주님만이 들어가 보실 수 있습니다."

자신의 할아버지 이상 되는 나이의 고수가 그렇게 나오자 자엽령으
로서는 부담스러울 수밖에 없었다.

"그렇게 존대하지 마십시오."

"그럴 수 없습니다. 어찌 존귀하신 분께 함부로 말을 하겠습니까.
그것은 저에게 죽음을 뜻합니다. 신경 쓰지 마시길."

자엽령은 고개를 절레절레 저었다. 그리고는 대답했다.

"정 그렇다면 말리지 않겠습니다. 다만 내가 교주의 권한으로 허락
할 테니 같이 들어가시죠."

"알겠습니다."

대답을 끝으로 그들은 제일보고로 들어갔다.

천왕제일보고에는 진귀한 물건들이 가득 보관되어 있었다. 그중 양
성붕이 벽에 걸려 있는 거대한 검을 가리켰다.

"저것이 교주님의 신물입니다."

자엽령은 천왕신검을 보고 놀랐다. 검의 크기가 손잡이까지 합쳐 반

장은 되어 보였기 때문이다. 그 굵기도 상당했다. 검에 맞는 검집이 없는지 가죽으로 둘러싸여 있는데, 어림짐작으로도 보통 검의 몇 배에 달하는 무게가 나갈 것 같았다. 검신의 넓이도 어른의 두 손을 겹친 것처럼 넓어 보였다.

"저, 저것이 천왕신검?"

"그렇습니다."

자엽령은 벽에 다가가 천왕신검을 잡아 내렸다.

"한번 봐도 되겠습니까?"

"이제 교주님의 것입니다. 굳이 제게 허락을 맡을 이유가 어디 있겠습니까?"

꿀꺽!

말로만 듣던 신검을 보게 된다는 마음에 자엽령은 침을 삼켰다. 그러면서 천천히 가죽을 풀러내기 시작했다.

순간 그의 눈이 커다랗게 떠졌다. 생각만큼이나 거대한 검. 하지만 날은 머리카락보다 더욱 가늘고 예리했던 것이다. 그리고 검을 잡았다는 단순한 동작만으로도 전신에 힘이 들어가는 것이 괴이한 느낌을 들게 했다.

윙윙!

검명이 끊임없이 그의 귀를 자극하는 것도 그를 흥분하게 만들었다.

그리고 붉게 빛나는 검신!

천왕신검은 검을 잡았을 때 주인의 내력 성격에 따라 여러 가지 빛을 발한다고 했는데, 그 말이 진짜임을 알 수 있었다.

"확실히 천왕교의 보물이라 할 만하군요."

그 말에 양성붕이 고개를 끄덕이더니 난감한 표정으로 말했다.

“이제 말을 낮춰주십시오. 천왕신검을 손에 넣는 순간 진정한 교주님이 되신 겁니다. 전 일개 호법일 뿐, 감당키 어렵습니다.”

“하지만 무림의 대선배가 아니십니까?”

“그런 것은 상관없습니다. 교주님은 존귀하신 분인데 어찌 무림의 배분을 따르려 하십니까!”

말과 함께 양성붕이 무릎을 꿇었다. 그러자 자엽령이 놀라 그의 어깨를 잡아 올렸지만 요지부동이었다.

“말씀을 낮춰주십시오. 그러기 전에는 일어나지 못합니다.”

“…휴!”

완강한 그의 행동에 자엽령은 한숨과 함께 고개를 끄덕였다.

‘잘한 짓인지 모르겠군.’

무림맹과 천왕교의 싸움을 막기 위한 임시방편과 천왕교를 이용하려는 이기심이 앞선 판단이었지만 부담이 점점 커지는 것은 어쩔 수 없었다. 하지만 이미 앞으로 걸어갔으니 돌아오기는 불가능했다.

‘가보는 수밖에!’

생각과 함께 그가 명했다.

“일어나라!”

그제야 양성붕이 자리에서 일어서며 공손히 포권했다.

“천왕교 사대호법 양성붕, 교주님을 뵙습니다.”

“날 인정해 주니 고맙군.”

“오랫동안 기다렸습니다. 이십여 년 전부터 교주님을 찾기 위해 얼마나 많은 노력을 했는지…….”

말과 함께 그가 생각난 듯 말했다.

“아, 그리고 그분은 잘 모시고 있습니다.”

“그분이라니?”

“주성각!”

“주성각?”

“그렇습니다. 본명은 자엽평입니다. 그의 말로는 교주님의 양아버지가 되었다고 했습니다.”

“아!”

자엽령은 사천의 성도에서 자신을 미행하던 천왕교의 교도에게 들었던 설명을 기억해 냈다.

“북해빙궁에서 왔던 그자를 말하는 것이냐?”

“그렇습니다.”

자엽령은 고개를 끄덕인 후 걸음을 옮겼다.

“우선 그 문제는 나중에 해결하기로 하고, 가자!”

“알겠습니다.”

대답과 함께 양성붕이 앞서며 문을 열었고 대연무장으로 향했다.

자엽령과 양성붕이 사라진 사이 무림맹과 천왕교의 고수들은 팽팽한 긴장감을 드러내며 서로를 견제하고 있었다. 그것은 천냉화와 혈화궁의 궁녀들도 마찬가지였다.

자엽령과 양성붕을 기다리던 천냉화가 진진에게 나직이 물었다.

"양 호법께서는 무슨 생각이신 거지? 어째서 천왕교의 보물을 무림맹에 맡긴다는 건지 이해할 수가 없어."

"글쎄요…… 한낱 애송이의 말에 따라 천왕신검을 넘긴다는 것은 저도 이해할 수가 없군요. 하지만 그 때문에 더 이상의 피를 흘리지 않아도 된다면 다행인 것도 사실입니다."

"그렇긴 해. 빠져나가려고 해도 나갈 수 없을 정도였으니까. 그런데 그 애송이와 천왕교는 무슨 관계인 거지? 꽤 친분이 있는 것 같기도 한데……."

"저도 잘 모르겠습니다."

그들이 대화를 하고 있는 사이 천왕교 쪽에서 누군가가 외쳤다.

"오신다!"

그 소리에 사람들이 바라보자 자엽령과 양성붕이 천천히 걸어오고 있는 것이 눈에 들어왔다.

"과연 천왕신검을 받고 무림맹이 물러날까?"

천냉화의 물음에 전전이 고개를 끄덕였다.

"이미 많은 사람들이 있는 곳에서 약속을 했으니 어쩔 수 없을 겁니다. 다만 완전히 물러나지는 않겠죠."

"그럼, 기회를 봐서 우리 혈화궁은 몸을 빼야 한다. 무림맹이 물러가면 모두에게 전달해라."

"알겠습니다."

그때 자엽령과 양성붕은 이미 두 세력 사이에 서 있었다.

"여기 있습니다."

자엽령이 말과 함께 천왕신검을 건네자 오장작 장로가 그것을 받아들었다. 그리고 옆에 있던 양원룡 장로는 떨떠름한 표정을 짓고 있었다. 사실 애뇌산의 일이 누구 짓이든 상관없었던 그였기 때문이다. 이번 기회에 천왕교를 쓸어버리고자 했던 것일 뿐. 당초 목적이 그것이었으니 그로서는 난감했다.

혹시나 싶어 천왕신검을 살펴보자 진검인 것이 확인되었다. 양성붕은 깊은 한숨과 함께 자엽령의 말에 동조한 오장각 장로를 속으로 원망했다.

"저, 정말로 넘기는 것이냐?"

그 말에는 자엽령 대신 양성붕이 대답했다.

"진위 여부를 가릴 때까지 맡기는 것일 뿐, 그대들에게 주는 것이 아니오."

양성붕은 수긍할 수밖에 없었다. 오장각 장로도 고개를 끄덕였다. 하지만 그때 그들의 행동을 인정하지 못하는 자들도 생겨났다. 지금까지 천왕교를 없애기 위해 수많은 피해를 봤는데 그냥 물러간다니 당연한 반응이었다. 그중 대책없이 나선 자들이 있었다. 바로 남궁세가의 고수들이었다.

남궁세가는 예전에 천왕교와 부딪친 적이 있었다. 그때 선두에 섰던 자가 바로 양성붕이었고, 주성곽이라 불렸던 자엽평었다. 그때의 일로 남궁세가는 천왕교에 이를 갈며 기회만 엿보고 있었다. 그런 그들이 이 좋은 때를 놓칠 리가 없었다.

"이대로 물러설 수는 없다! 쳐랏!"

남궁세가주의 동생인 남궁천과 그 수하들이었다. 자신들이 선두에 나서서 천왕교와의 전투에 다시 불씨를 붙인다면 자엽령의 등장으로 은근슬쩍 물러서려던 무림맹도 어쩔 수 없이 나서리라고 판단했던 것이다.

순간 이백여 명의 고수들이 자엽령을 향해 달려들었다. 우선 자엽령을 쓰러뜨리고 일을 벌일 심산인 듯했다.

자엽령의 인상이 찌푸려졌다. 그 앞뒤 안 가리는 행동에 모든 사람들이 경악했다. 하지만 자엽령 때문에 더욱 경악했다.

순간 자엽령의 몸에서 폭발적인 기운이 뻗어 나왔다. 동시에 그의 몸 주위에서 붉은빛이 강렬하게 타오르더니 이내 뇌전 같은 것이 '치치직' 거리며 그를 감싸기 시작했다.

천마신공을 기반으로 한 벽력파였다.

“저, 저건?!”

놀라울 정도로 강렬한 뇌전이 자엽령을 주위로 피어 나오자 모든 사람들이 입을 쩍 하니 벌렸다. 그때 자엽령이 검을 뽑아 들었다.

누군가가 경악성을 발했다.

“적혈검이다!”

붉은빛이 감도는 무림 최고의 보물. 신화성의 열쇠라 불리며, 전무후무한 무림 최강의 고수인 곽성대협의 신물이 모습을 드러내자 사람들은 다시 한 번 경악했다. 그것은 남궁세가의 고수들도 마찬가지였다.

“날 원망하지 말길!”

말과 함께 자엽령이 적혈검을 휘둘렀다. 그러자 검강이 사방으로 뻗어나가는데, 놀랍게도 붉은 강기에 뇌전이 흘러나오고 있어 그 파괴력을 몇 배 더해 버렸다.

콰콰콰쾅!

강기는 천지를 뒤바꾸는 소리와 함께 남궁세가의 고수들을 향해 날아가다가 터져 버렸다. 그 폭발에 워낙 거대했기에 자엽령을 향해 몸을 날리던 고수들이 강기의 파편에 휘말려 버렸다.

“크아아악!”

“크윽!”

일시에 비명성이 장내를 울렸다. 그와 함께 남궁세가의 고수들 삼분지 일이 바닥에 피곤죽이 되어 떨어져 내렸다. 남은 남궁세가의 고수들은 그 광경에 겁을 집어먹기에 충분했다. 공격하려는 동작을 멈추며 급히 방어적인 행동을 취하려 했다. 그것을 보며 자엽령이 외쳤다.

“끝내 피를 봐야 할 사람들은 앞으로 나와라!”

온몸에 뇌전과 함께 붉은빛을 토해내는 그의 모습은 사람이라 볼 수 없었다. 내공까지 실린 목소리에 장내에 있던 모든 사람들은 질린 표정이 되어버렸다.

순식간에 대연무장에 정적이 흘렀다. 사람들이 감히 나설 생각도 하지 못하고 눈치만 보기 시작했던 것이다.

장내가 조용해지자 자엽령은 내력을 흩어버렸다. 그러자 강렬했던 그의 내력도 순식간에 사라지고 평소의 아름다운 모습으로 돌아와 있었다. 내력을 마음대로 조절하고 있다는 증거였다. 내력을 끌어올리는 만큼 그것을 흩어버리는 것도 상당한 시간이 필요한데 자엽령은 그 시간이 거의 느껴지지 않을 정도였기 때문이다.

자엽령은 그나마 말이 통하는 오장각 장로에게 정중하게 부탁을 했다.

"이만 물러가 주십시오."

"아, 알겠네."

얼떨결에 대답한 오장각 장로는 씁쓸한 표정으로 청맹대의 고수들에게 먼저 지시를 내렸다. 그러자 청맹대가 장내를 빠져나가기 시작했고, 양원룡 장로도 지시를 내려 황맹대를 총단 밖으로 돌렸다.

다음은 구파일방의 고수들이었다. 그들까지 빠져나가게 되자 남아있던 각 문파의 고수들도 가만히 있을 리 없었다. 삽시간에 천왕교의 총단을 빠져나가 버리자 조금 전에 있었던 지옥 같은 전투가 거짓말이라고 할 만큼 장내가 한산해졌다.

그렇다고 무림맹이 완전히 공격을 포기한 것은 아니었다. 잠깐 병력을 물린다는 의미일 뿐, 그 이상 그 이하도 아닌 것이다.

무림맹은 천왕교의 총단에서 남북으로 오 리 정도 떨어진 곳에 오장각 장로와 양원룡 장로가 무림맹의 고수들을 이끌고 각자 진채를 세워 천왕교를 감시하기에 이르렀다.

그들이 물러가자 천왕교 쪽에서는 한숨을 돌릴 수 있었다. 그것은 수라교와 혈화궁도 마찬가지였다.

그때 양성붕 호법이 천왕교도들에게 무언가를 지시하는 것을 바라보던 천냉화가 자엽령에게 슬머시 다가가더니 싸늘한 목소리로 물었다.

"무슨 속셈이지?"

"조금 전에 모두가 있는 데서 말했을 텐데……."

"흥! 그 말을 믿으라는 거야? 그리고 어떤 수를 썼는지는 모르겠지만 천왕교의 보물을 무림맹에 주게 만들다니 간이 부었구나?"

"네가 상관할 일은 아니지. 오히려 나에게 감사해야 할 판 아닌가?"

조소를 드러내며 던진 그의 말에 천냉화의 표정이 더욱 싸늘해졌다. 그런 그녀를 향해 자엽령이 다시 한 번 도발했다.

"나 때문에 목숨을 구했으니 앞으로 좀 부드럽게 대해봐, 톡톡 쏘지만 말고. 그래서 시집이나 제대로 갈 수 있겠어?"

"뭐야?"

천냉화의 손이 검을 잡아갔다. 애뇌산에의 일 때문에 잠시 그에 대한 원망이 작아진 것은 사실이지만 지금 자엽령의 행동 때문에 다시 형산파에서의 치욕이 생각났던 것이다.

"죽고 싶어?"

떨리는 음성에는 분노가 고스란히 담겨 있었다. 평소의 냉정한 그녀는 이상하게 자엽령만 만나면 평정심을 잃고 있었다. 하지만 그녀는 더 이상 자엽령에게 함부로 말할 수 없었다. 양성붕 호법 때문이었다.

"더 이상 무례를 범하지 마시게."

양성붕의 의미 모를 말에 천냉화가 멍한 표정으로 그를 바라보았다. 그러자 양성붕이 갑자기 바닥에 부복하더니 외쳤다.

"모든 교도들은 이십이대 교주님께 충성을 맹세하라!"

그 말에 갑자기 수천의 천왕교 고수들이 일제히 바닥에 부복하더니 나직이 외쳤다.

"교주님께 충성을 맹세합니다."

순간 천냉화의 입이 경악으로 벌어졌다. 당최 천왕교의 고수들이 무슨 짓을 하는지 알 수 없어 진진을 돌아보며 답을 요구했다. 하지만 진진이라고 알 리가 없었다. 그녀 또한 놀란 표정만 짓고 있을 뿐.

천냉화가 자신도 모르게 떠듬거렸다.

"도, 도대체 지금 무슨 말씀을…… 이 녀석이 어떻게 천왕교의 교주라고……."

순간 부복해 있던 양성붕의 표정에 살기가 감돌았다.

"이미 말했을 터. 함부로 입을 놀리지 말게. 더 이상 교주님을 모욕한다면 내가 가만있지 않을 걸세."

무림 최고의 고수라는 자가 그렇게 말하자 천냉화는 자신도 모르게 몸을 떨며 입을 다물어 버렸다. 하지만 그녀는 아직도 믿을 수 없다는 듯한 표정이었다.

그녀는 힐끔 자엽령을 바라보았다. 그리고는 홍당무처럼 얼굴을 붉혔다. 자엽령이 노골적으로 자신을 향해 비소를 흘리고 있었던 것이다.

"이, 이……."

무언가 욕설이라도 내뱉어주고 싶은 그녀였지만 양성붕 앞이라 감히 입을 열지 못했다. 씩씩거리며 분을 삼킬 수밖에 없었다. 그때 자엽령이 그녀에게 시선을 돌려 아직도 부복해 있는 양성붕과 교도들을 향해 명했다.

"지금부터 복구 작업에 들어간다. 무너진 성벽을 다시 세우고 부상자를 치료해라!"

그러자 모든 교도들이 외쳤다.

"명을 받들겠나이다!"

그로부터 이틀 후, 전투 후의 뒤처리는 빠르게 진행되었다. 옥화산 인근에 살고 있는 교도들을 불러 성벽과 부서진 건물을 다시 복구하는 한편, 죽은 사람들을 처리하고 부상자들을 천성당에 옮겨 치료를 받게 했던 것이다. 그러는 사이 자엽령은 교주가 머물러야 하는 천왕각으로 자리를 옮겨 모든 일에 대한 지시를 내리고 있었다. 상당히 머리 아픈 일 처리였지만 그는 꽤나 유려하게 대처해 나가고 있었다. 올라오는 보고에 막힘없이 지시를 내리고 서류를 정리해 나갔던 것이다. 게다가 밤에는 따로 신화성의 무공인 천마신공과 벽력파, 벽력강기를 수련했고, 남는 시간마다 우주진경의 오의를 깨닫기 위해 읽고 또 읽어나갔다.

수라교와 혈화궁의 처리도 게을리 하지 않았다. 내원에 머물게 하며 성대하게 대접하는 한편, 의원들을 불러 부상자를 치료하게 했다. 그리고 수라교와 혈화궁의 총단에도 교주의 권한으로 감사의 서신과 약간의 보상까지 보낸 상태였다.

수호문의 무사들 또한 마찬가지. 그들 또한 내원의 지원당을 내주어 쉬게 했고, 옥화산에 일어난 모든 일들을 기록해 수호문의 전노아에게 보냈다. 그동안 옥화산에 있는 무림맹은 여전히 자리를 지키며 언제든지 천왕교를 공격할 수 있게 준비를 하고 있었다. 그렇게 시간이 흘러 전투가 있은 지 나흘째가 되는 날 아침이 되었다.

"비켜!"

일 처리를 위해 올라온 보고서를 보고 있던 자엽령의 귀로 날카로운 여인의 목소리가 들려왔다.

자엽령은 천왕각의 육층 집무실 탁자에서 일어나 창밖을 바라보았다. 그러자 은소소가 천왕각의 입구에서 문지기들과 실랑이를 벌이고 있는 모습이 눈에 들어왔다. 은소소는 여차하면 검이라도 빼 들 기세였다.

"내가 누군 줄 알아? 너희 교주가 내 가가란 말이야!"

그녀의 말에 앞을 가로막고 있던 무사가 살기를 드러냈다.

"닥쳐라! 천왕교의 손님만 아니었다면 이미 손을 썼을 것이다."

실랑이는 끊이지 않았다.

"이런!"

까맣게 잊고 있던 은소소를 기억해 낸 자엽령이 난감한 표정을 지었다. 수호문과 같이 천왕교로 들어온 모양이었다. 천왕각으로 찾아온 것과 말하는 내용으로 보아 자엽령이 천왕교의 교주가 된 것도 알고 있는 것이 분명했다.

"밖에 누구 없느냐?"

그의 말에 문밖에서 시비 한 명이 들어왔다.

"부르셨습니까?"

"지금 밖에 은소소라는 여인이 있을 거야. 그녀를 불러오너라."

"알겠습니다."

잠시 후 실랑이 벌이는 소리가 끊어지더니 자엽령의 집무실로 은소소가 들어왔다. 그녀는 자엽령을 보자마자 눈을 흘겼다.

"뭐야? 왜 이제야 부른 거야?"

말과 함께 은소소가 울먹거렸다.

자엽령은 씁쓸하게 미소를 지은 후 앞 자리를 가리켰다.

"우선 거기에 앉아. 차를 가져오너라."

"알겠습니다."

시비가 나가자 자엽령이 입을 열었다.

"지금은 조금 사정이 있어 바쁘니까 당분간 내원에서 조용히 지내. 시녀들을 붙여줄 테니까."

"싫어. 가가랑 함께 있을 거야."

"신경 쓸 일이 많아서……."

"싫어!"

"휴……!"

자엽령은 한숨을 쉬었다. 그리고는 인상을 쓰며 말을 이었다.

"자꾸 그러면 심령도에 연락을 넣을 거야."

그 말에 은소소가 펄쩍 뛰었다.

"아, 안 돼! 사부님께 잡히면 난 죽을지도 몰라. 몰래 도망쳤단 말이야. 그냥 가가랑 함께 있을래."

"그럼 내 말 들어."

"조용히 있을게. 신경 쓰지 말고 일해."

"안 돼."

급기야 은소소가 눈물을 흘리기 시작했다. 처연한 그녀의 표정에 자엽령은 손을 들어 그녀의 머리를 쓰다듬었다.

"일이 끝나면 같이 있어줄 테니까 지금은 내원에서 지내."

"정말이지?"

어쩔 수 없다는 듯 은소소는 눈물을 훔쳤다. 자엽령이 미소를 지으며 고개를 끄덕였다. 그때 시비가 차를 들고 오더니 자엽령을 향해 말했다.

"양 호법님이 뵙기를 청하고 있습니다."

"들라 해라."

"알겠습니다."

시비는 차를 따른 후 방을 나가 양성붕을 안으로 들여보냈다. 양성붕이 공손히 포권을 하자 자엽령이 물었다.

"무슨 일이지?"

"지시하신 일에 대한 결과 보고입니다."

말과 함께 그는 서류를 자엽령에게 건네며 성벽 복구의 진행 상황과 건물 복구 및 사상자의 관리에 대한 사항을 보고하기 시작했다.

"빨리 처리되었군."

"성벽 복구는 조금 시간이 걸리겠지만 생각만큼 오래 걸리지는 않을 듯합니다."

"수고해 주게."

"알겠습니다. 그리고 잠시 따로……."

양성붕은 말끝을 흐리며 은소소를 바라보았다. 그러자 은소소가 기분 나쁘다는 듯 인상을 썼다.

"뭐야, 너? 내가 방해된다는 거야?"

순간 자엽령의 표정이 핼쑥해졌다. 무림 최고의 배분과 최강의 무공을 자랑하는 자를 함부로 대하는 은소소가 황당하기까지 했다.

“그, 그만 해!”

“왜 그래? 가가가 여기 대장이면 이 사람도 가가 부하일 거 아니야.”

그녀의 말에 자엽령이 더욱 인상을 썼지만 양성붕은 오히려 만면 미소를 지어 보였다. 은소소가 누구인지 몰랐지만 그녀가 자엽령을 향해 ‘가가’ 라는 호칭을 썼기에 대충 그녀를 어떻게 대해야 할지 감을 잡았던 것이다.

“맞습니다. 교주님의 부하입니다.”

그러자 은소소가 득의의 미소를 지으며 자엽령을 바라보았다.

“그것 봐.”

말과 함께 그녀는 양성붕을 향해 더욱 건방진 태도를 보였다.

“내가 반말한 것에 대해 불만있어?”

“그럴 리가 있겠습니까.”

“그럼, 나는 상관 말고 계속 이야기해.”

그러자 양성붕이 자엽령을 바라보았다. 자엽령이 그 눈빛을 읽고는 은소소에게 말했다.

“이만 나가봐.”

“왜 그래, 가가!”

“심령도에 연락할까?”

탁!

은소소는 의자가 튕길 정도로 자리에서 벌떡 일어났다.

“알았어, 갈게. 몸 생각하면서 일해.”

그녀가 힘없는 목소리로 말을 건네며 방을 빠져나가자 양성붕이 미소를 지으며 물었다.

“혼인을 하셨습니까?”

자엽령은 난감한 표정을 지었다.

"이걸 뭐라고 말해야 하나……. 혼인을 한 것은 아닌데… 좀 곤란한 사이라고나 할까?"

"그렇군요."

"하지만 날 대하듯 해줘. 나의 고모님 되시는 분의 제자이기도 하니까."

"알겠습니다. 난감한 일이 생기지 않도록 교도들에게 지시를 내려놓겠습니다."

"고맙군. 그런데 할 말이 뭐지?"

"아, 지단에 대한 보고입니다."

"지단?"

"그렇습니다. 천왕교는 이곳 총단뿐만 아니라 호남, 호북, 안휘, 절강, 복건성에 지단을 두고 있고, 법왕들이 다스리고 있습니다. 그런데 전대 교주님이 승하(昇遐)하신 후, 그들이 반란을 일으킬 조짐을 보이기 시작했습니다. 호북 지단의 성충 법왕은 정 호법과 상당한 친분을 가지고 있어 문제가 되지 않지만 호남과 안휘, 절강, 복건성의 법왕들은 지속적으로 총단을 삼킬 기회를 노렸지요. 특히 복건의 야차라 불리는 락고 법왕은 직접적인 도발을 해오기도 했습니다. 다른 법왕까지 교묘히 이용하려 했던 계획까지 세웠으니까요. 아마 무림맹과 충돌하지 않았다면 그들과 충돌했을 가능성이 큽니다."

"꽤나 골이 깊군."

"교주님의 자리가 공석이 되었기에 일어난 일이지요. 모두가 교주의 대리가 되길 원했을 겁니다."

"그런데 그 말을 하는 이유는?"

"교주님은 이제 천왕교의 지존이십니다. 분단된 지단의 힘을 하나의 힘으로 모으셔야 합니다. 그래야 예전 천왕교의 명성과 진정한 힘을 되찾을 수 있을 겁니다."

"흐음, 생각하고 있는 방법은?"

"우선 그들에게 교주님의 존재를 통보하고 총단으로 호출을 할 생각입니다. 그리고 교주님께 충성을 서약하게 해야 합니다. 호법원이 인정을 하면 절대적이니까요. 하지만 문제는 지금의 법왕들 중에는 교주님을 인정하지 않으려는 자들도 있을 거란 겁니다. 모두가 부름에 참석을 하면 다행이지만 혹시 오지 않는 법왕들에 대해서는 교주님의 권한으로 벌을 내리셔야 합니다."

"그것이 문제가 되겠군. 집안싸움이 될 수도 있다는 말이 아닌가?"

"맞습니다. 법왕 한 명이 인정을 하지 않아 전투로 번지게 된다면 상당한 피해를 가져올 수가 있습니다."

"그럼 중요한 것은 피해없이 법왕들을 굴복시키는 것이겠군."

"그렇습니다."

"내가 해야 할 일은?"

"교주님이 친히 법왕들의 부르는 서신을 쓰고 인장을 찍어주십시오."

"단지 그것뿐?"

"지금은 별다른 방법이 없습니다. 부름에 응하지 않는 법왕이 생기면 따로 대책을 마련해야 되겠지만……."

"알겠네."

말과 함께 자엽령은 종이를 꺼내 서신 다섯 장을 써 내려갔다. 모두 전대 교주가 남긴, 사백 년이 훌쩍 넘은 역사를 가진 교주의 인장을 찍었다. 자엽령은 그것을 건네며 물었다.

"지금 보낼 생각인가?"

"무림맹이 있으니 그들이 물러가면 바로 보낼 겁니다."

"그러고 보니 그들에 대해 신경을 쓰지 않았군. 지금 무림맹은 어떻게 하고 있지?"

"여전히 공격적인 형태를 갖추고 있습니다."

"그에 대한 방비는?"

"교주님이 데려오신 수호문의 무사들과 함께 경계를 게을리 하지 않고 있습니다. 혈화궁과 수라교도 돌아가지 않고 여전히 전투에 참가할 뜻을 비추고 있기에 현재로서는 크게 문제될 것이 없을 듯합니다."

"다행이군. 계속 수고해 주게."

"알겠습니다. 그리고 이것을……."

양성붕이 품속에서 종이 한 장을 꺼냈다.

"뭔가?"

"혈화궁의 궁주께서 보낸 답신입니다."

"자네가 읽어보고 처리하게."

"일파의 수장이 교주님께 보낸 서신을 제가 읽는다는 것을 있을 수 없는 일입니다."

자엽령은 어쩔 수 없이 답신을 받아 내용을 살폈다. 새로운 교주의 취임을 축하하는 내용부터 시작한 그것은 앞으로 친분을 더욱 돈독히 쌓아보자는 사무적인 것이었다. 하지만 마지막에 적혀 있던 내용이 자엽령을 놀라게 했다. 그 표정을 읽은 양성붕이 물었다.

"무슨 내용입니까?"

"아, 아니야. 그냥 교주의 취임을 축하한다는 내용뿐이로군."

“그렇군요. 그럼 이만 물러가도 되겠습니까?”

“그, 그렇게 하게.”

명과 함께 양성붕은 들어올 때와 마찬가지로 공손하게 읍한 후 방을 빠져나갔다. 그가 나가기 바쁘게 자엽령은 서신을 다시 살폈다. 정확히 마지막 내용이었다.

그는 자신의 눈이 잘못되지 않았나 확인하기 위해 다시 읽고 또 읽었다. 그러나 내용은 변함이 없었다.

“하하, 난감한 일이 생길 뻔했군! 양 호법에게 일 처리를 맡겼으면 큰일날 뻔했어.”

그는 실소를 머금으며 서신을 품속에 숨겼다.

第六章

무너지는 청해성과 감숙성

감숙성은 중원의 북쪽에 위치하여 청해성과 사천, 섬서성과 연한 땅이다. 성도는 난주(蘭州), 황하 상류 하서회랑(河西回廊)의 동쪽에 위치해 있었다.

부엉! 부엉!

선선한 바람이 나부끼는 밤하늘에 부엉이 우는 소리가 구슬프게 울리고 있었다. 감숙성의 남쪽에 위치한 공동산(崆峒山)에서였다.

공동산에는 무림에서 유명한 공동파(崆峒派)가 있는 곳이다. 복마검법(伏魔劍法)으로 유명한 그곳은 도가 계열로 구파일방에 속해 있었고, 뛰어난 고수들을 지속적으로 배출해 명성을 날리고 있었다. 뿐만 이니라 삼천오백여 명에 달하는 도사들이 무공에 정진하며, 감숙무림을 지탱하고 있어 그 힘과 영향력은 무림에서 대단한 것이었다.

쉬이익!

공동산의 초입에 이천여 명의 혈의인들이 경공술을 발휘하더니 바닥에 내려섰다. 괴이한 사기를 극도로 풍기는 그들의 몸에서는 검은 연기 같은 것이 피어오르고 있었다. 그것으로 보아 정상적인 수련을 거치지 않은 무인들임을 알 수 있었다.

잠시 후, 혈의에 대(代)라는 글씨가 가슴에 새겨져 있는 사내가 누군가를 호명했다.

"수각!"

호명과 함께 같은 혈의를 입고 있지만 부(部)라는 글씨가 쓰여 있는 사내가 그의 앞으로 다가와 고개를 숙였다.

"하명하십시오."

"일천 명을 이끌고 공동파를 쓸어버려라."

"일천 명으로 말입니까?"

"왜, 적나?"

놀라운 대답이 튀어나왔다.

"오히려 많습니다. 오백으로 하겠습니다."

그 말에 혈의에 대라는 글씨가 적혀 있는 사내가 비소를 흘렸다.

"공동파는 무시할 수 없는 곳이다. 호기 부리지 말고 일천 명을 데리고 가거라. 남은 일천 명은 내가 직접 도주자를 처단할 것이다."

"존명!"

대답과 함께 사내가 휘파람 소리를 짧게 열 번을 냈다. 그러자 약속이라도 한 듯 일천여 명의 혈의인들이 몸을 날렸다. 그들은 공동파가 있는 곳으로 무서운 속도로 사라져 버렸다. 그리고 곧이어 지옥도가 공동산에 펼쳐졌다.

"크아악!"

채채챙!

여기저기에서 비명과 함께 병장기 부딪치는 소리가 울렸다.

"무슨 일이냐?"

곤륜파의 장문인 진류한(晉流韓)은 자리에서 벌떡 일어나 주위를 살폈다. 같은 날, 감숙성의 공동파에 이어 청해성의 곤륜파도 똑같은 일이 일어나고 있었던 것이다.

그의 외침에 방문을 열고 노도사 한 명이 들어오더니 다급히 외쳤다.

"장문 사형, 큰일났습니다!"

"무슨 일인데 이렇게 소란스러운 게냐?"

"적의 공격입니다!"

"적이라니?"

뜬금없는 소리에 진류한은 급히 물었다.

"사파인가?"

"정확히 모르겠습니다. 우선 피하십시오."

진류한의 표정이 험악하게 구겨졌다. 지리적으로 중원의 외곽 지역이라 구파일방에 들지는 못했지만 곤륜파의 힘과 그 실력은 청해성에서 절대적이었기 때문이다. 당연히 진류한의 자부심이 클 수밖에 없었다. 그런데 피하라는 말이 사제의 입에서 튀어나왔으니……. 자존심이 이만저만 상한 게 아니었다.

"몇 명이나 몰려왔기에 그러는 겐가?"

"정확히는 모르겠습니다. 일천여 명 정도 되는 듯했습니다."

진류한의 표정이 더욱 찡그려졌다.

"일천 명? 고작 일천 명의 기습으로 나더러 몸을 피하라는 겐가?"

하지만 사제는 다급한 모양이었다. 그에 대한 설명 없이 거듭 재촉할 뿐이었다.

"시간이 없습니다."

"조용히 하거라!"

진류한은 급히 도복을 걸치고는 검을 집어 들었다. 그때 사제의 입에서 놀라운 말이 튀어나왔다.

"정진 사형도 당했습니다. 부디……."

막 방문을 걷어차고 나가려던 진류한의 동작이 멈춰졌다.

"정진 사제가?"

그는 경악한 표정이 되었다. 곤륜파의 정진이라면 청해에서 세 손가락 안에 드는 극강의 고수. 신화경의 경지까지 올라간 그는 곤륜파의 얼굴이라 할 수 있었다.

"설마 독이나 암기라도 썼더냐?"

"아닙니다. 시간이 없습니다. 차라리 혼란한 틈을 타서 잠시 적의 예기를 피하는 것이 좋을 것 같습니다."

"하, 하지만……."

일파의 수장으로서 도망가야 한다는 것이 내키지 않는 그였다. 정진 사제의 죽음이 잠시 그를 혼란시키기는 했지만 그것도 잠시였다. 곧이어 결연한 표정을 지으며 외쳤다.

"그럴 수 없다!"

말과 함께 그는 내력을 끌어올리며 밖으로 뛰쳐나갔다.

"저, 저들은 누구냐?"

공동파의 장문인 태청(泰菁)은 경악한 눈으로 주위를 둘러보며 물었다. 하지만 그를 호위하는 지법당의 고수들이 대답할 수 있을 리 없었다. 그들 또한 장문인만큼 놀라고 있었기 때문이다.

검은 연기 같은 것을 몸 밖으로 뿜어내는 혈의인들이 무인지경 하듯 공동파의 도사들 사이를 지나다니며 쓰러뜨리는 데 막을 자가 없었다. 경험있는 노도사들의 경우도 잘해야 호각지세(互角之勢)를 이룰 뿐, 혈의인 한 명을 상대하기도 버거워 보였다.

평생을 도와 무공에 정진한 도사들을 아무렇지도 않게 쓰러뜨리는 혈의인들은 공포 그 자체였다.

"마, 막아랏!"

태청의 떨리는 음성에 지법당의 고수 삼백여 명이 전투에 끼어들었다. 하지만 처음의 기세만 대단했을 뿐, 시간이 지나자 전투 양상은 이롭지 못했다. 결국 반 넘게 쓰러지자 태청의 퇴각 명령이 떨어졌다.

다행히 지룡당의 도사들이 목숨을 걸고 적의 발목을 잡은 덕분에 팔백여 명의 도사가 후문으로 빠져나올 수 있었다.

태청은 울분에 찬 채 달리기 시작했다. 복수를 하기 위해선 살아남아야 한다는 핑계 아닌 핑계로 위안을 삼을 수밖에 없었던 것이다. 하지만 그런 생각도 후문을 빠져나온 지 반 각도 되지 않아 사라져 버렸다.

"쓸어버렷!"

어디선가 강한 외침이 들렸고, 숲길 양편에서 수를 알 수 없는 혈의인들이 괴이한 기운을 풍기며 덮쳐든 것이다.

휘이잉―!

바람이 불자 짙은 혈향이 곤륜산을 쓸고 지나갔다.

"어떻게 되었지?"

혈의인을 물음에 수하인 듯한 자가 고개를 숙이며 보고를 올렸다. 그는 온몸에 피를 뒤집어쓰고 있었다. 혈의를 입고 있었기에 옷에는 표가 나지 않았지만 얼굴과 머리칼에 묻어 있는 피는 그를 지옥의 야차와 같이 보이게 했다.

"이십여 명 정도를 놓쳤습니다. 나머지는 모두……."

"우리 쪽의 피해는?"

"부상자 일백 명이 조금 넘고, 죽은 자는 칠십여섯 명입니다."

"꽤 피해가 컸군!"

"그만큼 강한 자들이니까요."

"좋다. 사상자를 수습하고 죽은 자들을 다시 한 번 살펴라. 혹시 숨이 붙어 있을지 모르니까."

"존명!"

"아, 그리고 곤륜파의 모든 건물을 태워 버려."

"그렇게까지 할 필요가 있겠습니까?"

"우리에게 저항하면 완전한 멸망의 길을 걷게 된다는 것을 보여줄 필요가 있다. 명대로 이행해라."

"알겠습니다!"

곧이어 곤륜산에서 강한 불길이 치솟아올랐다. 감숙성의 공동파도 마찬가지였다. 그리고 그 외의 청해와 감숙성의 이름있는 문파나 규모가 큰 문파는 같은 경우를 당했다.

"크윽!"

공동파의 장문인 태청은 연신 숲을 헤치고 있었다. 팔 하나는 어디다 두고 왔는지 없었으며, 여기저기 심한 부상으로 인해 곧 죽는다 해도 이상하지 않을 정도였다.

털썩!

결국 힘이 다했던 그는 자리에서 무너져 내렸다. 하지만 그에게는 할 일이 있었다.

"혈교라 했던가?"

분명히 혈의인들의 조소 섞인 말에는 혈교가 언급됐었다. 그것을 알려야 했다, 그들의 무서움도!

그는 힘겹게 자리에서 일어서더니 다시 걷기 시작했다. 다행히 공동산의 지리를 손바닥 보듯이 알고 있었기에 빠르게 산을 벗어날 수 있을 것 같았다.

"우선 무림맹에, 무림맹에 알려야 해!"

그는 가장 가까운, 무림맹의 분타가 있는 곳으로 향했다.

第
六
章

도도한 여인의 첫 입맞춤

"이, 이게 무슨 소리요?"

양원룡 장로는 몸을 떨면 손에 들린 서신을 바라보았다. 서신을 건네준 오장각 장로도 난감한 표정은 마찬가지였다.

"나도 모르겠소. 이 일을 어찌해야 되겠소?"

서신의 내용이 사실이라면 무림맹으로서는 체면이 바닥에 떨어지는 것일 수밖에 없었다. 이번 일을 주도한 현진 장로가 사라져 버렸다는 내용이었으니 말이다.

그것은 자엽령의 말이 사실임을 입증하는 결정적인 증거가 되는 것이고, 결국 맹에서는 의도적으로 천왕교를 없애기 위해 무림군웅들을 속였다는 것밖에 되지 않았다.

"이 사실을 알고 있는 사람이 몇이나 됩니까?"

오장각 장로가 고개를 저었다.

"맹 내에도 각 문파의 고수들이 있으니, 지금쯤이면 전 무림에 다 알려졌을 것이오. 조만간 여기 있는 사람들도 전원 알게 되겠지."

"끄응……!"

양원룡 장로는 한숨을 푹 내쉬었다.

"그럼 천왕교에 대한 일은 어찌할 생각이시오?"

"물러나야 하지 않겠습니까?"

"시기가 중요하겠군요."

"그럴 겁니다. 이번 일이 알려지기 전에 옥화산 연합을 해체하는 것이 그나마 보기에는 좋겠지요. 우선 맹의 잘못된 정보를 인정하는 선에서 끝낼 수 있으니까요. 여기서 시간을 끌게 되면 소문 때문에 어쩔 수 없이 물러나는 꼴이 됩니다."

오장각 말에 양원룡 장로가 고개를 끄덕였다.

"알겠습니다. 어차피 식량 조달에도 문제가 생겼으니 그것과 혈교에 대한 소문을 퍼뜨려 해체하도록 합시다."

"좋은 생각이오."

은밀한 밀담이 끝나자 양원룡 장로는 급히 자리에서 일어났다. 자신이 맡고 있는 남쪽 진채로 돌아가기 위해서였다. 한데 그가 채 막사를 빠져나가기도 전이 오장각의 청맹대의 대원이 다급히 들어왔다.

"큰일났습니다!"

돌연한 그의 말에 두 장로가 의아함을 드러냈다.

"무슨 일인데 그러는가?"

"맹에서 다시 서신이 도착했사온데…… 서신을 받는 즉시 천왕교 공격을 중지하고 복귀하라는 내용입니다."

안 그래도 그렇게 하려고 입을 맞추었던 양원룡과 오장각이었기에 크게 문제될 것은 없었다. 하지만 그 이유가 궁금했다.

"그 이유도 적혀 있더냐?"

"여기 있습니다."

사내는 대답과 함께 품속에서 서신을 건넸다.

가장 먼저 오장각 장로가 서신을 받아 보았다.

순간 그의 눈이 경악으로 물들었다.

"왜 그러시오?"

"이럴 수가…… 그의 말이 사실이었다니……."

의미 모를 말에 양원룡 장로가 뺏듯 서신을 받아 보았다. 그리고 그 또한 오장각 장로와 같은 표정이 되었다. 자엽령이 말한 내용이 그대로 적혀 있었기 때문이다. 차라리 잘된 일일지도 몰랐다. 굳이 군웅들을 속여 혈교 핑계를 댈 것도 없었기 때문이다. 혈교의 일이 사실이었으니 말이다. 하지만 그 내용이 기가 막혔다.

"오 일?"

서신에는 혈교가 오 일 만에 청해성과 감숙성의 모든 무림문파를 굴복시켰다는 내용이 적혀 있었다. 더욱 놀라운 것은 곤륜파와 공동파가 멸망되었다는 것이었고, 다음으로는 그에 준하는 거대 문파 또한 하루아침에 쓰러져 버렸다는 것이었다. 갑작스럽게 등장한 혈교의 무시무시한 힘을 드러내는 내용이었다.

서신을 탁자에 올려놓은 양원룡 장로가 말했다.

"이만 가야겠소. 지금 즉시 천왕교 견제를 중단하고 복귀해야 하겠소."

오장각 장로도 말리지 않았다.

"그렇게 하시오."

말과 함께 그가 무사를 향해 명했다.

"지금 즉시 이 내용과 연합의 해체를 모든 사람에게 알려라. 그리고 오늘밤 우리는 맹으로 돌아갈 것이니 그에 대한 준비도 해두어라."

"존명!"

무사가 나가기 바쁘게 양원룡 장로도 막사를 떠나 남쪽 진채로 향했다.

그날 밤, 천왕교의 총단을 중심으로 남북으로 자리잡고 있던 무림맹의 진채에 일대 혼란이 일어났다. 혈교의 존재에 대한 놀람과 그 힘에 대한 두려움 때문이었다. 그에 반면 혈교를 가만둘 수 없다며 목소리를 높이는 자들도 있었다. 공통적인 것은 그들 모두 그날 밤 진채를 뜨고 자신들의 문파로 급히 회군했다는 점이었다.

수많은 고수들이 일시에 옥화산을 빠져나가는 부산함은 밤임에도 천왕교의 눈에 포착되었다. 그리고 그것은 곧바로 상층부에 보고가 되었고, 자엽령의 귀에까지 들어갔다.

곧이어 천왕교의 중앙 대전에 천왕교의 장로들과 네 명의 호법이 급히 몰려들었다. 무림맹 연합 때문에 때아닌 야간 회의가 시작된 것이다.

거대한 대전 안에는 밤임에도 교주인 자엽령의 명을 받들기 위해 양옆으로 백여 명의 고수가 기립해 있었다. 자엽령은 높은 단상의 태자의에 앉아 있었다. 그리고 그 앞에 열두 명의 노고수가 자엽령을 향해 무릎을 꿇고 앉아 있었다.

대전은 잠시 침묵이 흐르고 있었다. 무림맹의 일이 천왕교의 문제만은 아니었기에 수라교와 혈화궁의 대표를 기다리는 중이었다. 늦게 연락을 받은 수라교와 혈화궁의 대표는 아직 자리에 참석하지 않고 있었다.

잠시 후, 대전 안으로 두 명의 여인과 두 명의 사내가 급히 들어섰다. 천냉화와 그녀를 호위하는 진진이었고, 천영비마와 역시 그를 호위하는 수라교의 무사였다.

그들은 천왕교의 교도가 아니었기에 의자가 주어졌다.

모두 각자 자리를 잡기 바쁘게 천냉화가 물었다. 그녀의 표정은 못 볼 것을 본 마냥 떨떠름해했다. 급한 회의가 있다는 것에 대한 의문과 함께 대전의 가장 상석에 황제처럼 앉아 있은 자엽령이 눈에 거슬렸기 때문이다.

"무슨 일인데 긴급회의를 신청한 것인지 묻고 싶군요."

그 말은 자엽령을 향한 것이 아니라 대전의 전원에게 향한 것이었다. 차마 자엽령에게 존대를 하고 싶지 않았던 것이다.

그녀의 물음에 양성붕 호법이 설명했다.

"정확히 한 시진 전, 무림맹의 고수들이 전원 진채를 뽑기 시작했네. 지금은 상당수 돌아간 상태지."

대답을 들은 천냉화뿐만 아니라 수라교의 천영비마도 의아함을 드러냈다.

"그 이유가 무엇입니까?"

"노부도 정확히는 모르겠소. 그 때문에 회의를 소집한 것이오. 조금 전 사람을 시켜 교주님의 신물인 천왕신검까지 본 교에 넘긴 것을 보아 다른 음모는 없는 것 같소만……."

"그렇다면 크게 걱정할 일이 없지 않습니까?"

그 말에 장로 한 사람이 나섰다.

"아직 저들이 옥화산을 빠져나가는 의도를 모르는 것이 문제입니다.

그런 만큼 우리로서는 방관하고 있을 입장은 아닙니다. 뿐만 아니라 천왕신검으로 우리를 안심시켜 놓고 뒤를 칠 수도 있는 노릇이지요.”

그 말을 끝으로 대전 안에 있던 사람들이 각자의 추측과 제안을 내놓기 시작했다. 하지만 역시 결론은 뻔했다.

한참을 듣고 있던 자엽령이 확정적으로 명했다.

“제일 경계 태세를 취하고 정찰조를 보내어 저들의 움직임을 모두 파악하라! 그리고 남은 자들은 언제든지 전투에 참가할 수 있도록 대기하길. 총단에서 떨어져 나가 있는 분타와 각 사업장, 그리고 중원 각지에 퍼져 있는 교도들에게 정보를 모아들여라!”

“명을 받들겠습니다.”

회의는 그렇게 끝이 났다. 의외로 단순한 명령이었지만 불만을 드러내거나 의문을 제기하는 사람은 없었다. 단순하고 쉽기에 그만큼 정확한 판단이라 생각한 것이다. 실제로도 그의 지시는 너무 뻔하면서도, 한 무리의 우두머리가 내릴 수 있는 지시 중 가장 어려운 것이었다.

회의가 끝나자 사람들은 다시 대전을 빠져나가기 시작했다. 자엽령도 모두가 나가길 기다려 교주의 전용 연공실로 향했다. 그런데 도중에 천냉화를 만나게 되었다. 혈화궁의 궁녀들이 머물고 있는 혁령당의 정원을 지나칠 때였다.

“여기서 뭘 하고 있지?”

정원에 서서 달을 바라보고 있던 천냉화가 고개를 돌려 자엽령을 바라보았다. 그녀의 표정은 구겨져 있었다.

“상관하지 마!”

그러자 자엽령이 묘한 미소를 흘렸다.

“본 교의 교주인 나로서는 아무도 없는 달밤에 본 교의 내원을 거니는 수상한 사람에게 상관할 수밖에 없군.”

“뭐야?”

표독스럽게 바라보는 천냉화였다. 하지만 자엽령은 여전히 미소만 짓고 있었다.

“혈화궁이라면 수라교와 함께 천왕교와 가장 친분이 두터워야 할 사인데, 이제 그만 화를 푸는 건 어때? 괜스레 심력 낭비를 할 필요는 없잖아?”

“웃기는 소리! 나를 욕보인 죗값을 톡톡히 갚아줄 거야!”

“어떻게?”

자엽령이 어깨를 으쓱했다. 노골적으로 도발하는 태도였다.

“이 녀석이?”

스릉!

천냉화의 검집에서 검이 뽑혔다. 평소의 그녀였다면 생각지도 못할 행동이었지만 지금은 참을 필요성을 느끼지 못했던 것이다. 하지만 아직도 그녀의 냉철한 의지는 남아 있었다. 천왕교의 총단에서 천왕교주에게 검을 겨눈다는 것이 얼마나 위험한 일인지 알고 있는 그녀였기에 검을 뽑았을 뿐 다른 행동을 하지 않은 것이다.

그녀는 자엽령을 죽일 듯 바라보며 으르렁거렸다.

“가만히 있는 날 건드리지 마!”

“건드린다면?”

“그땐 정말 가만있지 않을 테니까.”

“훗, 꼭 그것 같군!”

“……?”

“왜 있잖아, 남이 좋은 것을 가지면 배알이 꼴리는 그런 기분 말이야. 내가 천왕교의 교주가 된 후부터 더욱 날 못마땅하게 여기는 네 모습이 꼭 그것 같단 말이야."

"이 자식이!"

결국 그녀의 검이 허공을 갈랐다. 그런데 놀라운 것은 자엽령이었다. 분명히 피할 수 있음에도 그 자리에 그대로 서 있었던 것이다.

막 자엽령의 몸을 토막 낼 듯한 검이 그대로 멈춰 서버렸다. 놀란 것은 오히려 천냉화였다.

"왜, 왜 피하지 않는 거지?"

"날 못 죽일 테니까."

천냉화는 자신이 지금 앞에 서 있는 사내에게 무차별적으로 농락당하고 있다고 생각했다. 그것을 증명하듯 자엽령이 말을 이었다.

"대천왕교의 교주를 죽일 수 있는 사람이 무림에 몇이나 될까? 그것도 천왕교의 총단 내에서! 그리고 넌 날 죽이지 못할 아주 확실한 이유가 있지."

"흥! 그렇게 말한다면 정말 죽여주지!"

쉬익!

검이 다시 움직였다. 하지만 이번에도 검은 자엽령을 베지 못했다. 자엽령이 품속에서 종이 한 장을 꺼내 들었기 때문이다. 검이 멈춰진 것을 확인한 자엽령이 종이를 흔들며 말했다.

"이게 뭔지 알아?"

천냉화가 몸을 부들부들 떨었다. 두 번이나 자엽령을 벨 수 있었음에도 스스로 자엽령의 심리적인 공격에 휘둘려 실패를 했기 때문이었다. 그녀가 가만히 노려만 보고 있자 자엽령이 종이를 그녀의 발아래 던졌다.

“읽어봐.”

피식피식 웃는 그를 경계하면 천냉화가 천천히 바닥에 떨어진 종이를 집어 들었다. 그리고 그것을 읽어 내려가는데, 잠시 후 마지막 내용을 읽고는 경악한 표정이 되었다.

“말도 안 돼!”

그녀는 서신을 그대로 찢어버렸다. 그러면서 자엽령을 노려보는데, 좀 전과는 비교할 수 없을 정도의 분노가 담겨 있었다. 하지만 자엽령은 더욱 얄밉게 굴었다. 그녀가 이렇게까지 분노를 표출하는데도 여전히 웃고 있었던 것이다.

“너, 너…….”

그녀는 채 말을 잇지 못했다. 사실 할 말이 없기도 했다. 서신의 내용이 그녀를 혼란스럽게 만들었기 때문이다. 서신의 마지막에는 이렇게 적혀 있었다.

천왕교와 혈화궁의 영원한 우호를 위해 천녀 중 한 명을 교주님께 드리려 합니다. 우선 냉화를 생각하고 있으니 부디 못났다 버리지 마시고, 마음에 들지 않는다면 서신을 보내주십시오. 차후 다른 제자를 보내드리겠습니다.

그것은 분명히 천왕교주에게 혼약을 강제적으로라도 성사시키겠다는 의미였다. 문파 간의 친분과 세력 확장을 위해 그런 일들은 흔하게 일어나는 것이기에 이상하다는 생각은 없었다. 하지만 문제는 제일 후보로 천냉화 자신을 주목하고 있다는 점이었다.

“왜 하필…….”

믿을 수 없다는 표정으로 여전히 몸을 떨고 있는 그녀를 향해 자엽령이 비소를 흘리며 조롱하듯 말했다.

"어때? 날 죽일 수 없는 확실한 이유가 있지?"

"다, 닥쳐! 이것과 너를 죽이는 것이 무, 무슨 상관이라는 거지?"

"혹시 알아? 내가 널 선택할지?"

"……!?"

천냉화는 멍하니 자엽령을 바라보았다. 잠시 동안이지만 자엽령의 말에 현기증을 느꼈던 것이다.

정신을 차리려는 듯 고개를 흔든 그녀가 단호하게 외쳤다.

"너 같은 놈이랑 누가……."

"훗! 너에게는 결정권이 없어. 결정은 내가 하는 거지."

"이 자식, 여기서 죽여 버리겠어!"

검에서 검기가 빠르게 회오리쳤다. 그 속도로 보아 예전보다 더욱 내력이 늘었음을 알 수 있었다. 하지만 그녀는 이번에도 자엽령을 공격할 수 없었다.

"흡!"

갑자기 숨이 턱하니 막혔다. 자엽령의 신형이 사라지는 듯하더니 그녀의 눈앞에 나타났던 것이다. 하지만 정작 그녀의 숨을 멈추게 한 것은 자엽령의 입술이었다. 그의 입술이 그녀의 입술을 막고 있었던 것이다.

"으으읍!"

무슨 짓이냐고 외치려 했지만 당연하게도 자엽령의 입술에 막혀 목소리는 나오지 않았다. 손을 움직여 뿌리치려고도 했지만 자엽령에게 잡혀 있는 팔도 요지부동이었다.

“으응!”

순간 그녀의 팔이 축 늘어졌다. 온몸에서 힘이 빠지는 것을 느꼈기 때문이다. 자신의 팔을 잡고 있던 자엽령의 오른손이 등 뒤로 돌아갈 때부터 시작된 일이었다. 등을 쓰다듬는 부드러운 손짓과 함께 갑자기 어딘가를 누르는 것 같더니 온몸이 나른해지며 화끈거림이 가슴을 타고 얼굴로 올라왔던 것이다.

갑작스럽게 밀려드는 나른함에 그녀는 몸을 지탱하기 위해 검을 놓고 자엽령의 목을 무의식적으로 감싸 안아버렸다.

‘이러면 안 돼!’

스스로 상대를 끌어안았다는 생각에 그녀는 번쩍 정신을 차렸다.

“싫어!”

자엽령을 밀친 그녀가 바닥에 주저앉았다. 아직도 몸에 힘이 들어가지 않았기 때문이다. 그때 자엽령이 피식 웃으며 그녀를 창피하게 만들었다.

“어때? 감정을 숨기기란 어렵지?”

“…….”

그녀는 아무런 대답도 하지 못했다. 거친 숨을 들이마시며 얼굴을 홍당무처럼 물들일 뿐. 그런 그녀를 향해 자엽령이 손을 내밀었다.

“언제까지 바닥에 앉아 있을 거야?”

얼떨결에 자엽령의 손을 잡고 일어선 천냉화가 갑자기 무슨 생각이 들었던지 몸을 돌렸다. 그리고는 바람처럼 건물 안으로 사라져 버렸다.

그 모습에 자엽령이 웃으며 고개를 갸웃거렸다.

“꽤나 자극적이었나? 하지만 이후부터는 귀찮게 복수라느니, 죗값을 치르게 하겠다느니의 말 따위는 하지 않겠지."

그는 중얼거림과 함께 연공실로 걸음을 옮겼다.

"들어가도 되겠습니까?"

갑작스런 물음에 천냉화가 화들짝 놀라 자리에서 일어섰다. 진진의
목소리였다.

"드, 들어와!"

그녀의 허락에 진진이 문을 열고 들어왔다.

"무, 무슨 일이지?"

"혹시, 무슨 일이 있으셨습니까?"

천냉화의 목소리가 더욱 떨리기 시작했다.

"왜, 왜 그런 걸 묻는 것이냐?"

"이게 정원에 떨어져 있더군요."

진진이 내민 것은 천냉화의 검이었다.

"아끼는 검인데 정원에 떨어뜨리셨기에 무슨 일이 있는지 걱정되어
서 찾아와 봤습니다."

"무, 무슨 일이 있긴…… 자, 잠시 산책을 나갔다가……."

말을 더듬는 그녀를 향해 진진이 의심스런 표정을 보였다. 그러자
천냉화가 버럭 화를 냈다.

"아무 일도 없었으니까 상관하지 말고 나가봐!"

"아, 알겠습니다. 그럼 쉬세요."

진진은 이렇게 화를 내는 천냉화를 본 적이 없었기에 더욱 의심이
들었다. 하지만 별문제가 없는 것 같았기에 방을 빠져나갔다.

그녀가 나가자 천냉화는 침상에 쓰러지듯 누웠다.

“이제부터 어떻게 하지?”

말과 함께 그녀의 눈에서 눈물이 흘러내렸다. 남자를 깔보며 자라왔던 그녀. 그런 그녀가 사내에게 강압적으로 입맞춤을 당했다는 것이 자존심이 상한 것이다. 하지만 눈물은 그런 의미의 것이 아니었다.

그녀는 손을 가져가 입술을 만졌다.

‘부드러웠어!’

순간 그녀가 자신의 머리를 감싸 쥐었다.

“도대체 무슨 생각을 하는 거얏!”

자꾸 떠오르는 자엽령의 얼굴을 지우기 위해 그녀는 연신 고개를 저어댔다.

*　　　*　　　*

쿠에엑—!

자색의 강렬한 빛이 용이 되어 사방으로 비산했다. 그리고 그것은 곧이어 바위와 나무에 부딪쳐 폭음을 쏟아냈다.

콰콰콰쾅!

“…….”

파냉비는 아무런 말 없이 자신의 손과 손에 들린 쾌랑검을 바라보았다. 믿어지지 않는다는 표정이었다.

“이, 이게 자성진공?”

단전에서 저장된 기운을 각 혈도에 차례로 옮기는 것이 아니라 동시에 모든 혈도에 단번에 이동시키는 괴상한 심법!

처음 그 내공 운용법을 보았을 때 말도 안 되는 것이라 치부한 그녀

210

였다. 하지만 복수를 위해서는 앞으로 나아가야 했고, 그러기 위해서 모험을 결심할 수밖에 없었다.

처음에 자성진공의 심결에 따라 내력을 움직였을 때 주화입마에 당할 뻔한 적이 한두 번이 아니었다. 전신의 혈도에 동시 내력을 퍼뜨리고 다시 거둬들인다는 것은 무림인들이 불가능하다고 말하는 위험한 행위기 때문이다.

그들의 말을 증명하듯 그녀는 죽음의 고비를 몇 번이고 넘겨야 했다. 하지만 그것이 익숙해지게 되자 오히려 그녀가 익히고 있던 내공심법이 지루하게 느껴지게 되었다.

그리고 지금에 이르러서 자성진공을 십성까지 익히게 되자, 안 그래도 불가사의할 정도로 내력이 넘쳐 나는 그녀의 체질에 가장 적합한 무공이 되어 있었다. 맞지 않는 작은 옷을 입은 것 같은 예전의 무공을 버리고 그녀의 몸을 완전히 담아낼 수 있는 큰 옷으로 바꿔 입게 된 것이다.

그녀가 뿜어낼 수 있는 내력의 최고치를 한 번에 뿜어낼 수 있게 되었다 할 수 있었다.

내공심법을 익히는 데 위험한 것만 빼면 그리 어려운 점도 없다는 것이 자성진공의 장점이기도 했다.

그녀는 주위를 둘러보았다. 사방은 원래의 형체를 알아볼 수 없을 정도로 초토화되어 있었다.

"이 정도면 그를 이길 수 있을까?"

그녀는 만리독행을 쓰러뜨렸던 절대강자를 떠올렸다. 붉게 타오르는 듯한 머리를 휘날리는, 그녀로서는 넘어설 수 없을 것 같은 강자의 얼굴이었다.

잠시 후 그녀의 고개가 저어졌다.

"아직은 아니야. 십이성 모두! 십이성까지 자성진공을 끌어올릴 수 있어야 해."

그녀는 중얼거림과 함께 다시 수련에 몰두했다. 지금까지와 같은 빠른 내공 진보라면 십이성도 그리 오래 걸리지 않을 것 같았다.

남은 것은 그녀의 노력뿐. 그 노력이 얼마나 되느냐에 따라 자성진공의 완성이 더욱 빨리 다가올 것이다.

第七章

　욕심을 버리는 것은 마음이 이끄는 대로 흘러가는 것을 뜻하니, 원할 때 원하는 것을 하고, 원하지 않을 때 하지 않는 것이 오히려 무욕이라. 욕심이란 하기 싫은 것을 행해야 한다는 억지스런 마음일 뿐이니, 모든 것을 버리는 무념의 상태에서만이 그대가 원하는 것이 이루어질 수 있다.

　"흐음!"

　천마신공을 연마하며 조용히 명상에 잠긴 자엽령은 우주진경의 마지막 글귀를 떠올리고는 신음을 흘렸다. 잠시 후 내공을 갈무리한 자엽령이 눈을 뜨며 고개를 갸웃거렸다.

　"이해가 갈 듯하면서도 가지 않는단 말이야."

　그는 인상을 찡그리며 생각에 잠겨들었다. 우주진경 전체에는 무공

에 대한 생각과 깨달음, 그리고 무공을 익힐 때 가져야 하는 마음가짐
과 도리에 대해서 전하고 있었지만 그 속에는 무념과 무욕에 대해 중
점을 두고 있었다. 무념무상에 빠지면 모든 것이 자신이 원하는 대로
이루어진다는 것을 강조하는 듯했다.

"하지만 무념무상에 빠져드는 것과 무공이 무슨 상관이 있을까?"

연결 고리가 있는 듯했다. 그는 천검령에서 그것을 약간이나마 이해
할 수 있었다. 익히면 익힐수록 잊어버리는 검법. 오히려 잊을수록 완
벽해지는 무상의 검법이 바로 천검령이었기 때문이다.

"그렇다면 천검령을 만든 사람도 우주진경을 만든 사람과 같은 생각
이었을까?"

그럴지도 모른다는 생각이 들었지만 알 수는 없었다.

"답답하군!"

자엽령은 머리 아픈 잡념을 떨쳐 버리며 자리를 털고 일어났다. 세
시진 이상을 연공실에 있었기에 잠시 쉬고 싶었다. 연공실을 나오자
동이 터오며 날이 밝아오고 있었다. 모두가 일어나 하루를 시작할 이
때 그는 자신의 방으로 들어가 잠을 청했다. 하지만 채 반 시진 정도를
잤을까?

문밖에서 시비의 목소리가 들려왔다.

"교주님, 호법께서 만나뵙기를 청하십니다."

"급한 일이냐?"

"그렇다고 합니다."

"휴… 확실히 이런 피곤한 자리는 나에게 안 맞아."

그는 투덜거림과 함께 자리에서 일어나 집무실로 향했다. 집무실에
는 네 명의 호법이 그를 기다리고 있었다.

“무슨 일이지?”

자엽령의 물음에 네 명의 호법이 예를 표하기 바쁘게 입을 열었다.

“무림맹의 연합이 해체된 이유가 밝혀졌습니다.”

“이유가 뭐지?”

양성붕이 모두를 대표해서 대답했다.

“청해성과 감숙성에 놀라운 일이 벌어졌습니다.”

“……?”

“교주님의 말씀이 사실이었습니다. 혈교가 드디어 모습을 드러냈습니다.”

자엽령의 표정이 구겨졌다.

“모습을 드러냈다니? 자세히 말해보아라!”

양성붕은 고개를 끄덕인 후, 청해성과 감숙성에서 벌어진 일들을 설명하기 시작했다. 설명이 끝나자 자엽령이 황당한 표정을 지었다.

“하나의 세력이 단 오 일 만에 두 개의 성을 집어삼킬 수도 있다니……. 도대체 혈교는 중원무림을 지배하기 위해 얼마나 준비를 한 거지?”

“사백여 년 전 무림맹의 공격으로 항복을 선언한 후 사라진 세력입니다. 그때 서장으로 사라졌을 것이라 많은 이들이 추측을 했지만, 정말 그들이라면 사백 년간의 준비를 했다는 말이 될 수도…….”

잠시 침묵이 흐른 후 양성붕이 물었다.

“교주님은 어떻게 할 생각이십니까?”

“그전에 무림맹의 움직임은?”

“현재 혈교에 대한 모든 것을 무림에 알린 후, 각 문파에 다시 도움을 요청하고 있는 모양입니다. 조만간 혈교와 한판 혈전을 벌일 듯합니다.”

“본 교는 어떻게 할 생각이지?”

“교주님이 뜻을 따를 뿐이나, 지금 움직이기는 조금 곤란하기는 합니다. 그 점을 유념해 주십시오.”

“역시 법왕들 때문인가?”

“그렇습니다. 고수들을 뺀다면 법왕들이 기회를 틈타 고수들을 이끌고 총단으로 들어올 수 있습니다. 무림맹과의 전투로 총단의 힘이 상당히 약해져 있으니 그 좋은 기회를 놓칠 리가 없습니다.”

“그럼 결국 법왕들을 완전히 굴복시킨 상태에서 고수들을 움직일 수 있다는 말인가?”

“그렇습니다. 하지만 법왕들 때문이 아니더라도 지금 상태로는 혈교와의 싸움은 불가능할 줄로 짐작됩니다. 무림맹과 협동해야 하는데, 무림맹이 우리를 인정할 리가 없기 때문이지요. 게다가 지금으로선 예전의 힘을 되찾는 것이 우선입니다.”

자엽령은 씁쓸한 표정을 지었다. 복수를 위해 신화성을 찾았고, 조력자를 얻기 위해 수호문을 찾았다. 그리고 마지막으로 자신의 복수에 가장 지대한 역할을 할 수 있는 힘을 더하기 위해 천왕교의 교주가 된 것이었다. 그런데 실질적으론 가장 큰 힘이 될 수 있는 천왕교를 움직일 수 없게 되었으니……

혈교의 공식적인 움직임이 너무 빨랐다는 것이 문제라 할 수 있었다.

잠시 생각하던 자엽령이 물었다.

“법왕들에게 부름을 전했나?”

“이틀 전에 보냈습니다. 며칠 후면 법왕들 모두 교주님의 존재를 알게 될 것입니다."

"언제까지 총단으로 오라고 했지?"

"보름 후입니다."

"너무 많이 기다려야 하는군."

"거리가 있기에 어쩔 수 없습니다. 보름이라는 시간도 최대한 짧게 잡은 것입니다."

"어쩔 수 없군."

"무슨 말씀이신지……."

"무림맹이 움직이기 시작했다면 시간을 지체할 리 없다. 최대한 단기간에 혈교를 무너뜨리기 위해 애를 쓰겠지. 난 복수를 내 손으로 하고 싶어 천왕교의 교주가 된 것이야. 천왕교가 나의 손발이 되어 혈교를 무너뜨린다면 천왕교의 힘을 빌리는 것이 아니라 내 힘으로 복수를 하게 되는 격이니까."

"맞는 말씀이십니다."

"하지만 사용할 수 없는 힘은 아무런 소용이 없지 않을까?"

일순 호법들이 난감한 표정을 지었다.

눈치를 보던 정 호법이 물었다.

"어, 어떻게 할 생각이십니까?"

"법왕들의 부름을 조금 늦춰라."

"그, 그건……."

자엽령이 손을 들어 호법들의 말을 끊었다.

"천왕교의 힘을 쓸 수 없다면 나 혼자라도 복수를 하는 수밖에 없어. 수호문의 힘을 빌려 복수를 하는 것이 거림칙하기는 하지만 지금 상태에서는 그것밖에 달리 방법이 없지. 일이 끝나고 법왕들의 문제를 해결하는 것이 좋을 거야."

"하지만 말을 바꾸어 기간을 늦춘다면 법왕들이 의심을 할 수도 있습니다. 보름만 더 기다려 주심이……."

다른 호법들도 간곡히 부탁을 하기 시작했다. 나이 많은 노고수들이 고개를 숙이고 나오자 자엽령으로도 한발 물러설 수밖에 없었다.

"좋아. 그럼 보름간만 기다리도록 하지. 그 이후에는 내가 알아서 하겠다."

"감사합니다."

"그리고 혈화궁과 수라교, 수호문은?"

"지금 돌아갈 채비를 하고 있습니다."

"그대들이 잘 배웅하도록 하게. 그리고 이걸 혈화궁의 책임자에게 전해주게."

"무엇입니까?"

"궁주에게 보내는 답신."

"알겠습니다."

*　　　*　　　*

무림의 충격은 상당했다. 혈교의 사실이 알려지고, 그들에 의해 두 개의 성이 단 오 일 만에 무너졌다는 것은 놀라운 일이었다. 뿐만 아니라 무림맹에 대한 불신도 시간이 갈수록 커져 갈 수밖에 없었다. 엉뚱한 천왕교를 공격해 피해만 입었으니 말이다. 뿐만 아니라 현진 장로가 혈교의 첩자라는 것까지 은근히 소문으로 떠돌게 되자 맹의 체면은 바닥으로 떨어지기 시작했다.

220

무림맹으로서는 그것을 간과할 수가 없었다. 결국 장로들은 긴급 대책 회의를 열었고, 회의 끝에 소문을 잠재울 무언가가 필요하다는 판단을 내렸다.

바로 혈교였다. 무림맹은 그들을 재물로 삼을 생각이었던 것이다. 최대한 빠른 시간 내에 혈교와 전투를 치러 무림맹에 대한 소문을 잠재울 계획이었다.

혈교에 대한 무림맹의 놀라울 정도로 빠른 대처는 그런 이유를 가지고 시작되었다.

감숙성 동쪽에 위치한 섬서성 남단의 한중(漢中)!

한중에서 대로를 따라 북서쪽으로 삼백 리를 올라가다 보면 백마산이 모습을 드러낸다. 감숙성과 섬서성의 접경 지역에 위치한 산으로 이백 리를 이은 봉우리와 분지가 두 성을 잇고 있었다. 섬서성에서 감숙성으로, 감숙성에서 섬서성으로 들어가는 길목 중 하나였다.

거기에 얼마 전부터 검을 든 도사들이 몰려들기 시작했다. 처음에 도착한 것은 구파일방의 하나를 차지하고 있는 종남파(終南派)였다.

시작은 도가(道家)에서 했지만 속가(俗家)의 성향으로 변질된 그들은 무를 숭상하는 대표적인 도사들이었다. 그에 이어 합류한 것은 화산파(華山派)였다. 오악검파(五嶽劍派)의 수장 역할을 충실히 하고 있는 그들은 오악검파답게 검으로써는 무림 최강이라 불리고 있었다.

그들은 감숙성으로 가는 백마산 동남쪽 길목에 자리를 잡았다. 구파일방 중 두 개의 문파가 그렇게 모습을 드러내자 다음은 섬서성에 있는 이십여 개의 이름있는 문파에서 많게는 오백여 명, 적게는 삼백여 명씩 고수들을 투입했다.

그리고 며칠 후 무림맹에서 삼천의 고수가 도착했고, 무림맹과 함께 하남과 안휘, 호북, 호남 등지에 뿌리를 내리고 있던 문파에서 역시 고수들을 보내왔다.

사천과 귀주, 광동과 광서에서도 마찬가지였다. 무림정파에서 이름이 꽤 알려진 문파 중 거의 절반에 달하는 문파들이 고수들을 보내왔던 것이다. 그것은 그들이 혈교의 도발을 심각하게 받아들이고 있다는 증거였다. 하기야 오 일 만에 두 성을 무너뜨리는 것으로 힘을 과시했으니 당연한 일일지도 몰랐다. 혈교가 청해성과 감숙성을 집어삼킨 지 이십여 일 만의 일이었다.

"호호호!"

무거운 공기가 내리 깔린 밀실에서 음침한 웃음소리가 흘러나왔다.

상석에 앉아 있는 인물은 재밌다는 표정이었다. 대머리에 호랑이 수염을 기른 노인이었다. 그는 연신 비웃음을 흘리며 앞에 놓인 백마산의 지도를 바라보고 있었다.

지도는 백마산의 지형이 세밀하게 조각되어 있는 모형 지도였다. 그리고 그 위에 파란 깃발 수십 개가 백마산 남동쪽에 올려져 있었다.

한참 동안 파란 깃발을 바라보던 사내가 여전히 비웃음을 담아 입을 열었다.

"생각한 바를 벗어나지 못하는 것들이구나!"

그의 말에 앞에 서 있던 세 명의 인물 역시 조소를 담아 대답했다.

"중원의 쓰레기들이 무슨 계책이 있겠습니까!"

"그렇겠지."

상석의 인물은 동조를 하며 궁금증을 드러냈다.

"얼마나 몰려들었더냐?"

“사만은 족히 되는 듯했습니다.”

“생각보다는 적군!”

“아직 본 교의 힘을 과소평가하는 거지요.”

“흐흐흐. 확실히 이번 일로 본 교의 무서움을 중원의 쓰레기들에게 가르쳐 줘야 한다.”

“지당하신 말씀! 이번에 큰 피해를 안고 무너진다면 감히 대항할 생각을 못할 겁니다.”

대답과 함께 그 옆에 있던 사내가 물었다.

“언제 공격을 할까요?”

“진채를 세운 것을 보니 아직 지휘 체계가 제대로 이루어지지 않았다. 우선 간단히 저들을 혼란시키는 것을 시작으로 할 생각이다.”

설명과 함께 상석의 인물이 호명했다.

“마천.”

“네!”

“네가 오천을 이끌고 적의 선두를 휩쓸어라.”

“존명!”

“일랑.”

“하명하십시오.”

“너 역시 오천을 이끈다. 공격을 왼쪽이다. 왼쪽 진영부터 휩쓸어 버려라.”

“존명!”

“천웅.”

“네!”

“너는 오른쪽이다.”

“존명!”

“공격 시간은 내일 새벽 오경 중(五更中)으로 한다.”

세 명의 사내가 동시에 대답했다.

“존명!”

수하들이 밀실을 빠져나가자 상석의 인물이 느긋하게 의자에 몸을 기댔다.

“흐흐흐! 나 마노신제(瑪瑙神帝)가 선봉에서 큰 공을 세우겠구나!”

*　　　*　　　*

천왕교의 중앙 대전에 앉아 있던 자엽령이 장로들과 호법들을 바라보며 명했다.

“지금부터 당분간 양성붕 호법이 모든 일을 맡는다.”

갑작스런 그의 명에 모든 사람들이 경악한 표정을 지었다. 호북 지단의 성충 법왕과 안휘 지단의 장양 법왕을 뺀 세 명의 법왕이 부름에 참석하지 않은지 이틀째가 되는 날 아침에 내린 명이었다.

양성붕 호법이 불안한 표정으로 물었다.

“꼭 가셔야만 하겠습니까?”

“마음 같아서는 천왕교를 움직이고 싶지만 그럴 수 없는 입장이니 어쩔 수 없다. 어차피 성충과 장양 법왕이 나를 인정했으니, 남은 세 법왕도 함부로 총단을 넘보지는 못할 터.”

자엽령은 차라리 잘되었다고 생각했다. 처음부터 천왕교의 교주가 된다는 것이 마음에 내키지 않았으니, 이 기회에 몸을 빼자는 생각까지 들었다. 들리는 소문으로는 무림맹의 발호 아래 거의 사만에 가까운

224

고수들이 현재 백마산에 몰려 있다고 하니 굳이 천왕교의 힘을 빌리지 않아도 될 것이 아닌가!

'그렇다면 무림맹 사이에 끼어 복수를 하는 수밖에 없지.'

그는 우선 수호문에 소식을 넣어 그들의 힘을 더할 생각을 했다. 그가 복수를 해야 할 인물은 애뇌산에서 자신의 동료를 죽인 여인이었고, 그 다음은 모든 것을 뒤에서 조장한 흑랑회주였다. 그 두 사람의 실력으로 보아 혈교에서도 상당히 높은 간부들임에 분명했기에 그 수하들까지 상대할 조력자가 필요했던 것이 사실이었다.

자엽령의 결연한 표정을 바라보던 교도들이 몇 번이고 말렸지만 어쩔 수 없었다, 결국 고개를 숙이며 수긍하는 수밖에. 그중 양성붕 호법이 한 가지 제안을 했다.

"그럼 호위대를 이끌고 가주십시오."

하지만 자엽령은 그것조차 허락하지 않았다. 호위대를 이끌고 갈 경우 오히려 천왕교에 발목을 붙잡힐 가능성이 있었기 때문이다.

"필요없다. 오늘 저녁에 조용히 떠날 것이니 모든 것은 비밀에 붙이도록 하라!"

확정적인 말에 교도들은 한숨을 쉬며 절을 했다.

"알겠습니다."

회의가 끝나고 난 후, 자엽령은 곧바로 수호문에 연락을 넣었다. 혈교가 직접 모습을 드러내어 움직이는 이때 수호문이 가만히 있을 리가 없다고 생각했기 때문이다. 분명히 백마산으로 향했을 것이고, 그들이 가는 방향을 알아야 같이 합류할 수 있었다고 판단했다.

그는 전에 수호문에서 사용하던 전서구를 보낸 후, 저녁에 곧장 백마산으로 향했다. 전서에는 백마산에서 삼백 리 떨어진 한중성 밖에서 기다릴 테니 연락할 사람을 보내달라는 내용을 써넣은 채였다.

'이럴 줄 알았으면 수호문이 총단을 떠날 때 같이 갈걸 그랬군!'

후회는 아무리 빨라도 늦었다.

*   *   *

속속히 백마산으로 몰려드는 무림군웅들은 각자 진채를 세우고 경계를 서기 시작했다. 하지만 각자 문파마다 독자적으로 행동했기에 타 문파와의 연합이 제대로 이루어질 리가 없었다. 대부분 무림맹의 요청 때문에 백마산으로 급히 오기는 했지만 너무 많이 몰려든 것이 원인이었다.

무림맹이 나서서 연합에 참가한 문파와 그 인원수를 파악하기 위해 분주히 움직였지만 혼란만 가중될 뿐이었다.

"장영문에서도 오백의 고수를 보내왔다고?"

이번 정도연합의 총책임을 맡아 무림맹의 삼천 고수를 이끌고 온 신길수 장로의 말에 적맹대의 대주가 서류를 보며 대답했다.

"그렇습니다. 막하령에 깊은 곳에 막사를 지었기에 누락되었습니다."

그러자 신길수 장로가 옆에 있던 양원룡 장로를 향해 물었다. 양원룡 장로는 신길수 장로와 같은 배분이지만 이번 연합에서는 총책임에서 밀려나 부장 격으로 따라온 것이었다.

"장영문을 이곳에 배치하는 것이 어떻겠소?"

그의 물음에 양원룡 장로가 한곳을 가리켰다.

"오백 명의 고수는 많은 편입니다. 좁은 골목을 지키게 하느니 차라리 여기에 배치하는 것이 어떻겠습니까?"

"그것이 좋겠군!"

말과 함께 신길수는 지도에 장영문이라는 글씨를 써넣었다.

"이것으로 남쪽에 주둔 중인 문파는 대충 파악이 되었고…… 북쪽 지형에 주둔해 있는 문파는 어찌 되었나?"

"아직 파악 중입니다. 워낙 많은 문파들이 몰려 있어 조금 시간이 걸릴 듯합니다."

"어쩔 수 없지."

그러자 양원룡 장로가 물었다.

"소림과 아미, 청성, 화산, 종남, 무당은 어찌할 생각이십니까?"

"구파일방에 함부로 지시할 수는 없으니 그들은 독자적으로 움직여 달라고 해야겠지요."

"그래도 이곳 지리를 잘 알고 있는 종남파와 화산파에 척후조(斥候組) 역할을 부탁은 해야 하지 않겠습니까?"

"괜찮은 생각이군요. 그렇다면 따로 찾아가 부탁을 해야……."

그의 말은 막 막사를 달려들어 온 무사 때문에 이어지지 못했다. 그 예의없는 행동에 양원룡 장로가 뭐라 입을 열려 했지만 그럴 수 없었 다. 무사의 표정이 심상치 않았던 것이다. 신길수 장로도 그것을 알아 보고는 급히 물었다.

"무슨 일이냐?"

"적의 야습이 시작되었습니다."

그 말에 신길수 장로와 양원룡 장로가 자리에서 벌떡 일어섰다.

"어디서 공격이 시작되었느냐?"

"서북쪽입니다."

"몇 명이지?"

"보고 체계가 아직 확립되지 않아 적의 수가 파악이 되지 않고 있습니다."

"이런!"

신길수 장로는 급히 막사를 빠져나가며 적맹대의 대주에게 외쳤다.

"지금 즉시 전 무사들을 소집해라! 적의 공격을 막는다!"

"존명!"

신길수 장로와 양원룡 장로는 막사를 빠져나와 진 앞에서 무사들이 모이길 기다렸다. 한데 놀라운 보고가 다시 올라왔다.

"큰일났습니다!"

"무슨 일이냐?"

"북동쪽에서 적의 야습이 시작된 듯합니다. 거기에 있던 몇몇의 문파가 지원 요청을 해왔습니다!"

신길수 장로의 표정이 구겨졌다. 그런데 또다시 다른 무사가 달려오더니 보고를 올렸다.

"남서쪽에서 적의 야습이 있습니다!"

신길수 장로는 정신이 없었다. 그사이 무사들이 모여들기는 했지만 어디를 먼저 구해야 할지 갈팡질팡하였다. 지시를 내려야 할 책임자가 그렇게 명을 하달하지 못하자 부장인 양원룡 장로가 급히 제안을 했다.

"그러지 말고 제가 남서쪽으로 황맹대를 이끌고 가겠으니, 신길수 장로께서는 서북쪽으로 적맹대를 끌고 가십시오."

"그럼 북동쪽은 어떻게……."

그러자 양원룡 장로가 청맹대 대주를 불러 지시를 내렸다.

"그대가 북동쪽을 맡아라."

“알겠습니다.”

대답이 끝나기 무섭게 무림맹의 진채에서 삼천의 고수가 세 갈래로 빠져나갔다.

채챙!

“크아아악!”

“크으윽!”

병장기 부딪치는 소리가 요란한데, 비명성은 더 요란했다.

아비규환이 이럴까?

신길수 장로는 경악을 금치 못했다. 혈의를 입은 수천의 고수들이 여기저기를 내달리며 각 문파의 진채를 휩쓸고 있었는데, 막을 수 있는 자가 없었던 것이다. 각 문파별로 따로 움직이고 있었으니 아군을 지휘할 수장이 없어 그 피해는 더욱 커 보였다.

신길수 장로가 적맹대의 대주를 향해 외쳤다.

“너는 적맹대를 이끌고 적의 선두를 막아라!”

“존명!”

말과 함께 적맹대의 일천 고수들이 혈의무사들과 뒤엉켰다. 그사이 신길수 장로가 내공을 실어 외쳤다.

“무림맹의 적맹대과 왔으니 모든 정파고수들은 두려워 말고 적을 막으시오! 그리고 주변에 있는 진채에 적의 내습을 알려주시오!”

하지만 혼란은 좀체 가라앉지 않았다. 다행인 것은 혈의인들이 사방으로 흩어져 있다는 것, 그리고 선두에서 밀려드는 혈의인들의 수가 적어 적맹대가 호적수를 이루고 있다는 점이었다.

신길수는 혈의인을 맞아 싸우는 적맹대를 보며 놀라움을 금치 못했다. 일천의 고수를 단 오백의 혈의인이 전혀 밀리지 않고 대항하고 있었기 때문이다. 무림맹 내에서도 호법원의 고수들을 제외하고는 가장 강하다는 적맹대의 실력을 알기에 그의 놀라움은 더 클 수밖에 없었다.

전투는 거의 반 시진 동안 쉬지 않고 이루어졌다. 도중에 구파일방의 고수들이 끼어들었고, 흩어졌던 무림군웅들이 다시 힘을 모아 저항한 덕분이었다.

하지만 혈의인들의 놀라운 무공에 질렸는지 퇴각하는 그들을 누구도 쫓으려 하지 않았다.

날이 밝자 피해 보고가 무림맹의 진채로 전달되기 시작했다. 한 번 당했던 터라 대부분의 문파에서 무림맹에 직접 피해 상황을 알렸기에 일 처리는 의외로 빨리 되었고, 인원 파악도 정확히 될 수 있었다.

"휴……!"

신길수 장로는 총합된 피해 보고서를 보고는 한숨을 쉬었다.

"하룻밤 사이에 육천 명이라니……."

전사자만 육천일 뿐, 부상자까지 따지자 일만에 가까웠다.

"어떻게 해야 좋겠소?"

그의 물음에 양원룡 장로가 한참 동안 생각하더니 대답했다.

"문파별로 따로 행동하는 것을 금하는 것이 좋겠습니다. 진채를 모두 뜯어 이십 리 정도를 물린 후, 거기에서 다시 동서남북으로 네 개의 큰 진채를 세우고 서로 연계하여 작전을 행하는 것이 어떻겠습니까?"

"좋은 생각이지만 반대가 심하지 않겠소?"

"무사들을 우리 임의대로 조절하는 것이 아니라 한 진채에 같이 넣어 서로 돕게 하는 것이니 크게 무리는 없을 줄로 압니다."

"그럼 구파일방의 고수들은 네 진채 사이에 따로 진채를 마련해 거기에 머물게 하는 것이 좋겠군. 위험에 빠진 진채를 언제든지 지원할 수 있게 말이오.”

“좋은 방법 같습니다. 그런데 적의 피해는 어느 정도입니까?”

그 물음에 신길수는 고개를 절레절레 저었다.

“말도 마시오. 일백삼십 명의 시체를 찾았을 뿐이오. 부상자도 다수 섞여 있었던 모양이지만 모두 자결했소.”

“무서운 자들이로군요!”

“젠장!”

양공지는 욕설과 함께 짐을 짊어지기 시작했다. 전투다운 전투를 해보지도 못하고 사부의 명에 따라 진채만 지켜야 했기 때문이다. 그는 차라리 형산파의 진채로 혈교의 고수들이 공격해 오기를 바랐다.

그의 욕설을 들었는지 곁에서 천막을 뽑고 있던 초태원이 물었다.

“왜 그래?”

“무림의 경험을 하게 해주고 수많은 고수들을 보며 견문을 넓히라던 애초의 목적이 없잖아. 진채만 지켜서 무슨 견문을 넓히라는 거야? 하늘 위에 하늘이 있다는 것을 이번 기회에 보도록 해라? 쳇! 그런 고수들이 있는 전투에 참가를 해야 구경을 하든 견문을 넓히든 하지. 진채에 처박혀서 숨어 있으라니 열받지 안 받아?”

“사숙은 우리를 걱정해서 그런 거지.”

“걱정은 무슨 얼어죽을……. 구더기 무서워서 장 못 담그냐? 차라리 걱정되면 백마산까지 데려오질 말았어야지. 수천 리를 쉬지도 않고 달려와서 뭐 하는 꼴이냐? 완전 짐꾼 역할만 하고 있잖아. 천막은 또 왜 이렇게 많아!”

양공지는 연신 투덜거리며 계속 짐을 싸고 옮기기를 반복했다. 그러자 그때 그의 머리를 누군가가 쥐어박았다. 진소백이었다.

"이놈! 불평을 하려거든 속으로 하던가!"

"지, 진 사형!"

"사형이라고 부르지도 말아라. 어디서 사숙과 사백님들에게 불만을 토하고 있어? 시키면 시키는 대로 할 일이지."

"저는 그냥……."

"갈! 어서 저쪽 천막도 뜯어라!"

양공지는 소침해진 표정으로 반대편 천막으로 이동했다.

이번 연합에는 형산파도 참여를 하고 있었다. 전에 있었던 무림맹의 대회로 형산파의 이름이 꽤 알려졌지만 그것만으론 부족하다 여긴 수영이 이번 기회를 통해 확실히 형산파의 위상을 되찾을 계획을 했기 때문이다. 거기다 일대제자들과 이대제자들에게 견문을 넓혀준다는 이유를 들어 서른 명을 뽑아 이백 명의 도사와 함께 데리고 왔었다.

양공지의 불만은 거기에 있었다. 당초 생각했던 고수들의 싸움은 사실 그의 관심 밖이었다. 오히려 젊은 나이에 큰 공을 세워 무림의 영웅으로 이름을 알려보자는 생각이 컸던 것이다. 그런데 전투는 고사하고 짐이나 옮기고 있으니 불만이 이만저만이 아니었다.

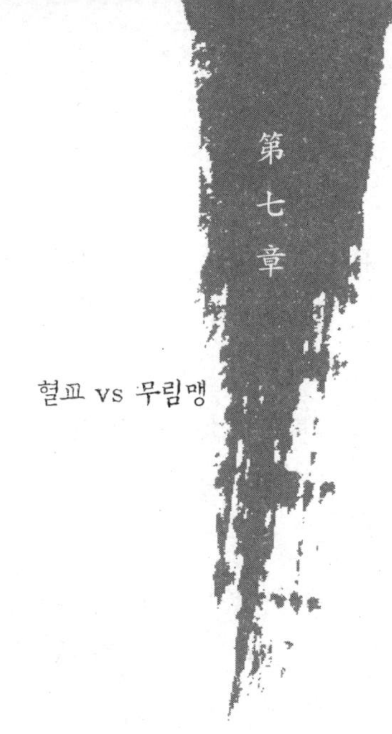

혈교 vs 무림맹

　무림맹의 대처는 빨랐다. 혈교의 야습이 있은 지 하루 만에 이십여 리를 물러나 네 개의 진채를 세웠고 그사이에 작은 진채 하나를 세워 구파일방의 고수들과 무림맹 고수들의 본거지로 삼았다. 시신과 부상자의 처리까지 끝내자 이틀이 지나가 있었다.

　"알아내셨습니까?"

　척후조를 맡았던 화산파의 송영이 돌아오자 그를 작전 회의실로 불러들인 신길수 장로가 물었다. 회의실에는 양원룡 장로와 함께 종남파, 무당파, 아미파, 소림사, 청성파의 대표들이 자리를 지키고 있었다.

　그의 물음에 화산파를 대표해 백마산으로 온 송영 진인이 지도를 가리키며 대답했다.

　"적은 이곳에 머물고 있습니다. 백마분지라고 불리는데, 여기에 큰 목조 건물이 세워져 있고, 그 주위로 정확히 파악은 되지 않지만 일만

233

은 족히 넘을 인원이 지낼 수 있는 천막이 줄줄이 세워져 있었습니다."

"이곳과 거리가 어느 정도 됩니까?"

"육십 리 정도 떨어져 있다고 봐야 합니다."

"멀다면 멀고 가깝다면 가까운 거리로군요."

말과 함께 신길수 장로는 같이 불렀던 종남파의 현도 진인을 바라보았다.

"현도 진인은 이곳 지리를 잘 알고 있는 줄 압니다. 우리가 어디에서 적을 맞아야 유리하겠습니까?"

"흐음……!"

현도 진인은 수염을 쓰다듬으며 지도를 유심히 살폈다. 그리고는 한참 후에 지도의 한곳을 손가락으로 짚었다.

"여기에 상당히 넓은 갈대밭이 있소. 백마분지에서 동쪽으로 사 리 정도 떨어진 곳인데, 대규모의 전투를 벌이기에는 적합할 것 같소."

그 말에 소림사의 진헌이 나섰다. 그는 천왕교의 공격뿐만 아니라 혈교의 공격에도 가담을 하고 있었다. 이번엔 오백여 명의 소림승을 데려온 상태였다.

"아미타불! 백마분지에서 가깝다면 오히려 잘된 것이 아니겠소? 적의 수가 일만이 넘는다고는 하나, 우리는 이틀 전의 피해를 빼고라도 삼만이 훌쩍 넘으니 곧장 적들의 본거지를 칠 수 있을 것이오."

그 말에 무당의 지백 진인이 고개를 저었다.

"적들을 무시해서는 아니 될 것이오. 그 실력은 하나하나가 놀라울 정도였으니 말이오. 수적인 우세를 생각해서는 승리를 장담할 수 없을 듯하오."

아미파의 천인 사태도 그에 동조를 했다. 그녀는 천왕교의 공격에 참여했던 소정 사태의 사저다. 아미파도 백마산에 오백여 명의 여제자를 데리고 와 주둔 중이었다.

"지백 진인의 말씀이 맞습니다. 저도 혈교의 고수들과 검을 섞어봤지만 그 실력은 놀라웠습니다. 일개의 수하를 제압하는 데도 상당한 집중력을 요할 정도로……."

그녀의 말에 모두들 동조를 했다. 하지만 실제 야밤의 기습인데다, 총체적으로 지시를 내려줄 작전관이 없어서일 뿐이라는 생각은 여전했다.

이런 저런 회의 끝에 적의 본실력을 알아봐야 한다는 결론이 내려졌다.

신길수 장로가 회의를 마치며 좌중을 돌아보며 말했다.

"그럼 나흘 후, 간단히 적을 도발해 본 뒤에 생각처럼 강하다면 병력을 물리고, 그렇지 않다면 그대로 적의 본거지까지 진격하도록 하겠습니다."

모두들 그 말에 수긍을 하며 회의실을 나섰다.

*   *   *

휘이이익!

하늘의 비산하는 매는 그림자조차 없는 듯했다. 자엽령이었다. 그는 연신 나뭇잎을 밟으며 초상비(草上飛)의 절기를 사용해 숲 위를 가로지르고 있었다. 안강(安康)에서 석천(石泉)으로 가는 숲이었다. 사실 석천으로 가는 대로가 있기는 했지만 삼백 리를 더 둘러 가야 했기에 그는 일직선으로 그 먼 거리를 주파하고 있는 중이었다. 그렇게 하루 만에

235

석천에 도착한 그는 거기에서 말을 구해 한중으로 향했다. 그렇게 다음날 새벽녘까지 쉬지 않고 달린 덕분에 말은 초주검이 되었다. 말이 거의 쓰러질 듯 비틀거리기 시작하자 자엽령은 그때부터 다시 경공술을 발휘해 그날 밤 이경에서야 한중의 성 밖에 도착할 수 있었다.

그는 한중에 도착한 후 성을 한 바퀴 둘러봤다. 수호문에 소식이 전해졌다면 분명히 마중 나와 있으리라고 생각했던 것이다.

제대로 연락을 받은 모양이었다. 성 남문을 지나칠 때 익숙한 얼굴의 사내가 다가왔기 때문이다. 전에 은소소와 함께 천왕교로 향할 때 동행했던 중년 사내였다.

"오랜만입니다, 교주님. 한 시진 전부터 기다리고 있었는데, 일찍 나와 보길 잘했군요."

"반갑습니다. 그런데 교주라는 호칭은 빼주십시오."

중년 사내는 미소를 지으며 고개를 끄덕였다.

"알겠습니다."

"그런데 수호문의 고수들은 어디에 있습니까?"

"지금 백마산 초입에서 전체적인 상황을 관망하며 대기 중입니다."

"전노아 어르신도 함께 계십니까?"

"아닙니다."

자엽령이 고개를 갸웃거렸다.

"그럼 누가 책임자입니까?"

중년 사내는 자엽령을 손으로 가리켰다.

"소협을 책임자로 지목하고는 어제 하남성으로 돌아가셨습니다. 소협을 상당히 높이 평가하고 신임하시는 것 같습니다."

그의 말에 자엽령은 떨떠름한 표정을 지었다. 자신이 수호문을 좌지우지할 수 있게 된 것은 좋았지만, 모든 권한을 아무런 의심 없이 넘기는 전노아에 대한 부담이 컸기 때문이다. 그 표정을 읽었는지 중년 사내가 여전히 미소를 지으며 말을 건넸다.

“뜻은 다르지만 혈교의 준동을 막는 데 최선을 다할 거라고 어르신께서 말씀하시더군요. 그만한 능력도 있다고……. 저와 수호문의 무사들도 인정하는 부분이죠.”

그의 말에 더욱 부담을 느낀 자엽령이 화제를 돌렸다.

“그런데 어르신께서는 왜 돌아가셨습니까? 굳이 이곳을 저에게 맡기고 가실 필요는 없었을 텐데요?”

“맹주님 때문입니다. 이미 혈교의 준동이 알려졌고, 그 첩자가 현진 장로라는 것이 발각되었으니 맹주님의 누명을 벗겨야 된다고……. 그리고 다시 맹주님을 맹주 자리에 추대해야 한다고 하셨습니다. 우선 맹을 장악해 호법원의 고수들을 움직일 수 있게 되어야 더 큰 힘을 얻게 되실 테니까요.”

“그렇군요. 그런데 혈교와 무림맹의 사정은 어떻습니까?”

“이미 며칠 전에 혈교의 야습이 있었습니다. 상당한 피해를 떠안고 무림맹이 이십 리나 진채를 물렸죠. 그리고 내일 대규모의 전투가 있을 예정이라는 정보를 입수했습니다.”

자엽령이 인상을 찡그렸다. 내일이라면 시간이 얼마 없었기 때문이다. 석천에서 한중까지 그리 먼 거리라고는 할 수 없지만 지금 시간이 삼경이 다 되었으니 내일 아침까지 백마산에 도착하는 것은 무리인 것이 분명했다.

“그리 걱정 마십시오.”

“……?”

“대규모이 병력이 주둔 중인 백마산입니다. 한두 번의 전투로 모든 것이 끝나지는 않을 겁니다.”

“그래도 서둘러야 합니다. 혹시 말이 준비되어 있습니까?”

“성문 안에 두 필을 대기시켜놓았습니다.”

“그럼 지금 바로 출발하도록 하죠.”

자엽령은 말과 함께 성문에 대기하고 있는 말을 탔다. 그리고는 사내의 안내를 받아 빠르게 한중을 항해 밤이슬을 갈랐다.

*　　　　*　　　　*

갈대는 사람의 가슴까지 차고도 남을 정도로 높게 자라 있었다. 하지만 이만 명의 고수가 그곳을 지나치자 평지가 되어버렸다. 조금 전까지 갈대가 자랐다는 것이 무색할 정도였다.

갈대밭은 끝이 보이지 않을 정도로 넓었다. 약간의 굴곡을 만드는 언덕을 제외한다면 시선을 가로막는 것이 없었다.

무림맹의 총 여섯 개의 대로 나뉘어 일대부터 사대까지 갈대밭에 대기하고 있었다. 남은 두 개 대 중 하나는 퇴로 확보를 위해 십 리 뒤를 지키고 있었고, 남은 한 개 대는 진채를 지키고 있었던 것이다.

갈대밭에 서 있는 네 개의 대만 해도 이만 명에 달했기에 그 위용은 엄청날 수밖에 없었다. 두 개의 대가 앞에 나란히 자리를 잡아 진법을 구성했고, 다른 한 개 대가 역삼각형의 형태로 뒤를 받치는 형국이었다. 남은 한 개 대는 따로 떨어져 변화가 있을 시에 즉각 투입될 수 있도록 대기하는 형태를 취했다.

“와아아아!”

238

갑자기 가장 선두에 서 있던 사내가 붉은 기를 흔들리자 이만의 무림맹 고수들이 함성을 질렀다. 그 소리가 얼마나 큰지 대지가 미세하게 울릴 정도였다. 그리고 잠시 후, 반대편에서 혈의를 입은 일만 명의 고수가 대열도 갖추지 않은 채 우르르 몰려 나오기 시작했다. 그것을 보고 있던 신길수 장로가 혀를 찼다.

"저건 뭔가! 완전 오합지졸들이 아닌가!"

그의 중얼거림에 옆에 있던 양원룡 장로도 어이없다는 듯 한마디 거들었다.

"저런 상대라면 싸우고 말고 할 것도 없겠습니다. 이런 대규모의 집단 전투에서 진법의 운용이 얼마나 중요한지도 모르는 자들이니……."

"내 생각도 그렇소."

그들이 대화를 하는 사이 혈교의 고수들은 무림맹과 백 장의 거리를 두고 멈춰 섰다. 그런데 멈추고서도 대형을 갖출 생각을 하지 않았다. 다만, 다른 혈의보다 더욱 붉어 검게 보이는 옷을 입은 노인이 앞으로 걸어나왔을 뿐이다. 대머리에 고리눈, 그리고 호랑이 수염이 사방으로 뻗쳐 있어 장비를 연상케 하는 노인이었다.

그는 무림맹의 이만 고수들을 돌아보더니 비소를 흘리며 내력을 실어 외쳤다.

"이미 청해성과 감숙성의 모든 무림인들은 본 교를 중원의 왕으로 인정했다. 한데, 어찌하여 그대들은 본 교에 무릎을 꿇지 않고 저항하려는가! 쓸데없는 피를 부르고 싶은가!"

그의 내력을 증명하듯 목소리는 사방을 뒤흔들 정도로 거대했다. 그 때문에 무림맹의 고수들이 잠시나마 위축될 수밖에 없었다. 하지만 질 수 없다는 듯 신길수 장로가 바로 내력을 실어 대응했다.

"청해와 감숙성이 어찌 그대들을 인정했다는 건지 그들을 불러 증명해 보아라! 그렇다면 우리도 인정해 주겠다. 만약 그것이 가능하지 않다면 오늘 이 자리에서 너희들의 시체는 까마귀밥이 될 것이다."

그 말에 대머리노인이 웃으며 말했다.

"하하하! 역시 중원의 쓰레기들은 말만 번지르르하구나! 네 이름이 무엇이냐?"

"무림맹의 장로이자 연합의 책임자, 신길수라고 한다."

"하하하! 무림맹은 말주변으로 책임자를 뽑은 모양이군!"

순간 신길수의 눈에 분노가 서렸다.

"그러는 네 이름은 무엇이냐?"

"하하하하하하!"

대머리노인은 한참 동안 광소를 터뜨렸다. 그러다 갑자기 웃음을 그치더니 눈빛을 빛냈다. 자신감 가득한 표정이었다.

"잠시 후 네 잘린 목 앞에서 대답해 주도록 하지!"

말과 함께 대머리노인이 손을 앞으로 내밀었다. 그리고 그 순간 일대 혼란이 일어났다.

일만의 고수가 움직이는데 아무런 소리도 들리지 않았다. 그들의 빠른 움직임을 따라가지 못하는 바람 소리만이 장내를 메울 뿐!

"크아아악!"

최초의 비명은 선두에서 붉은 기를 들고 있던 사내의 입에서 튀어나왔다. 혈의인들이 움직였다고 생각되는 순간 동시에 일어난 일이었다. 그 때문에 모든 무림맹의 고수들이 경악했다. 미처 대처할 시간도 없이 눈앞에 혈의무사들이 들이닥치는데 막을 수 있을 것 같지 않았던 것이다. 사실 막을 수 없다기보다는 이미 겁을 집어먹어 몸이 움직이지 않았다는 표현이 맞았다.

워낙 혈의인들의 기세가 드셌고, 그들의 몸에서 풍기는 기운이 강력했기 때문이다.

퍽!

머리가 부서지는 소리는 꽤 컸다. 갈대밭에는 이 세 혈의를 입은 사람 외에 서 있는 사람은 없었다.

단 한 번이었다.

혈교 고수들이 단 한 번 장내를 휩쓸자 무림맹의 고수들은 제대로 저항 한 번 해보지 못하고 그대로 당해 버린 것이다. 그 이후에는 늑대에 몰린 양 떼와 같이 도주하기에 바빴다. 혈교 고수들의 사냥이 시작되었던 것이다. 초반의 격돌보다 도망치다 죽은 사람들이 더 많을 정도였다.

"끌고 와라!"

절반 이상의 사상자를 남기고 남은 대부분이 도주하자 마노신제가 외쳤다. 그러자 두 명의 혈의인이 한 노인을 끌고 그 앞에 섰다. 신길수 장로였다.

대머리노인은 고리눈을 부릅뜨며 신길수 장로를 바라보았다.

"본좌를 능멸한 죄 죽음뿐이다."

비소를 흘리며 대머리노인이 손을 치켜들었다. 그리고 주저없이 아래로 떨어져 내렸다.

스팟!

손에서 불꽃이 튀었다. 이어지는 괴음.

파락!

신길수 장로의 목이 잘리는 소리였다.

투르륵!

목은 바닥에 떨어져 두 바퀴를 굴렀다.

대머리노인은 신길수 장로의 머리채를 잡아 들어올렸다. 그리고는 조소를 흘리며 입을 열었다.

"본좌는 마노신제라 한다!"

그리곤 수하에게 명했다.

"적 수장의 수급이다. 잘 보관하도록!"

"존명!"

이어 마노신제가 물었다.

"피해는?"

"일천 명 정도입니다."

"쓰레기를 상대하는 데 너무 많은 피를 흘렸구나!"

"송구하옵니다."

"일랑에게서는 연락이 있더냐?"

"아직은 없습니다만, 조만간 적의 진채를 기습할 것입니다."

"좋아! 조금 쉰 후 일랑에게서 신호가 오면 동시에 도주하는 적을 추격한다."

"존명!"

第八章

백마산에 도착한 자엽령은 옆에서 헐떡이는 중년 사내를 바라보았다. 워낙 몰아붙인 통에 말이 지치자 도중에 경공술을 펼친 결과였다. 사내의 무공이 절정이었음에도 세 시진을 쉬지 않고, 그것도 자엽령의 속도에 맞춰 달린다는 것은 무리였던 모양이다. 그는 숨이 넘어갈 듯했다.

"괜찮습니까?"

자엽령의 물음에 사내가 손을 저었다.

"헉! 정말 빠르군요. 어떻게 그 속도를 유지할 수 있는 겁니까? 그것도 지친 기색 하나 없이!"

"어릴 때부터 경공술을 중점적으로 수련했기 때문이죠."

"아무리 그래도 그렇지……."

사내는 연신 숨을 몰아쉬기에 바빴다. 그런데 그때 수호문의 무사

하나가 모습을 드러내더니 다급하게 말했다.

"왜 이렇게 늦으셨습니까?"

그 말에 중년 사내가 숨을 몰아쉬며 물었다.

"왜 그러나?"

"무림맹과 혈교가 이미 부딪쳤습니다."

"알고 있네. 어차피 예정된 일이 아닌가."

"하지만 무림맹이 거의 무너지기 직전이라는 보고가 올라왔으니 문제죠."

순간 자엽령과 중년 사내가 경악한 표정을 지었다.

"한 번의 전투로 수만에 달하는 무림맹 연합이 무너지기 직전?"

믿을 수 없다는 자엽령의 물음에 무사가 고개를 끄덕였다.

"직접 보지는 못했지만, 그곳을 염탐하고 있던 수호문의 무사가 방금 전에 전서로 보고해 왔습니다. 무림맹의 완패라더군요."

"믿어지지 않는군! 혈교의 고수들이 얼마나 강하기에……."

그때였다.

파파팡!

저 멀리서 불화살 세 대가 하늘로 솟구치더니 공중에서 터지며 빛을 발했다. 그것을 본 중년 사내가 물었다.

"무슨 일인가? 신호 같은데……."

무사도 모르는 모양이었다. 고개를 저으며 화살이 올라온 위치를 설명했다.

"저곳은 무림맹의 진채가 있는 곳입니다만, 무슨 신호인지는 저도 잘 모르겠습니다."

"설마……."

자엽령의 표정에 불안감이 감돌았다.

"왜 그러십니까?"

자엽령은 설명하지 않았다. 급히 무사를 향해 물을 뿐.

"지금 수호문의 무사들은 어디에 있습니까?"

"저쪽으로 삼 리를 가다 보면 대나무 숲이 있는데, 그곳에 대기 중입니다."

"그럼 그대들은 대나무 숲으로 가 수호문의 무사 전원을 이끌고 급히 무림맹의 진채로 오십시오."

워낙 다급한 명이라 무사는 이유를 묻지도 못하고 몸을 날렸다. 그와 동시에 자엽령 또한 경공술을 발휘했다. 무림맹의 진채가 있는 곳을 향해서였다.

일각 반 정도를 달렸을까? 무사의 말대로 무림맹의 진채가 눈에 들어왔다. 수만의 인원이 주둔하는 진채라 그 크기에 놀라울 정도였다. 하지만 자엽령을 놀라게 한 것은 그것이 아니라 혈의를 입고 다섯 개의 진채를 오가며 학살에 가까운 행위를 하는 자들이었다.

자엽령은 달려가다가 걸음을 멈췄다.

'이미 늦었다.'

그의 판단은 정확했다. 기습을 한 혈의인들의 수가 진채를 지키고 있는 무림맹 고수들의 수와 별반 차이가 없었기에 가망이 없어 보였던 것이다. 실력은 혈의인들이 월등히 뛰어났으니 자엽령이 뛰어든다 해도 무리일 수밖에 없었다. 게다가 그가 보아도 혈의인들 한 명 한 명이 놀라울 정도의 고수였다. 중원무림 어디에 내놔도 일급 절정고수로 분류될 정도의 실력을 갖춘 듯했던 것이다.

'저 정도일 줄이야!'

새삼 혈교도들의 실력에 놀라고 있는데, 갑자기 자엽령의 인상이 구겨졌다.

'저 녀석들은?'

그의 눈에 양공지와 초태원이 들어왔다. 잘못 본 것이 아닐까 싶어 다시 확인해 봤지만 분명 그들이었다. 형산파의 도복을 입고 있는 것으로도 확신할 수 있었다.

'이런!'

양공지와 초태원은 무림맹 고수들 틈에 끼어 치열하게 도주로를 찾고 있었다. 그들의 주위에서 형산파의 일대제자와 이대제자들 몇 명이 더 보였고, 다른 곳에서도 형산파의 도복을 입은 도인들이 눈에 들어왔다.

"빌어먹을!"

자엽령은 욕지기와 함께 급히 몸을 날렸다. 순식간에 그는 이미 양공지가 있는 진채에 도착해 있었다.

"멈춰!"

양공지가 있는 쪽을 몰아붙이는 혈의인 이십여 명을 향해 자엽령이 외쳤다. 그러자 혈의인들 중 두 명이 자엽령을 향해 달려들었다.

"건방진 놈!"

쉬이익!

한 명은 검이 특기고, 다른 한 명은 장법이 특기인 모양이었다. 검과 장력이 자엽령을 향해 날아들었다. 하지만 자엽령은 이미 그 자리에 없었다.

"허억!"

두 명의 혈의인이 경악한 표정을 지었다. 눈으로 좇을 수 없었는데,

이미 상대가 자리에 없었기 때문이다. 더욱 경악한 것은 뒤에서 느껴지는 기척이었다. 그리고 싸늘한 느낌에도 놀랐다.

스팟!

"크읍!"

두 명의 혈의인은 동시에 비명을 지르며 목이 잘려 나갔다. 그때까지 무림맹의 고수들을 몰아붙이는 것에 정신이 없던 혈의인들이 동작을 멈추고는 자엽령을 향해 살기를 뿜어냈다. 그리고 동시에 달려들었다.

채채챙!

쉬익!

"크윽!"

이십여 명의 혈의인을 쓰러뜨리는 데 꽤나 많은 시간이 걸렸다. 하지만 확실히 모두를 처리한 자엽령은 양공지 등 무림맹의 고수들을 향해 외쳤다.

"따라오십시오!"

자엽령은 비교적 혈의인들이 적은 쪽으로 방향을 잡아 길을 뚫기 시작했다. 그러다 뜻밖의 인물을 보게 되었다.

'장문인!'

형산파의 장문인 수영이었다. 그는 형산파의 도인들을 이끌고 퇴로를 확보하기 위해 부단히 애쓰고 있었다.

순간 자엽령의 가슴속에서 무언가가 울컥 올라왔다. 형산파에서 파문당할 당시 하지 못했던 모든 말들이 생각났던 것이다. 하지만 이상하게 빠르게 평정심을 유지할 수 있었다. 그리고 그때 수영의 뒤에서 혈의인 한 명이 득달같이 달려들며 일장을 날리려 하고 있었다.

‘안 돼!’

생각과 함께 자엽령은 본능적으로 몸을 날렸다. 그리곤 수영의 뒤를 치려던 혈의인을 향해 일검을 날렸다.

스팟!

“크읍!”

혈의인이 뒤에서 쓰러지자 수영은 잠시 몸을 경직시켰다. 그는 앞의 상대를 힘껏 몰아붙이고는 뒤로 물러서 자신을 도와준 사내를 향해 고마움을 표시하려 했다. 하지만 그의 입은 사내의 얼굴을 확인하고는 떨어지지 않았다.

“너, 넌!”

“령아!”

양공지 등이 울먹이면서 자엽령에게로 달려왔다. 오랜만에 만나게 된 반가움과 목숨을 살려준 이가 어릴 때를 같이 보낸 친구라는 것에 대한 고마움이었다.

혈교도들은 모두 퇴각하고 없었다. 도중에 수호문의 무사 일천오백여 명이 폭풍과 같은 기세로 밀려들어 흩어져 있는 혈의인들을 공격했기 때문이다. 게다가 그들의 합세로 인해 용기를 얻은 무림맹의 고수들이 강력하게 저항을 하자 혈의인들도 어쩔 수 없었다.

“어떻게 된 거야? 네가 왜 여기에 있어?”

양공지의 물음에 자엽령이 미소를 지었다.

“그럴 사정이 있었어.”

“저 사람들은?”

그는 수호문의 무사들을 가리켰다.

"나를 도와주는 사람들이지."

"저 정도의 고수들이 왜 널?"

자엽령은 어깨를 으쓱했다. 그것이 더욱 사람들의 궁금증을 불러일으켰지만 자엽령은 끝내 그에 대해서는 말하지 않았다.

혈의인들이 물러가고 난 후 무림맹의 무사들은 다시 진채를 정비하기 시작했다. 그런데 그때 온몸에 피를 뒤집어쓴 사내 몇 명이 진채로 뛰어들었다.

"큰일났소!"

하나같이 그렇게 외치자 자엽령이 그들 중 한 명을 붙잡고 물었다. 다급한 사정이 있는 것 같았기 때문이다.

"왜 그러십니까?"

"지금 이러고 있을 때가 아니오. 빨리 사람들을 모아 혈교와의 전투에서 퇴각하는 자들을 도우시오."

"퇴각을 돕다니, 무슨 말씀입니까?"

"혈교에 대패한 후 남은 사람들이 퇴로를 확보하고 있는 구파일방의 고수들, 그리고 적맹대 등 무림맹의 고수들이 있는 대와 합류해 퇴각하려는데, 갑자기 하늘에서 불화살이 솟구치더니 혈교에서 추격을 해왔소. 갑자기 뒤를 치는 통에 속수무책으로 당하고 있으니 빨리 지원을 가야 하오."

그 말에 주변으로 몰려든 무사들의 표정에 두려움이 서렸다. 혈교 고수들의 실력을 뼈저리게 느꼈으니 당연한 결과였다.

자엽령은 그들의 표정을 읽을 수 있었다. 순간 답답함과 분노가 끓어오르기 시작했다. 평소의 그라면 오히려 다른 사람들처럼 자신과 상관없는 일에 외면했을 테지만 이상하게도 그러지 못했다. 어쩌면 우주진경 때문일지도 몰랐다. 그것을 반복해서 읽음으로 해서 가치관에 대한 생각이 조금씩 변해가고 있었기 때문이다.

주저하는 무사들을 향해 자엽령이 인상을 쓰며 외쳤다.

"지금 이러고 있을 때가 아닙니다! 만약 여기서 자신의 한 목숨을 챙긴다면 열 명의 동료가 죽는 결과가 나올 수도 있습니다."

말과 함께 자엽령이 수호문의 무사들을 향해 명했다.

"모두 나를 따르시오."

"알겠습니다."

자엽령의 실망은 이만저만이 아니었다. 혈교를 처단하기 위해 몰려왔다면서 자신의 한 목숨을 구하기 위해 동료들을 버리는 사람들에 대한 실망이었다. 그런데 그때 그의 뒤에서 익숙한 목소리가 들렸다.

"형산파의 제자들은 들어라! 지금부터 퇴각하는 연합의 고수들을 돕도록 한다. 목숨이 위태로울 수 있으니 빠지고 싶은 자들은 빠져도 좋다. 단, 그 순간부터 형산인이 아니다."

자엽령이 놀라 돌아보았다. 수영이었던 것이다.

그의 말에 잠시 머뭇거리던 형산파의 전원이 앞으로 나섰다.

"장문인의 명을 받들겠습니다."

두려움도 전염이 되지만 용기도 같은 성질을 가지고 있을까? 형산파의 장문인이 나서서 외치자 다른 문파의 수장들도 하나둘씩 나서기 시작했다. 그것을 본 자엽령은 피식 미소를 지으며 달려갔다.

그렇게 반 각을 달렸을 때, 옆으로 누가 빠르게 접근하는 것이 느껴졌다. 자엽령은 그가 누구인지 보지 않고도 알 수 있었다.

"감사합니다."

자엽령의 말에 옆으로 나란히 달리던 수영이 건조한 목소리로 대답했다.

"네놈에게 그런 말을 들을 이유가 없다."

"여전하시군요."

그러자 잠시 말이 없던 수영의 입에서 귀를 기울이지 않으면 들리지 않을 정도의 목소리가 들려왔다.

"갈 곳이 없게 되면 형산에 들르거라. 네 방은 아직도 비어 있다."

잠시 멈칫한 자엽령이 고개를 돌려 수영을 바라보았다. 하지만 이미 수영은 그 자리에 없었다. 속도를 줄인 자엽령이 뒤처져 버렸던 것이다.

"훗!"

자엽령은 수영의 얼굴이 분명히 붉게 상기되었을 것이라 확신했다.

그날 일어났던 모든 일은 중원무림인들에게 참담한 패배감을 불러왔다. 갈대밭에서의 전투, 그리고 퇴각하는 적의 뒤를 치는 기습. 그와 동시에 이루어진 본거지의 기습은 삼만에 달하던 연합 고수들의 수를 팔천으로 만들어 버렸다. 그나마 자엽령이 수호문과 진채를 지키던 육대의 연합 고수들과 함께 퇴각하는 연합을 구하러 갔기에 그 정도로 그친 것이었다.

그날 이후 무림맹은 적은 수로 혈교를 막을 수 없다는 판단을 내리고는 바로 해산해 버렸다. 그러니 혈교의 기세가 하늘을 찌를 수밖에 없었다. 그 증거로 연합이 해산된 지 이틀 후 혈교의 섬서성 장악이 시작되었다.

하지만 무림맹이라고 가만히 있지는 않았다. 연합이 혈교에 패배해 해산하는 사이, 전노아는 무림맹을 장악해 다시 맹주를 추대했기 때문

이다. 맹주와 전노아는 즉각적으로 무림맹 내에 있는 고수들 전원을
다음 전투에 투입할 계획을 세우는 한편, 이례적으로 호법원의 고수들
까지 합류시켜 버렸다. 반면 무림의 정보력을 총동원해 혈교의 본거지
와 그들의 세력을 알아보게 하고, 구파일방에 다시 지원을 요청했다.
　오대세가와 사천당문 외 팔십여 개의 문파도 마찬가지였다. 그들에
게 지원을 약속받았으며, 맹의 자본금 중 칠 할을 털어 대대적인 용병
모집까지 시작했다.
　거점은 하남성 서쪽 끝, 섬서성의 접경 지역인 칠보산이었다.
　지원을 약속한 문파들은 모두 그곳으로 하나둘씩 몰려들기 시작했
다. 그리고 용병들을 뽑는 일도 그곳에서 이뤄지게 했다. 처음부터 지
원 나오는 고수들을 체계적으로 관리하기 위해서였다. 백마산의 실수
가 교훈이 된 셈이었다.
　하지만 뜻처럼 쉽게 혈교의 준동을 저지하기가 쉽지는 않았다. 칠보
산까지 진격한 혈교에 몇 번이나 패배를 했던 것이다. 백마산에서처럼
대패는 아니었기에 거점이 무너지지는 않았지만, 그래도 상당한 피해
를 떠안으며 힘겹게 버텨야 하는 상황이었다.
　"이대로 가다가는 오래 버티지 못할 것입니다."
　종영웅 장로의 말에 오장각 장로가 동조를 했다.
　"맞습니다. 어젯밤에 있었던 기습을 어렵게 막기는 했지만 피해가
너무 컸습니다. 궁여지책으로 오늘 아침에 도착한 신영방과 당문의 고
수들을 피해를 입은 자리에 급히 투입시키기는 했지만 계속 이런 식이
라면 밑 빠진 독에 물 붓기일 뿐. 혈교도들은 이곳에서 소모전을 벌여
우리의 발목을 붙잡을 생각인 겁니다. 그사이 조금씩 중원의 문파들을
잠식해 나가겠지요. 이미 산서성에 있는 몇 개의 문파를 얼마간의 혈

교도들이 공격하고 있다는 것이 그 증거라 할 수 있습니다.”

그 말에 다른 장로들과 간부들도 어두운 표정으로 고개를 끄덕였다.

“적들의 무공이 너무 괴이한 데다 강합니다. 계속 용병들을 뽑고, 많은 문파에서 매일 고수들이 지원 나오기는 합니다만, 이 상태로는 혈교의 공격을 막는 것만으로도 벅찰 지경입니다. 조속히 다른 계책을 내지 않는다면 결국 무너질 수밖에 없습니다.”

양원룡 장로의 말에 상석에 앉아 있는 맹주가 고개를 끄덕였다. 그는 고개를 돌려 구파일방에서 지원 나온 고수들의 대표들을 향해 시선을 던졌다.

“여러분들의 생각은 어떠십니까?”

모두들 같은 생각인 모양이었다. 별말없이 어두운 표정으로 고개를 끄덕였다. 누구보다 무공에 대한 자부심이 강한 무인이었지만, 삼 일이 멀다 하고 공격해 오는 혈교의 고수들에게는 질린 모양이었다.

아미파의 소정 사태가 입을 열었다.

“아미타불, 계속 중원의 문파에서 지원을 보내오기는 하지만 혈교 또한 그 수가 만만치 않다는 것이 문제. 사천까지 공격하고 있는 것으로 보아 이곳 말고도 섬서, 청해, 감숙에 있는 혈교도들의 수는 우리가 생각하는 것 이상이란 추측이 가능합니다. 막는 것만으로는 대책이 서지 않으니 차라리 공격을 해보는 것이 어떻겠습니까?”

그러자 소림사의 태허 대사가 고개를 저었다.

“아미타불! 공격을 하더라도 이곳 칠보산에 주둔해 있는 이만의 혈교도를 제압한 후에야 가능할 것이오. 이곳을 내준다면 하남까지 혈교의 발아래 들어갈 가능성이 너무 크지 않소!”

장내에 다시 침묵이 감돌았다. 모두 이대로는 안 된다고 주장하면서도 선뜻 계책을 내지 못하는 것이다. 그러자 맹주가 슬며시 입을 열었다.

"사실 방법을 하나 생각해 둔 것이 있소."

그의 말에 모두가 화색을 띠었다.

"무엇입니까?"

하지만 맹주는 무슨 이유가 있는지 선뜻 입을 열지 못했다. 그러자 장내의 인물들이 재촉했고, 결국 어쩔 수 없다는 표정을 지은 맹주가 설명했다.

"적이 생각지 못하는 곳을 치는 방법이오."

모두가 의아함을 드러냈다. 그것만 가지고는 무엇을 말하고자 하는지 알 수 없었던 것이다. 그러자 맹주가 좀 더 자세히 말하기 시작했다.

"지금처럼 계속 칠보산에 발이 묶여 있는다면 혈교의 의도대로 소모전만 될 뿐이오. 저들의 의도대로 움직일 수는 없는 법. 이 소모전을 종식시킬 수 있는 유일한 방법은 적의 목을 끊고 머리를 부수는 것뿐이오."

모두가 놀란 표정을 지었다. 대충 무슨 작전인지 짐작이 갔기 때문이다. 양원룡 장로가 경악한 표정으로 물었다.

"설마 기련산을?"

기련산이란 남산(南山)이라고도 불리며, 감숙성 북쪽에 위치한 산이었다. 장액현(張掖縣)에서 시작하여 청해성 성계(省界)까지 이어진 산맥은 수천 리나 된다. 산세가 험하고, 깎아지른 듯한 수많은 절벽이 병풍처럼 하늘을 찌르고 있어 천연의 요새라 할 수 있었다. 더욱 중요한 것은 그 천연의 요새 안에 혈교의 총단이 있다는 것이었다.

양원룡 장로의 경악한 물음에 맹주가 고개를 끄덕였다.

"그렇소."

그러자 오장각 장로가 말도 안 된다는 듯 말했다.

"맹주님! 기련산은 여기에서 만 리가 훌쩍 넘는 거리입니다. 그곳까지 대규모의 병력이 혈교의 눈을 피해 움직인다는 것도 무리이지만, 설사 은밀히 움직여 그들을 속인다 하더라도 그만큼 이동 속도가 늦어질 것이 분명합니다. 한 달의 시간은 족히 걸릴 것이란 말입니다."

그 말을 태허 대사가 받았다.

"뿐만 아니오. 한 달이라는 시간 동안 이곳 칠보산은 어찌 방어할 생각이시오? 대규모의 병력을 뺀다면 이곳에서 뺄 터, 그만한 병력이 빠져나간 상태에서 이만의 혈교도를 막을 수 있을 리가 없지 않소? 아미타불, 아미타불!"

그는 말과 함께 고개를 절레절레 흔들었다. 그러자 맹주가 천천히 입을 열었다.

"모두가 우려하는 바와 같소. 하나 내가 망설인 이유는 그것 때문이 아니오. 태허 대사님과 오장각 장로가 제시한 문제를 확실히 보완할 방법, 하지만 모두 반대할 방법이 있기 때문이오."

모두가 의아함을 드러냈다.

"그것이 무엇입니까?"

"확실한 방법이라면 우리가 반대할 리가 있겠습니까?"

그때 지금까지 침묵을 지키고 있던 무당의 대표 장영 진인이 놀라운 유추를 했다. 그 때문에 실내의 모든 인물들이 경악한 표정이 될 수밖에 없었다.

"무량수불, 그렇다면 맹주께서는 사파의 힘을 빌리려는 것이오?"

순간 실내의 여기저기에서 경악성이 터져 나왔다. 어찌 사파의 인물들과 힘을 합칠 수 있느냐는 표정이 고스란히 담겨 있는 것이다. 하지만 그것은 순간적으로 드러난 표정일 뿐이었다.

잠시 후 모든 사람들은 그 방법밖에 없다는 수긍하는 표정으로 변해 있었다. 그만큼 그들은 절실했던 것이다. 혈교에 의해 무림일통이 되는 것을 어떻게 해서든 막아야 하기 때문이다. 사파와 정파가 씻을 수 없는 원한이 있다 하더라도 역시 두 세력 모두 중원무림인이라고 생각하는 것이다. 중원을 지켜야 정사가 싸우더라도 싸울 것이 아닌가!

하지만 문제는 여전히 존재했다. 장영 진인이 고개를 저으며 그것을 언급했다.

"우리가 그들을 미워하는 만큼 그들 또한 우리를 미워하고 있습니다. 그들이 과연 우리를 돕겠습니까?"

모두들 침묵을 지켰다. 대답은 '아니다' 였기 때문이다.

양원룡 장로가 처음으로 사람들의 눈치를 보며 입을 열었다.

"하남성에 자리잡고 있는 사파의 문파는 총 여덟 개가 있습니다. 무림맹이 있는 하남성임에도 꿋꿋하게 명맥을 유지하고 있을 만큼 그들 모두 상당한 저력을 가지고 있으니, 우선 그들의 의중을 떠보는 것이 어떻겠습니까?"

모두들 수긍의 뜻을 표정에 드러냈다.

맹주는 방관자적인 입장으로 사람들의 대화를 지켜보다 모두들 찬성의 뜻을 비치자 고개를 끄덕이며 입을 열었다.

"그렇다면 양원룡 장로의 말씀대로 그들에게 지원을 요청해 보겠소. 그들의 의중에 따라 제가 다시 회의를 열도록 하겠소. 그리고……."

맹주는 말끝을 흐리며 좌중을 둘러보았다.

“자엽령이라는 자를 아시오?”

그 말에 종영웅 장로가 대답했다.

“현재 수호문의 대주로 경계를 책임지고 있는 자가 아닙니까?”

“맞소. 이번 혈교의 준동을 알리고, 천왕교와 무림맹의 싸움을 중지시킨 공이 있는 자이기도 하오.”

그 말에 무림맹의 장로들이 얼굴을 붉혔다. 하지만 맹주는 그들의 표정에 상관하지 않고 말을 이었다.

“지금 내가 제시한 방법은 그의 머리에서 나온 것이오. 그리고 그가 천왕교와 혈화궁, 수라교를 이번 일에 끌어들이겠다고 했소. 사실 그 때문에 사파의 힘을 빌릴 생각을 하게 된 것이오.”

그 말에 모두가 인상을 찌푸렸다. 사파의 힘을 빌리는 데에 동조를 하기는 했지만 천왕교와 수라교는 또 다른 문제였기 때문이다. 혈화궁이야 문제가 없지만 수라교는 철천지원수라 할 수 있었고, 천왕교도 얼마 전까지 누명을 씌워 공격하지 않았던가!

“그들이 우리를 돕는다는 것은 믿을 수가 없습니다. 오히려 뒤통수를 치지 않으면 다행이지요.”

양원룡 장로의 말이었다.

“하지만 자엽령 대주를 믿어야 하오. 그가 무조건 성사시키겠다고 약속을 했소. 혈교의 무서움을 직접 경험한 그이기에 천왕교 등의 힘이 절실하다고 주장했소.”

“그를 못 믿는 것은 아닙니다. 백마산에서 그가 아니었다면 더 많은 피해를 입었을 테니까요. 하지만 섣불리 한 사람의 확신을 신뢰해 무림 전체가 움직일 수는 없는 일이 아닙니까?”

장영 진인의 말에 맹주가 고개를 끄덕였다.

“맞는 말이오. 하지만 그것 말고 달리 방법이 없다는 것이 문제. 여러분의 말대로 천왕교와 수라교가 우리를 돕는다는 것은 작전에서 제외시킬 생각이오. 우선 양원룡 장로의 말대로 하남성에 있는 사파의 의중을 먼저 떠보도록 하겠소.”

그러자 모두들 고개를 끄덕였다. 하지만 그들의 계획은 생각만큼 순탄하지 않았다.

이틀 후!

참담한 결과가 나타났다. 예상했던 바이지만 모두들 실망을 감추지 못했다. 오히려 분개하는 사람들까지 있었다. 가장 노기를 드러낸 것은 양원룡 장로였다.

“어찌 중원을 지키는 데 정사를 논한단 말입니까? 혈교에 모든 것을 빼앗기면 그들이라고 문파를 유지할 수 있다고 생각하는 것입니까?”

대상 없이 한탄의 물음을 던지는 그를 향해 소정 사태가 한숨을 쉬며 말했다.

“아미타불! 우리와 혈교의 싸움으로 어부지리를 얻자는 의도가 아니겠습니까. 정파가 무너지고 그로 인해 혈교의 힘이 떨어지면 그때서야 나서겠다는 계산을 하고 있겠지요.”

그러자 오장각 장로가 분노를 드러냈다.

“그들은 혈교의 힘을 너무 간과하고 있소. 그리고 그들은 중원의 무림인이 아니란 말이오? 어찌 이 상황에서 정사의 세력 다툼을 벌일 생각을 한단 말이오!”

말과 함께 그가 결연히 외쳤다.

“그들이 빠지겠다면 어쩔 수 없는 일. 위험해도 우리만이라도 적의 총단을 치는 수밖에 없습니다!"

어차피 이대로 간다면 혈교의 힘을 당할 수 없다고 생각한 사람들이었으니 반대할 리가 없었다. 맹주도 고개를 끄덕였다.

"그럼 이곳 칠보산에 있는 고수들 중 뛰어난 실력자들만 일만을 골라 기련산으로 은밀히 이동하도록 하겠소. 남은 인원으로 적을 막기 힘들겠지만 버텨야 하오."

그 말에 태허 대사가 말했다.

"아미타불, 적의 총단을 치기엔 일만은 너무 적지 않겠소?"

"맞습니다."

소정 사태도 고개를 끄덕였다. 하지만 맹주가 그들이 생각지 못한 점을 지적했다.

"혈교의 고수들이 아무리 많다고는 하나 현재에는 청해, 섬서 감숙을 점령하고, 이번에는 산서성까지 넘보고 있어 상당한 고수들이 사방에 흩어져 있다고 봐야 하오. 독자적으로 움직이는 듯 보이지만 그렇기에 오히려 총단은 비어 있다 봐야 할 것이오. 그들의 수도 오만은 넘지 않는다는 것이 지금까지 모은 정보력을 분석한 결과요. 총단에 있는 고수들의 실력은 더욱 뛰어날지도 모르지만 오천은 넘지 않을 것이오. 총단만 무너뜨려 상층부의 간부들을 완전히 무너뜨릴 수 있다면 나머지는 중원무림에 무릎을 꿇을 것이 분명하오. 각개격파가 가능하다는 말이 되는 것이오."

소정 사태는 수긍하면서도 내키지 않는지 고개를 저었다.

"그렇다 하더라도 일만으로 적의 총단을 치는 것은 무리라고 봅니다. 거의 세 배에 달하는 머릿수로도 적을 어쩌지 못하는데, 하물며 총단을 지키는 고수 수천이라면, 여기서 고르고 고른 정예라 할지라도 일만으로는 무리가… 그렇다고 그 이상의 고수들을 투입한다면 오히려 여기가 불안해지니……. 사실 일만을, 그것도 뛰어난 실력을 가진 고수 일만을 빼버리면 여기도 그리 오래 버티지는 못할 겁니다.”

그러자 장영 진인이 그에 대답했다.

“천왕교 등의 힘을 그곳으로 돌리면 되지 않겠소. 그리고 이곳은 조금 무리를 하더라도 한 번 더 각 문파에 지원을 요청해 수를 채우면 될 것이오.”

오장각 장로가 나섰다.

“그럼 문제는 이곳보다는 적의 총단인데, 천왕교가 확실히 우리를 도와준다는 확신을 어떻게 합니까?”

모두들 어두운 표정이 되었다. 그런데 그때 무사 한 명이 회의실로 들어와 보고를 올렸다.

“천왕교에서 전서가 날아왔습니다. 자엽령 대주가 보낸 것입니다.”

순간 실내가 웅성거리기 시작했다. 맹주도 궁금했기에 급히 서신을 뜯어보았다.

내용을 읽어 내려가던 맹주의 표정이 서서히 밝아지기 시작했다. 그것만으로도 대충 무슨 내용이 적혀 있는지 실내의 인물들은 짐작할 수 있었지만 확인을 해야겠다는 듯 물었다.

“어떤 내용입니까? 천왕교가 우리 작전에 참여를 하겠답니까?”

맹주가 고개를 끄덕였다. 그러자 모두의 표정이 밝아졌다.

“하지만 문제는 천왕교의 내부에 사정이 있어 얼마의 힘을 보탤 수 있을지 장담할 수가 없다는 것이오.”

“문제라 하시면…….”

“밝힐 수 없는 부분이라 적혀 있소.”

그러자 오장각 장로가 물었다.

"혹시 지단과의 단절된 움직임이 원인이 아닙니까? 전에 천왕교를 공격할 때도 교주는 보이지 않았습니다. 유추해 보건대, 교주의 신변에 문제가 생겨 법왕들이 다른 마음을 품고 있는 것이 아닌지……."

맹주는 고개를 저었다.

"사정을 모르는 만큼 확정 지을 수는 없소. 다만 빠른 시일 내에 내부의 문제를 해결하게 되면 많은 고수를 투입해 줄 수 있을 것이라 하니 믿는 수밖에. 그리고 수라교와 혈화궁에도 직접 찾아가 부탁을 할 모양이오."

장영 진인이 고개를 끄덕였다.

"다행이로군요. 그들의 힘이 보태지는 것만으로도 전력에 상당한 보탬이 될 것이니 말입니다. 하지만 그들을 믿을 수가 있을지……. 혹여 말만 그렇게 해놓고 오히려 약속을 어겨 버린다면 그때 정파는 정말 진퇴양난에 빠질 수 있습니다."

"현재로서는 그들을 믿고 작전을 짜는 방법 외에는 없으니 믿읍시다."

맹주는 그 말로 본격적인 작전 회의를 시작하려 했다. 괜스레 불신해 보았자 시간만 흘러갈 뿐이라 판단한 것이다. 만약 천왕교가 돕지 않더라도 어차피 방법은 하나뿐이었다.

복성성의 야차 락고는 손에 들린 서신을 보며 부들부들 떨었다.

"감히… 어디서 나타났는지 알지도 못하는 놈이 나에게 이따위 서신을 보내다니……."

서신의 가장 아래는 '천왕교주' 라고 적혀 있었다. 내용은 부름에 응하지 않은 법왕에 대한 꾸지람이었다.

화라락!

그는 삼매진화의 절기로 서신을 태워 버렸다.

"필시 호법의 그 늙은이들이 위기를 느껴 장난질을 쳤을 것이 분명하다!"

그의 분노 어린 말에 동생 락현이 고개를 저었다.

"그렇게 무모한 사람들이 아닙니다."

"그럼 그 어린 놈이 정말 행방불명된 소교주라도 된단 말이더냐? 설령 그렇다 하더라도 본 교의 율법과 교리도 제대로 파악하지 못했을 터. 그런 녀석이 갑자기 천왕교의 교주가 된다는 것을 난 인정할 수 없다!"

"그럼 어떻게 할 생각이십니까?"

"모든 고수들을 대기시켜라. 내 직접 총단으로 가 호법들의 죄를 꾸짖고, 그 자엽령이라는 녀석을 죽일 것이다!"

그 말에 락현이 인상을 찌푸렸다.

"자중하십시오. 지금은 그럴 때가 아닙니다. 차라리 혈교의 준동으로 세가 약해진 정파를 공격해 그들의 세력을 삼키는 것이 법왕께 더 큰 힘이 될 것입니다. 이곳 복건성만 해도 꽤 많은 정파에서 혈교를 막기 위해 고수들을 파견했습니다. 법왕께서는 수라교의 부교주님과 상당한 친분이 있으시니 그들과 연합해서 기회를 틈타심이……."

그러자 락고가 버럭 성질을 냈다.

"천왕교에 딴 뜻이라도 품으란 말이냐? 내가 천왕교를 삼키는 것은 내부의 분란일 뿐. 하지만 힘을 키워 다른 세력을 만드는 것은 반란과 다름없다. 난 끝까지 천왕교도다!"

"하지만 총단을 치겠다는 생각은 접어두십시오. 저번 무림맹 공격도 막은 총단입니다. 힘이 많이 약해지기는 했지만 한 개의 지단이 제압하기에는 너무 큰 힘입니다. 거기다 교주가 새로 나타났으니 오대무력 세력도 좌지우지할 수 있습니다. 그들과 싸워서는 승리를 장담할 수 없지 않습니까."

"나 혼자가 아니지. 이번에 성충 법왕과 장양 법왕만 그 늙은이들이 세운 꼭두각시를 인정했을 뿐, 나머지는 아직도 나와 같은 뜻이다. 그들과 연계해 총단을 쳐야겠다."

“하나······.”

락현이 무언가 말을 꺼내려 했으나 락고의 살기 어린 표정 때문에 입을 다물곤 어쩔 수 없이 고개를 끄덕였다.

“명을 받들겠습니다.”

반대는 했지만 이미 명을 따르기로 한 락현의 대처는 신속했다. 지단에서 운영하는 사업장을 지키는 무사들을 제외한 모든 고수들을 파악해 한 시진 안에 지단을 떠날 수 있도록 준비해 놓았던 것이다. 뿐만 아니라 혹시 모를 적의 공격에 대비까지 해놓은 상태였다.

지단의 대연무장에 모인 고수들은 삼천 명이었다. 그들은 언제든지 옥화산으로 출동할 수 있도록 대기 중에 돌입했다.

팟!

화살 하나가 섬전과 같은 속도로 하늘을 갈랐다. 그리고는 이어 몇 개의 화살이 더 쏘아져 나갔다. 천왕교 복건성 지단을 빠져나오는 전서구를 향해서였다.

툭!

화살을 맞은 전서구는 그대로 바닥에 떨어져 내렸다. 곧이어 전서구를 살핀 사내가 전서를 꺼내 대나무 숲으로 사라졌다. 숲 속에는 놀랍게도 일천육백여 명의 무사가 검은 피풍을 두른 채 사이한 기운을 풀풀 풍기고 있었다. 그들이 쓴 두건에는 놀랍게도 ‘천귀’와 ‘천강’이라는 글귀가 새겨져 있었다. 천왕교의 오대무력세력 중 귀신도 부린다는 천귀대와 모든 것을 쓸고 지나간다는 천강대였다.

사내는 그들을 지나쳐 고급스런 붉은 비단 장포를 입고 있는 젊은 미청년에게 다가갔다.

사내가 그를 향해 급히 부복했다.

"여기 있습니다, 교주님!"

붉은 장포의 사내는 자엽령이었다. 그는 사내의 손에 들린 종이를 받아 읽어 내려가기 시작했다. 암호화가 되어 있었지만 천왕교의 암호를 이미 익혀놨기에 해독하는 데 어려운 점은 없었다, 약간의 시간이 걸렸을 뿐.

한참 동안 종이에 적힌 암호를 해독한 자엽령이 비소를 흘렸다.

"역시 락고 법왕은 단순하면서 과격한 자로구나."

그 말에 천강대의 대주가 고개를 숙이면서 조심스럽게 물었다.

"무슨 내용이기에 그러십니까?"

"다른 법왕들에게 보내는 것이다. 옥화산 남쪽 초입에서 만나 총단을 공격하자는군."

순간 천귀대주의 눈에서 분노가 타올랐다.

"하명만 하십시오. 모조리 쓸어버리겠습니다."

자엽령이 피식 웃었다. 정말 명만 내리면 어떤 적이라도 쓰러뜨릴 것 같은 믿음이 그를 기분 좋게 했기 때문이다. 하지만 생각해 둔 바가 있었기에 고개를 저었다.

"천왕교도끼리의 전투는 피해야 한다. 너희들은 그저 위협적인 역할일 뿐, 내 명이 있기 전까지는 절대 손을 쓰지 말거라."

"알겠습니다."

"자, 그럼 슬슬 놀러 가볼까? 빨리 끝내고, 정확히 이십팔 일 후 묘시 초(卯時初)에 기련산에 도착해야 할 테니까……."

말과 함께 자엽령은 뒷짐을 지고 소풍이라도 가는 듯 어슬렁어슬렁 락고가 있는 지단으로 향했다.

쾅!

문이 부서지는 소리와 함께 기골이 장대한 무사 세 명이 갑자기 모습을 드러냈다.

"웬 놈이냐!"

버릇처럼 내뱉은 그 말에도 자엽령은 말없이 계속 앞으로 걸어갈 뿐이었다.

"이놈이!"

무사 한 명이 인상을 찌푸리며 검을 뽑아 들었다. 그때 정문 맞은편 건물에서 청의를 입은 소녀가 걸어 나오며 짜증을 부렸다.

"무슨 일이냐?"

이제 열여섯에서 일곱 정도 됐을까? 그녀의 외침에 무사들이 움찔하며 동작을 멈췄다.

"무슨 일인데 멀쩡한 정문을 부순 거지?"

"아, 아가씨, 저희가 그런 것이 아니오라……."

무사들은 난감한 표정으로 자엽령을 가리켰다. 그러자 소녀가 사정을 알겠다는 듯 자엽령에게 다가가 물었다.

"누군데 남의 장원 정문을 부순 거죠? 여기는 천왕교의 지단이에요. 무슨 원한이 있는지 모르겠지만, 괜히 호기 부리다 다치지 말고 그냥 가세요."

그녀의 손에는 책이 들려 있었다. 그것으로 보아 책을 읽는 데 방해되는 것을 상당히 싫어하는 모양이었다. 그리고 말하는 투로 보아 상당히 높은 사람의 여식임에 분명했다. 남을 부리고 용서하는 데 어색함이 없었던 것이다.

당돌한 그녀의 말에 흥미를 느낀 자엽령이 물었다.

"넌 누구냐?"

소녀는 별스러울 것도 없다는 듯,

"이곳 법왕이 제 아버지 되시죠. 그것이 궁금했다면 이제 가보세요. 누구도 우리 아버지를 건드릴 수 없으니까."

"그렇군."

자엽령은 고개를 끄덕이고는 걸음을 옮겼다. 돌아 나가는 것이 아니라 그녀를 지나쳐 내원으로 향하는 것이었다. 소녀의 인상이 찡그려졌다.

"세상 물정 모르는 높으신 집안의 도련님 같은데, 여기서는 안 통한답니다."

말과 함께 그녀가 자엽령을 향해 고갯짓을 했다. 그러자 무사들이 기다렸다는 듯이 몸을 날렸다. 그런데 놀라운 일이 벌어졌다.

소녀는 자신의 눈을 의심하며 눈만 깜빡였다. 그러나 실제로 벌어진 일이라는 것을 이내 알 수 있었다. 분명히 자엽령이 사라졌다가 십 장이나 앞에서 나타나 걸어가고 있었기 때문이다. 무사들도 놀란 모양인지 멍하니 멀어지는 자엽령을 바라볼 뿐이었다. 그런 그들이 다시 자엽령을 향해 달려들었다. 하지만 같은 일이 반복되었다. 순식간에 자엽령이 사라지더니 십 장 앞에서 걷고 있었다.

"머, 멈춰!"

그녀는 믿을 수 없는 일에 대한 호기심에 급히 자엽령을 따라갔다.

대연무장에는 삼천여 명의 무사가 대열을 맞추어 대기하고 있었다. 멀리 떠나기라도 하는 것처럼 큰 짐을 하나씩 들고 있었다.

"저자로군."

자엽령은 연무장 입구 맞은편 단상에 서 있는 사내가 복건성 지단의 법왕 락고임을 알 수 있었다. 미리 들었던 대로 생김새가 험악했기 때문이다.

자엽령은 미소를 지으며 대연무장을 향해 외쳤다.

"법왕 락고, 어디를 가려고 요란하게 준비 중인가?"

조용한 외침이었지만 내력이 실려 있어 연무장 전체를 은은히 울렸다.

락고를 포함한 모든 사람들이 황당한 표정을 지었다. 웬 계집 같은 녀석이 복건성의 야차를 향해 말도 안 되는 물음을 던지고 있으니 당연한 반응일 것이다. 그것은 그를 쫓아오던 문지기들과 락고의 딸도 마찬가지였다. 갑자기 달리던 걸음을 멈추더니 황당한 듯 입을 벌렸다.

락고는 인상을 쓰며 옆에 있던 락현을 향해 으르렁거렸다.

"너는 지단의 경계를 어떻게 관리한 게냐? 저따위 애송이 놈이 들락날락할 정도로 이곳의 경비가 허술했던 게냐?"

이번에는 락현도 할 말이 없었다. 평소의 신중함은 사라지고 얼굴을 붉힐 뿐이었다. 그때 자엽령이 다시 외쳤다.

"물음에는 왜 응하지 않는 건가!"

순간 락고의 표정이 굳어졌다. 그것을 지켜보던 무사들이 의아함을 느꼈지만 락고가 말이 없으니 알 수 있을 리 없었다. 예전에 총단에서 서신을 보내왔던 것을 알고 있는 락현만이 그 이유를 알고 있을 뿐이었다.

락현이 락고를 향해 전음을 보냈다.

[어떻게 할 생각이십니까. 저자는…….]

[나도 알고 있다.]

단호한 대답과 함께 락고가 몸을 떨며 물었다.

"여기는 어쩐 일이냐? 죽을 자리를 찾고 싶었던 것이냐?"

그 말에 락현의 표정이 핼쑥해졌다. 아무리 교주를 인정하지 않더라도 사대호법이 인정한 자다. 그런 자를 향해 도발하는 듯한 락고의 행동이 마음에 들 리 없었다. 하지만 이미 벌어진 일.

다행인 것은 자엽령의 표정에 별로 기분 나쁜 의미가 없어 보인다는 점이었다. 오히려 웃으며 대답하고 있었다.

"젊은 나이에 타지에서 죽고 싶지는 않군."

"……."

"본좌를 인정하지 않겠다면 어쩔 수 없는 일이나, 그 이유를 알아야 할 것 같아 왔다."

"흥! 본좌? 감히 누구 앞에서 그따위 말을……. 그 건방진 입을 내 손으로 직접 찢어주마!"

말과 함께 락고의 신형이 그 자리에서 사라졌다. 연무장에 서 있는 수하들의 머리를 몇 번 밟는 사이 그는 이미 자엽령의 일 장 앞까지 다가와 있었다.

"죽여주마!"

분노의 일갈과 함께 그의 손이 앞으로 뻗어졌다. 그러자 푸른 빛이 그의 손을 감싸더니 굉음과 함께 자엽령을 향해 쏘아져 나갔다. 하지만 자엽령은 이미 그 자리에 없었다.

락고의 표정에 경악이 스쳤다. 귀신이라도 본 듯 급히 장력을 흩어버리려 했다. 자엽령이 사라짐으로 해서 그 뒤에 있던 세 명의 무사와 자신의 딸, 락려원(樂麗元)이 눈에 들어왔기 때문이다. 그대로 장력을 뿜어낸다면 딸에게 큰 부상을 입힐 수밖에 없었다. 그는 내력을 차단하며 급히 손을 틀었다. 하지만 이미 발출된 장력은 멈추지 않았다.

락고는 두 눈을 질끈 감아버렸고, 락려원은 몸이 경직되며 경악한 표정을 지었다. 눈앞에 푸른 빛이 빠르게 확대되는데, 그대로 맞았다간 뼈도 추릴 수 없다는 생각이 들었기 때문이다. 그런데 갑자기 눈앞에서 빛이 사라지더니 사내의 등판이 보였다. 붉은 비단 장포를 입고 있는 등이었다.

팡!

장력은 붉은 비단의 사내 앞에서 위로 솟구쳤다. 사내가 검으로 쳐냈던 것이다. 거대한 장력을 가볍게 쳐내는 그의 모습에 모든 사람들이 경악했다.

락고도 마찬가지였다. 자신의 딸의 죽음을 확인하기 위해 눈을 떴는데 자엽령이 간단하게 장력의 방향을 직각으로 틀어버렸으니 놀랄 수밖에 없었다.

내심 한숨을 쉰 락고였지만 그렇다고 자엽령에 대한 분노가 가라앉은 것은 아니었다. 딸이 무사한 것을 확인한 그는 연무장에 열을 맞춰 서 있는 수하들을 향해 외쳤다.

"저자를 죽여라!"

순간 멍하니 있던 무사들이 움직이기 시작했다. 하지만 그때 자엽령이 고개를 절레절레 저었다.

"천귀, 천강."

나직한 목소리를 뒤로하고 또다시 벌어지는 놀라운 광경!

자엽령의 입이 떨어짐과 동시에 검은 피풍을 휘날리는 일천오백여 명의 살인귀가 연무장을 둘러싸며 모습을 드러냈다. 순간 장내에 혼란이 일어났다.

"처, 천귀대닷!"

"천강대?!"

모든 사람들이 두려움에 휩싸일 수밖에 없었다. 그사이 일천오백의 천귀대와 천강대의 무사들이 동시에 외쳤다.

"교주님께 검을 겨눈 죄는 죽음뿐이다!"

순간 일천오백 개의 검이 동시에 뽑혔다. 내력에 따라 각기 다른 빛을 뿜어내는 일천오백 개의 검, 그리고 그것을 들고 있는 검은 피풍의 사내들은 지옥의 악귀와 같은 형상이었다. 자엽령의 명 한마디만 더 있다면 그대로 살육을 벌일 듯했다. 하지만 사람들이 더 놀란 것은 그들이 외침 때문이었다.

"교, 교주님?!"

"설마 저자가?"

자엽령의 뒤에 서 있던 락려원도 놀라기는 마찬가지였다. 잠시 후 그녀는 창피한 표정까지 지었다. 정문에서 자엽령을 향해 했던 말이 떠올랐기 때문이다. 감히 천왕교의 교주를 향해 '무슨 원한이 있는지 모르겠지만 괜히 호기 부리다 다치지 말고 그냥 가세요', '누구도 우리 아버지를 건드릴 수 없으니까' 란 말을 했으니…….

그녀는 갑자기 두려움을 느끼며 몸을 떨기 시작했다. 설마 약관을 막 넘긴 듯한 젊은 사내가 천왕교의 교주일 거라 누구도 생각할 수 없었겠지만, 그것이 죄를 덜 핑계가 될 수는 없는 일이었기 때문이다.

하지만 락고의 생각은 다른 모양이었다.

"네, 네 이놈! 감히……!"

그는 떨리는 음성으로 자엽령을 향해 외쳤다. 자신이 인정하지 않는 교주가 천왕교의 오대무력세력을 움직이는 것에 대한 분노였다.

그 모습을 지그시 바라보고 있던 자엽령은 한숨을 쉬었다. 이 정도면 굴복할 줄 알았는데, 자신의 생각보다 락고는 더욱 고집불통이었던 것이다.

'어쩔 수 없는 자구나!'

적으로 만나면 가장 귀찮은 자가 락고 같은 사람이라는 것을 자엽령은 경험을 통해 알 수 있었다. 하지만 이대로 그냥 물러날 수는 없었다.

자엽령의 표정이 다른 때와 달리 싸늘해졌다. 그리고는 위험 섞인 목소리로 말했다.

"아직도 나를 인정하지 못하겠다면 굳이 너의 죄를 묻지는 않겠다. 단, 지금 이 순간부터 넌 천왕교도가 아니다. 그리고 천왕교에도 복건 지단은 이제 없다."

말과 함께 자엽령이 몸을 돌렸다. 그리고는 눈앞에서 떨고 있는 락려원을 향해 말했다.

"정직한 아버지를 뒀구나. 모두 돌아간다!"

자엽령은 그대로 복건성 지단을 빠져나가 버렸다. 그가 사라지자 락고는 부들부들 몸을 떨더니 괴성을 질렀다.

"크아아아악!"

자엽령은 복건 지단을 빠져나와 바로 천귀대와 천강대를 총단으로 돌려보냈다. 그리고는 곧장 절강성으로 향했다. 그곳에 있는 지단에 도착해 같은 방법으로 법왕을 굴복시킬 생각이었던 것이다. 천귀대와 천강대를 돌려보낸 것은 현재 총단에 오대무력세력 중 천룡대만 자리를 지키고 있었기 때문이다.

　천귀대와 천강대를 돌려보냈으니 조만간 세 개의 대가 될 것이다. 남은 두 개 대는 절강성 지단의 인근에 숨어서 자엽령을 기다리고 있었다. 절강성의 일까지 마무리 지으면 자엽령은 빠르게 호남 지단으로 갈 것이고, 연락을 받은 천강대와 천룡대가 그곳으로 투입될 예정이었다.

第九章

　다행히 절강성에 있는 지단은 자엽령의 방법이 먹혀들었다. 그리고 호남 지단도 약간의 무력 충돌이 있기는 했지만 큰 피해 없이 굴복시킬 수 있었다.

　호남 지단을 굴복시킨 자엽령은 교주의 명으로 일천 명의 일급고수를 뽑아 은밀히 기련산에서 동쪽으로 이백 리 떨어진 해정산으로 출발시켰다.

　보름의 기간을 주었고, 그것은 절강 지단도 마찬가지였다. 호북 지단과 안휘 지단은 처음부터 자엽령을 인정하고 있었기에 이미 열흘 전에 명을 받아 출발한 상태였다.

　자엽령이 총단에 도착하자 기련산까지 가야 하는 시간은 보름밖에 남아 있지 않았다. 하지만 총단을 떠날 때 이미 지시해 놓은 바가 있었기에 큰 문제는 없었다.

정문을 통과한 자엽령을 향해 양성붕 장로가 찾아와 보고를 올렸다.

"이미 출발 준비를 마치고 교주님을 기다리고 있었습니다."

"얼마나 되오?"

"천수대와 천령대, 천룡대 이천여 명, 그리고 따로 뽑은 고수 일천여 명, 도합 삼천입니다."

"수라교와 혈화궁은?"

"둘 다 교주님의 제안을 거절했습니다."

"수라교는 이해가 가지만 혈화궁은 의외로군. 저번 무림맹의 공격 때 우리를 도와 정파에 칼을 들이댄 것을 조용히 넘기려면 우리와 뜻을 함께하는 것이 좋지 않나?"

"맞습니다. 저도 그 점이 조금 이상했습니다."

대답과 함께 양성붕 호법이 품속에서 서신 두 개를 꺼내 자엽령에게 내밀었다. 자엽령은 서신을 받아 읽기 시작했다.

먼저 수라교의 교주가 보낸 서신이었다. 대충 요약하자면 천왕교의 일이라면 언제든지 도움을 줄 수 있으나, 그것이 정파를 돕는 일과 관여되어 있다면 불가라는 거절의 뜻이었다. 다음은 혈화궁의 서신이었다. 혈화궁의 서신도 거절을 뜻했지만 그 내용이 조금 달랐다.

"흐음……!"

잠시 생각하던 자엽령이 물었다.

"자네가 총책임자가 되어 먼저 출발하게."

"교주님께서는……?"

"난 혈화궁에 잠시 들렀다 갈 생각이야. 혹시 내가 조금 늦더라도 무림맹과의 약속을 어기지 말고 계획대로 약속한 날짜와 시간에 혈교의 총단을 치게. 나도 그리 늦지는 않을 테니까."

"알겠습니다. 그럼 한 시진 후에 출발하겠습니다."

*　　　　*　　　　*

"이대로 있기에는 조금 위험하지 않겠습니까?"

늙은 노파는 걱정스러운 표정으로 발 안을 향해 물었다. 그러자 발 안에서 심드렁한 궁주의 음성이 들려왔다.

"뭐가 위험하다는 거지?"

"무림맹이 천왕교를 공격할 때 우리는 천왕교를 도왔지 않습니까. 정파와의 우호를 유지하기 위해 들어간 모든 노력이 수포로 돌아갔다고 할 수 있습니다. 한데 왜 천왕교의 제안을 거절하셨는지……. 이번에 정파를 돕는다면, 그들과의 친분을 쌓기 위한 그 어떤 노력보다 더 값진 것이 되지 않겠습니까?"

그러자 궁주가 대답을 회피한 채 오히려 이해할 수 없는 물음을 던졌다.

"천왕교를 어떻게 보느냐?"

"무림맹의 발호로 많은 힘이 상실되었지만, 그래도 여전히 무시할 수 없는 존재입니다."

"그럼 무림맹은?"

"이번에 혈교를 막는다면 역시 상당한 힘을 상실하겠지만 정파에 대한 입지는 더욱 높아질 것입니다."

"맞게 보았다. 그런데 그런 두 세력이 이번에 힘을 합친다고 했다. 그것은 어떻게 보느냐?"

"어떤 의도에서 물으시는 건지……."

"두 세력이 친분을 쌓을 수 있을까?"

"친분까지는 모르겠지만 지금과는 많이 달라질 것이라 생각됩니다."

"적어도 서로 못 잡아먹어 으르렁거리지는 않겠지. 오히려 무림맹보다 천왕교의 힘이 더 커질 가능성도 있으니까."

노파가 고개를 끄덕이자 궁주가 물었다.

"너도 천왕교의 새 교주에 대해서 조사해 봤으니 알겠지, 그가 어떤 인물인지."

"알고 있습니다."

"정파도 사파도 아닌 인물, 뿐만 아니라 천왕교의 교주이면서 형산파의 제자인, 정파인일 수도 사파인일 수도 있는 인물이지. 중요한 것은 정파에 상당한 은혜를 베푼 그가 있는 천왕교의 입지야. 이번 혈교의 일을 제압하면 그 입지는 무림에서 더욱 커질 것이야."

그러자 노파가 인상을 찌푸리며 말했다.

"궁주님께서는 한 가지 간과하고 있는 것이 있습니다."

"뭐지?"

"혈교를 막을 수 있는 가능성은 지금으로서는 그리 크지 않다는 것입니다."

"훗! 그건 그때 가서 생각할 일. 지금은 천왕교와 무림맹을 동시에 돕는다는 것이 중요한 거야. 돌 하나로 두 마리의 새를 잡는다. 일석이조라고 하지."

그 말에 노파가 놀라며 물었다.

"도울 생각이셨습니까? 그런데 왜 거절을 하신 건지……."

"그래야 그를 불러들일 수 있을 테니까."

노파가 고개를 갸웃거리자 궁주가 다시 심드렁한 목소리로 말을 이었다.

"그가 올 것이다. 최초로 혈화궁에 남자의 발이 닿겠지만 어쩔 수 없는 일. 그가 오면 대접에 절대 소홀함이 없도록 해라."

"그라면……?"

"천왕교주다. 그는 분명히 나를 찾아올 것이야. 그것도 빠른 시일 내에. 그러니 준비하도록! 이번 기회에 아주 큰 고기를 낚게 될 테니까. 너무 커서 다 삼키기 힘든 고기를……."

더 이상 궁주는 말을 하지 않았다.

그렇게 시간이 지나고 나흘 후, 궁주의 말은 사실로 드러났다. 갑자기 백마동에 사내가 나타나더니, 그는 곧장 혈화궁의 정문으로 와 궁주를 만나게 해달라고 요구했던 것이다. 천왕교의 교주 자엽령이었다.

천냉화는 천왕교에서 돌아온 후 그렇게 열심이던 무공 수련도 마다한 채 자신의 처소에서 두문불출하고 있었다.

"나쁜 녀석!"

그녀는 한차례 몸을 떨었다. 자꾸 그때의 그 일이 생각나 미칠 지경이었다. 그때 방문 밖에서 인기척이 들려왔다.

"들어가도 되겠습니까?"

"들어와라!"

그러자 궁녀 한 명이 들어오더니 고개를 숙이며 말했다.

"궁주님께서 부르십니다."

"왜지?"

"자세한 것은 가보시면 압니다. 묘 천녀님과 아성 천녀님도 부르신 모양입니다.”

‘무슨 일이지?’

그녀는 의아함을 느끼며 궁주를 보기 위해 방을 나섰다.

궁주의 방 앞에 도착하자 거기에 아성과 묘도 막 방 안으로 들어가려 하고 있었다. 그녀는 그 틈에 끼어 같이 실내로 들어섰다. 그런 그녀의 두 눈이 실내에 있는 한 인물로 인해 확대되었다.

“반갑군!”

천냉화의 표정이 싸늘하게 변했다. 그녀는 팩 하니 고개를 돌려 그의 시선을 피했다. 다름 아닌 자엽령이었기 때문이다.

그녀가 인사도 받지 않고 고개를 돌리자 자엽령은 피식 웃으며 발 안을 바라보았다. 사실 그는 표정과 달리 짜증이 솟구치고 있었다. 고수들을 지원해 달라는 부탁을 하러 왔는데, 궁주는 얼굴도 비치지 않고 기다리라는 말만 했기 때문이다. 일파의 수장 자격으로 온 자엽령으로서는 기분이 나쁠 수밖에 없었다.

그런 그의 기분을 알았던 것일까? 천냉화 등 궁주의 세 제자가 실내로 들어서자 발이 서서히 위로 올라가기 시작했다.

순간 자엽령은 놀랄 수밖에 없었다. 혈화신녀 진백미라면 강호의 노고수라 알고 있었기 때문이다. 한데 발 안쪽에 있는 인물은 많이 봐줘야 삼십대 중반 정도의, 그것도 절세미녀였다.

‘고모님처럼 주안술을 익혔나 본데…….’

그의 생각을 읽은 모양이었다. 아름다운 자태를 뽐내던 궁주가 발 안쪽에서 걸어 나오더니 자엽령의 맞은편에 앉으며 물었다.

“절 모르는 사람들은 실물을 보고 놀라죠. 하지만 짐작하시듯 주안술일 뿐이랍니다.”

“그렇군요.”

자엽령은 별스럽지 않다는 듯 그녀의 말을 받아넘기며 본론을 꺼내려 했다. 하지만 궁주가 더 빨랐다.

“여기 서 있는 세 명의 여인은 제 제자랍니다. 모두 무공에 뛰어난 재능을 가지고 있고, 실제로 실력도 무림 후기지수들 중에선 보기 드문 실력자죠. 외모도 어디서나 흔히 볼 수 있는 그런 아이들이 아니랍니다.”

“그렇군요. 보기에도 상당히 아름답습니다. 그런데…….”

“사실 두 명의 제자가 더 있지만 나이가 꽤 많답니다.”

자엽령의 표정이 조금 뒤틀렸다. 의도적으로 자신의 말을 끊는 것이 느껴졌기 때문이다. 그때 궁주가 조금 무안한 표정을 지으며 물었다.

“혹시 제자들을 소개시켜 기분이 상하신 건 아닌가요?”

‘고단수로군!’

자엽령은 앞의 궁주가 상당한 능구렁이라는 것을 느꼈다. 사람의 심리를 읽고, 그것을 정확히 이용할 줄 아는 능력이 있는 것이다. 하지만 지금 중요한 것은 그것이 아니었다.

그녀의 물음에 자엽령이 어깨를 으쓱했다.

“그럴 리가요. 훌륭한 제자 분을 둬서 자랑스러울 것 같군요.”

궁주는 만면 미소와 함께 고개를 끄덕였다.

“그런데 오시는 길에 힘들지는 않으셨는지…….”

“용병 시절에 워낙 거친 일만 했기에 여행을 하는 것은 전혀 무리가 되지 않습니다.”

“그렇군요. 기분 나쁘시겠지만 이미 교주님의 신상에 대해 조사를 해봤기에 알고 있습니다.”

“기분 나쁠 것이야 있겠습니까. 그런데 전에 서신으로 보냈던 제안을……”

궁주가 또 의도적으로 그의 말을 끊었다.

“천냉화는 전에 보셨으니 알 테고, 이 아이는 넷째 묘라고 한답니다. 그리고 저 아이는 다섯째 아성, 가장 나이가 어리죠.”

슬며시 부화가 솟구치는 자엽령이었다. 하지만 그 또한 궁주보다 더 하면 더했지 덜하지는 않았다.

‘좋아, 그렇게 나온다면 나도 어쩔 수 없지.’

생각과 함께 자엽령이 대답했다.

“세 제자 분 모두 전에 뵌 적이 있습니다.”

“그런가요?”

“용병 시절에 잠시 안면을 익힌 적이 있죠.”

말과 함께 자엽령이 자리에서 일어섰다.

“그럼 제자 분의 소개를 다 받았으니 이만 가보겠습니다.”

“예?”

순간 궁주가 당황하는 기색을 드러냈다. 하지만 그녀도 만만치 않았다.

“여행을 가던 도중에 잠시 들렀던 모양이로군요.”

“여행은 아니지만 비슷합니다. 전에 본 교를 도와주었던 혈화궁에 대한 감사를 전하려고 들른 것이죠. 본 교를 도와 무림맹을 막아주어 감사했습니다. 그럼 이만!”

자엽령은 그대로 발길을 돌려 방을 나갔다. 그 순간 궁주의 표정에 살기가 감돌았다. 자엽령이 이대로 가버린다면 아무것도 얻지 못하기 때문이다. 혈교를 막는 것은 이미 대세. 그런데 혈화궁이 빠져 버린다면 중원이 혈교를 제압했을 경우 천왕교를 도와준 일 때문에 무림맹과 정파에 미움을 받을 수밖에 없었다. 게다가 천왕교에도 도와준 것에 대한 아무런 대가도 받아낼 수가 없었다. 자엽령도 그것을 알고 있었다.

'훗, 욕심이 과하면 오히려 많이 잃게 되지.'

그는 조소와 함께 그대로 건물을 빠져나와 곧장 혈화궁의 정문으로 향했다. 그때까지 혈화궁주는 자리에 앉아 인상만 쓰고 있었다. 잠시 후 그녀가 궁녀를 향해 물었다.

"교주는 어떻게 하고 있느냐?"

"지금 정문에 가깝습니다. 그대로 가실 것 같습니다."

"끄응!"

돌아오리라 생각했던 그녀의 예상은 완전히 빗나가고 말았다. 그리고 그녀는 크게 웃었다.

"호호호호! 보통내기가 아니구나! 여봐라!"

"하명하십시오."

"그를 다시 모셔 오너라. 이번에는 진심으로 대하겠다고 전하면 올 것이다."

"알겠습니다."

대답과 함께 궁녀 두 명이 자엽령을 급히 따라가 그녀의 말을 전했다. 처음에는 고개를 저었지만 궁주의 마지막 말을 전해 듣자 그제야 웃으며 다시 방으로 돌아왔다.

"무슨 하실 말씀이라도……?"

자엽령의 능청스러운 물음에 궁주는 미소를 지을 뿐이었다.

"우선 결례를 범한 것에 대해 사죄합니다."

"결례라니요?"

"모른 척해주시니 그것도 감사하죠. 우선 본론부터 말하겠습니다."

그 말에 자엽령이 미소를 지으며 자리에 앉았다.

"좋습니다. 원하는 조건이 무엇입니까?"

"직접적이군요."

"말을 돌려서 얻어지는 것이 없는 자리니까요."

궁주는 고개를 끄덕이며 제자들을 가리켰다.

"그리 큰 것을 바라는 건 아닙니다. 전에 답신을 봐서 짐작하시겠지만 천왕교와 좀 더 두터운 친분을 가지고 싶습니다. 그래서 결정한 것이 우리 궁과 천왕교 사이의 혼약입니다."

그 말을 듣고 있던 천냉화가 움찔했다. 그것은 묘와 아성도 마찬가지였다. 하지만 그녀들에 상관없이 궁주는 계속 말을 이었다.

"그래서 말인데, 제 제자 한 명을 골라 혼인해 주셨으면 합니다. 답이 있을 줄 알았는데, 아무런 말도 없이 천냉화를 돌려보내셨더군요."

"혼인은 당사자들 간의 문제이니 이런 자리에서 언급할 성질의 것이 아닌 것 같습니다만?"

"왜죠? 혹시 냉화가 싫어서 돌려보내신 건가요?"

그러자 자엽령이 웃으며 말했다.

"그건 본인에게 직접 물어보시죠. 제가 하고 싶다고 해서 절 죽이고 싶을 정도로 싫어하는 여인과 혼인을 할 수 있겠습니까?"

궁주가 그 말을 이해하지 못하고 고개를 갸웃거렸다.

"말씀을 들어보니 무슨 사연이 있는 것 같은데……."

그녀는 말끝을 흐리며 천냉화를 바라보았다.

"교주님과 무슨 안 좋은 일이 있었던 게냐?"

순간 천냉화의 얼굴이 붉어지기 시작했다.

"그, 그런 일은……."

그녀는 자엽령의 표정을 힐끔 살폈다. 얄밉게도 그는 웃음을 참는 표정이 역력해 보였다. 그 때문에 머리끝까지 화가 난 그녀였지만 어쩔 수 없었다.

"없었습니다, 아무 일도……."

그러자 자엽령이 대꾸했다.

"제가 그냥 싫은 모양입니다. 절 싫어하는 여인과 강제적으로 혼인할 정도로 못난 놈이 아니니, 그 일은 나중에 다시 이야기하도록 하죠."

하지만 궁주는 물러서지 않았다.

"그것은 안 되겠습니다. 만약 지금 결정하기 힘드시다면, 나중에라도 반드시 세 아이 중 한 명을 정해 혼인한다고 여기서 약조해 주십시오."

"말씀 중에 죄송합니다만, 전 혼인할 여인이 있습니다."

궁주가 웃었다.

"호호, 그게 상관이 있나요? 의외로 외모와는 달리 상당한 순정파시군요. 만약 그것이 걸린다면, 혼인만 하고 관계를 가지지 않으셔도 상관없습니다. 우린 혈화궁과 천왕교가 사돈 관계라는 것이 중요할 뿐이니까요."

"매정한 사부로군요."

"한 명의 희생으로 일만 궁녀가 편하게 살 수 있다면 희생의 가치는 충분하다고 봅니다. 제자들도 그것을 희생이라 생각하지 않겠죠."

"그런데 만약 제가 허락을 하면 얼마나 지원해 주실 수 있습니까?"

"원하는 만큼."

"제가 만약 절반의 고수들을 빌려달라 한다면?"

"제 제자와 혼인하겠다는 약조만 하신다면 칠 할의 고수도 가능하죠."

자엽령은 내심 놀라고 있었다.

'능구렁이에다가 배포도 크구나!'

잠시 후 자엽령이 고개를 끄덕였다.

"그럼 약조를 하지요."

'언제 혼인한다는 약조만 하지 않으면 상관없겠지. 조금 치졸하기는 하지만……'

"대신 지금 즉시 오천 명의 고수를 지원해 주십시오. 이제 시간은 열흘밖에 남지 않았습니다. 열흘 후 묘시 초에 기련산의 혈교 총단을 공격할 겁니다."

"좋습니다. 천왕교의 교주께서 직접 약조를 하신다니 믿고 고수들을 지원해 드리죠. 여봐라!"

"네, 궁주님!"

"교주님께 들은 대로 지금 즉시 오천 명의 궁녀를 뽑아 정문 앞에 대기시켜라."

"알겠습니다."

궁녀는 대답과 함께 망설임없이 방을 빠져나갔다. 그러자 자엽령이 자리에서 일어섰다.

"그럼 밖에서 기다리겠습니다."

"조금 시간이 걸릴 텐데 여기서 기다리지 않고요?"

"괜찮습니다."

말과 함께 자엽령도 방을 빠져나갔다. 그가 나가자 궁주가 세 제자를 향해 물었다.

"교주의 표정으로 보아 너희들을 싫어하는 것이 아닌 것은 분명하다. 냉화."

"네, 네?"

"우선 너를 생각하고 있으마. 마음의 준비는 하고 있거라."

그 말에 천냉화의 얼굴이 홍당무처럼 붉어졌다. 하지만 궁주는 그녀의 반응에는 관심없다는 듯 손을 저었다.

"이만 나가보거라."

"편히 쉬십시오."

천냉화와 묘, 그리고 아성은 방을 빠져나와 나란히 복도를 걸었다. 그때 묘가 천냉화를 향해 물었다.

"어때요?"

"뭐, 뭐가?"

"천왕교의 교주와 혼인할 것 같은데, 기분 말이에요?"

"누, 누가 저따위 놈이랑……!"

그녀는 말을 더듬으며 숨을 몰아쉬기 시작했다. 펄쩍 뛰는 그녀의 모습에 묘가 고개를 갸웃거렸다.

"그래요? 그럼 아성, 넌 어때? 아니다, 넌 아직 어리니까 나에게 양보해. 조금 짓궂은 면이 있는 것 같지만 잘생겼고, 천왕교의 교주에다가 무공도 엄청나니 상관없지."

그녀의 말에 갑자기 천냉화가 버럭 외쳤다.

"난 싫다고는 하지 않았어!"

역전에 역전, 반전에 반전

깎아지른 듯한 절벽 아래 검은 인영들이 숨죽인 채 긴장감을 드러내고 있었다.

"어떻게 된 겁니까?"

오장각 장로는 조급함을 드러내며 나직이 불만을 표시했다. 이미 왔어야 할 천왕교의 고수들은 눈을 씻고 찾아봐도 보이지 않았기 때문이다. 그의 불만 어린 물음에 이번 혈교 공격의 전권을 이임받은 전노아는 할 말이 없었다. 한숨을 쉬며 고개를 젓는 것밖에는…….

사실 그의 실망이 더 컸던 것이다. 그런 그의 기분을 알아차린 듯 무당의 매화 선사가 인자한 미소와 함께 입을 열었다.

"정도를 구하는 데 어찌 남의 탓을 할 수 있겠소. 그들이 도와준다면 고맙겠지만, 그렇지 않다 하더라도 크게 문제는 없을 것이오."

그 말에 하북팽가의 벽력도제가 고개를 끄덕였다.

"옳은 말씀. 이제 시작하는 것이 어떻겠습니까?"

그들의 말에 다른 간부들이 다시 힘을 얻었다. 현재 혈교의 총단 기습에는 정도무림의 기둥이라 할 수 있는 칠선 중 두 명, 무당의 매화선사와 소림의 태홀 대사가, 그리고 삼제 중 두 명인 태양신검 전노아와 하북팽가의 벽력도제가 참여했던 것이다. 그런 그들이 기습 작전을 주도해 나가니 안심이 될 수밖에 없을 것이다. 거기다 일만의 고수도 고르고 고른 정예였으니 모두가 전의를 불사르기 시작했다.

벽력도제의 말에 전노아도 고개를 끄덕였다.

"그럼 이제 시작하도록 하겠소. 기련산 중간중간에 경계를 서는 적의 고수들이 있겠지만, 무시하고 그대로 적의 총단을 공격할 것이니 뒤처지지 않도록 하시오."

모든 간부들이 고개를 끄덕였다.

"그럼 진격!"

전노아는 낮은 목소리와 함께 손을 흔들었다. 그와 동시에 일만의 정예가 일시에 혈교의 총단을 향해 경공술을 펼쳤다. 일만의 고수가 무서운 속도로 경공술을 펼치는 모습은 장관이었다. 하나 이미 달도 구름에 가려 있는 어두운 밤이었기에 멀리서는 확인할 수 없었다.

"어쩔 수 없다. 지금 이동한다."

양성붕 호법의 말에 천수대의 대주가 진언했다. 그들은 기련산에서 삼십 리 떨어진 평지에서 대기 중이었다. 본래는 해정산에서 있어야 했지만, 약속 시간이 다 되어도 자엽령이 오지 않아 그곳에 몇 명의 연락병을 남겨두고는 이곳으로 이동했던 것이다.

그의 명에 천수대의 대주가 입을 열었다.

"하지만 아직 교주님이……."

양성붕은 고개를 저었다.

"늦으실 수도 있다고 했으니 더 이상 기다릴 수는 없다. 아마 기련산으로 곧장 오실 것이야. 우리는 계획대로 혈교를 기습한다. 지단의 고수들에게 그렇게 전해라."

말과 함께 그는 삼천의 고수를 이끌고 기련산으로 향했다. 그들이 움직이자 그곳에서 삼 리 정도 떨어진 곳에서 대기 중이던 지단의 사천 고수도 기련산, 정확히 그 속에 있는 혈교의 총단을 향해 이동했다.

"적이닷!"

밤하늘을 울리는 외침과 함께 갑자기 북소리가 기련산을 울렸다. 그와 동시에 기련산에 숨죽이고 있던 거대한 성에서 불이 밝혀지기 시작했다.

총단을 지키며 무림일통의 전체적인 작전 지휘를 하고 있는 야뇌신제(野腦神帝)는 인상을 찌푸리며 집무실을 빠져나왔다. 그러자 기다렸다는 듯이 혈의인이 다가오더니 부복했다.

"적입니다."

"알고 있다. 무림맹이더냐?"

"정확히 모르겠습니다. 전원 검은 무복을 입고 있다는 보고가 올라왔을 뿐."

"숫자는?"

"일만 정도 되는 것 같답니다."

야노신제의 입가에 비소가 서렸다.

"일만으로 본 교의 총단을 친다? 흐흐흐! 아직도 우리를 얕잡아보고 있군.”

조소와 함께 그가 명했다.

“귀령마인을 풀어라.”

순간 혈의인이 두려운 표정을 지었다.

“귀, 귀령마인은 아직 실험 단계라 담당인 고루신제(骷髏神帝)님의 허가를 얻어야…….”

“내가 말해두겠다. 실험은 실전에서 해야 제대로 되는 법이니까.”

말과 함께 그가 복도를 걸어가며 당부했다.

“고루신제를 만나러 갈 테니 네가 전투 지휘를 해라. 한 명도 살려 둬서는 안 된다.”

“존명!”

혈교의 대처는 상당히 빨랐다. 성문을 부수고 무림맹의 고수들이 총단 안으로 들어왔지만 얼마 지나지 않아 일천의 고수가 앞을 막았던 것이다. 그렇게 그들과 교전을 벌이는 사이 양옆으로 다시 이천의 고수가 몰려와 무림맹의 고수들을 진압하기 시작했다.

하지만 무림맹의 기세가 워낙 강했기에 혈교의 고수들 실력이 월등히 뛰어나기는 했지만 일만이라는 수적인 우세에 밀릴 수밖에 없었다. 거기다 맹의 고수들 또한 중원에서는 절정으로 불리는 자들이라 쉽게 당하지 않았다.

채채채쾅!

“크아악!”

병장기 부딪치는 소리와 죽음의 비명 소리가 혈교의 총단 정문에서 쉬지 않고 이어졌다. 전체적으로는 무림맹의 압승이라고 봐도 좋을 정도였다.

선봉에 선 매화 선사와 태흘 대사, 그리고 태양신검과 벽력도제의 무공은 신기에 가까웠다. 그 뒤를 받치는 일만의 고수도 연신 혈교의 고수들을 몰아붙였다. 하지만 그것도 잠시였다.

혈교의 총단은 거대한 성곽이 둘러쳐져 있지만 실제로는 이중 벽이었다. 정문을 통과해도 다시 삼백 장을 더 가야 건물들이 있는데, 그곳에는 또 다른 성벽이 쳐져 있는 것이다. 성안에 성이 있는 셈이었다. 때문에 정문을 통과한 무림맹의 고수들은 성벽과 성벽 사이의 넓은 평지에서 싸우는 격이라 할 수 있었다.

정문에서 삼백 장 떨어진 맞은편 성벽에서 한 혈의인이 혈교와 무림맹의 전투를 바라보더니 명을 내렸다.

"귀령마인을 풀어라!"

그 말에 갑자기 내성의 정문이 열리더니 삼백은 될 듯한 검은 인영이 급속히 무림맹의 고수들을 향해 달려갔다. 그것을 바라보고 있던 혈의인이 비소를 흘렸다.

"어느 정도의 힘을 발휘하는지 한번 볼까?"

그러자 그 옆에 있던 수하인 듯한 자가 의아함을 드러냈다.

"다 푸는 것이 좋지 않겠습니까? 왜 삼백 마리만 푸는지 이해가 가지 않는군요."

"아직 완전치 않는 강시다. 혹시 손상이라도 입으면 본 교로서는 큰 손해지. 그리고 삼백으로도 충분할 것이다."

그의 말은 맞아떨어졌다. 삼백의 귀령마인이 전투 속에 끼어들자 기세가 바뀌기 시작했던 것이다.

“도대체 이건 무엇인가!”

붉은 안광을 뿜어내는 두 눈을 제외한다면 전체적으로 괴물이라고 말할 수밖에 없는 귀령마인을 보던 벽력도제의 말에 대답하는 사람은 없었다. 그들의 막강한 힘과 파괴력, 그리고 속도는 상상을 초월하고 있었기 때문이다. 무림의 뛰어난 실력을 자랑하는 고수들이 대여섯 명씩 달라붙어야 호적수를 이룰 만큼 강했다.

무림맹의 고수들이 하나둘씩 쓰러져 가자 백력도제가 앞을 막고 있는 혈의인을 베어 넘기고는 급히 귀령마인 하나를 향해 도를 내질렀다.

캉!

벽력도제의 인상이 찌푸려졌다. 많은 내력을 실은 것은 아니지만 그렇다고 적은 내력도 아니었다. 그런데 상대는 맨몸으로 그의 도를 막은 것이다.

그는 재차 도를 움직였다. 그러자 이번에는 귀령마인이 그의 공격을 모두 피해 놀라움을 안겨주었다.

‘강하다!’

벽력도제의 생각이었다.

“그렇다면 이건 어떠냐?”

그는 전신에 있는 내력을 칠 할이나 끌어올려 벽력도법을 펼쳤다. 그러자 그의 도에서 도강이 귀령마인의 전신을 노리며 뿜어져 갔다.

파파파파팡!

둔탁한 폭음과 함께 귀령마인이 뒤로 넘어가 버렸다. 하지만 놀라운 것은 도강에 부딪쳤는데도 잘리지 않았다는 것이었다. 자존심이 상한 벽력도제는 쓰러진 귀령마인의 목을 향해 도를 내질렀다. 물론 좀 전보다 더욱 강력한 내력을 실은 후였다.

치열한 전투는 계속 진행되고 있었다. 귀령마인이 끼어든 덕분에 무림맹이 잠시 혼란스러워지기는 했지만 시간이 지날수록 안정을 찾아갔다. 벽력도제와 전노아, 그리고 태흘 대사와 매화 선사의 분전 덕분이었다. 삼백이나 되는 귀령마인을 그 네 명이서 절반이나 쓰러뜨린 것이다.

그런데 전투가 벌어진 지 반 시진 정도가 지났을까? 전투 양상은 급격히 한쪽으로 기울기 시작했다. 내성의 정문이 다시 열리더니 삼천의 혈교 고수가 몰려 나왔기 때문이다.

지금 상대하고 있는 이천의 고수와 백오십의 귀령마인을 상대로도 완전히 승기를 잡지 못하고 있는데, 삼천의 고수가 더욱 보강되자 무림맹의 고수들이 밀리는 것은 불을 보듯 뻔한 일이었다.

"크아악!"

무림맹의 고수들이 쓰러지며 비명을 질러댔다. 그 비명의 소리가 많아질수록 남은 사람들의 표정에는 절망감이 드러나기 시작했다. 삽시간 동안에 절반의 고수들이 목숨을 잃었던 것이다. 그때 또 다른 변수가 생겼다.

"쳐랏!"

칠천 명 정도 될까? 성벽을 타고 양편에서 동시에 검은 무복을 입은 사내들이 혈교를 공격하기 시작했다.

순간 무림맹 고수들의 얼굴에 결연한 표정이 서렸다. 천왕교의 고수들임을 알아보았기 때문이다. 천왕교는 후문으로 도착해 그곳을 뚫고 들어온 것이었다.

선두에선 삼천의 천수대와 천령대, 그리고 천룡대의 실력은 일품이었다. 수도 없이 수련했는지 그들이 맞춰 움직이는 진법 운용에는 막힘이 없었다.

성벽 위에 서 있던 혈의인의 표정이 험악해졌다. 그는 옆의 수하에게 명했다.

"귀령마인을 모두 풀어라."

"알겠습니다."

대답과 함께 사내가 몸을 날렸다. 그리고 잠시 후, 정문이 열리며 일천 마리의 귀령마인이 쏟아져 나왔다. 피를 갈구하듯 괴이한 신음을 흘리는 그들은 정사연합의 고수들을 향해 미친 듯이 달려들기 시작했다. 그 때문에 수적인 우세에도 불구하고 정사연합의 고수들은 오히려 밀리기 시작했다. 귀령마인에게 신경 쓰기도 힘겨운데 혈교의 고수들까지 막아야 하니 정신이 없을 수밖에 없던 것이다.

하지만 정파의 전노아 등이 다시 분전했고, 천왕교의 천귀대 등이 그 뒤를 받치자 점차 안정을 되찾았다. 그리고 가장 눈부신 활약을 한 것은 바로 천왕교의 호법 양성붕이었다. 그 혼자 귀령마인을 무려 삼백 마리나 쓰러뜨린 것이다.

전투는 오랜 시간 지속되더니 어둠이 물러가고 동이 터올 때까지 지속되었다. 그리고 끝내 정사연합이 승리를 눈앞에 두게 되었다. 혈교의 고수 숫자가 눈에 보일 만큼 줄어가고 있었던 것이다. 반면 정사연합 또한 그 수가 많이 줄기는 했지만 혈교만큼은 아니었다.

시간이 갈수록 수가 차이 나자 더욱 유리해지는 정사연합이었다. 하지만 갑자기 나타난 인물에 의해 분위기는 또 다른 반전을 맞이했다.

*   *   *

터벅터벅!

기련산을 오르는 발걸음이 가벼운 파냉비였다. 하지만 그녀의 한걸음 한걸음에는 예전과 비교할 수 없는 무게감이 서려 있었다. 변한 것은 그것만이 아니었다. 표정 또한 싸늘함이 묻어나는 무표정에서 자신감 넘치는, 그래서 인간적인 면이 조금은 엿보이는 그런 얼굴이었다.

쫘악!

그녀는 힘을 주어 쾌랑검을 잡아보았다. 그리고는 고개를 끄덕였다.

'복수!'

그녀의 머리 속에는 그 단어밖에 떠오르지 않았다.

그녀는 걸음을 재촉했다, 기련산에 있는 혈교 총단을 향해서.

*　　　　*　　　　*

정사연합 고수들은 두려움에 떨었다. 꼼짝도 하지 못한 채 바닥에 쓰러지는 벽력도제를 바라봐야만 했다. 범인은 붉은 머리 사내였다. 그는 벽력도제를 단 삼 수 만에 쓰러뜨렸다.

다섯 명의 괴이한 기운을 풍기는 고수를 대동한 채 모습을 드러낸 붉은 머리 사내는 왠지 모를 강한 힘을 가지고 있는 듯했다. 기운을 내뿜는 것이 아니라 분위기 자체가 그랬다.

"다음은 누구지?"

이미 혈교의 고수들은 붉은 머리 사내가 모습을 드러내자 그 뒤로 진열한 상태였다. 바닥에 수없는 혈교도들과 정사연합의 주검들이 즐비한 상태에서 양 세력은 서로 대치하고 있었다.

그의 말에 모두가 움찔 떨었다. 권태로움이 가득한 눈빛, 그리고 무림정파의 기둥이라 불리는 벽력도제를 주저없이 단번에 죽여 버리는 강함과 행동. 그것은 모든 이들에게 상당한 압박을 주고 있었다. 그때 양성붕 호법이 앞으로 나섰다.

"네가 혈교의 수장인가?"

그 말에 붉은 머리 사내가 심드렁한 표정으로 앞으로 한 걸음 나섰다. 그 행동에 양성붕 호법도 표정을 굳혔다.

'평범한 사람이 아니구나!'

단순히 한 걸음 앞으로 걸어 나온 것만으로도 엄청난 위압감을 풍기고 있었다. 그러자 붉은 머리 사내의 뒤에 있던 다섯 명의 고수 중 한 명이 외쳤다. 흑랑회의 회주였던 비웅신제였다.

"중원의 하찮은 것들이 어찌 존귀하신 분의……!"

순간 붉은 머리 사내가 손을 저으며 그의 말을 막았다. 그리고는 권태로운 표정에 미소가 걸렸다.

"혈교의 수장이지만 그보다 너희들이 아주 잘 알고 있는 사람이지."

미소가 비소로 바뀌었다. 잠시 후, 침묵을 지키고 있던 정사연합을 향해 그가 나직이 입을 열었다.

"사백 년 전 무림을 피로 물들였던 자!"

"……"

"내 이름은 곽성이라고 한다."

일순 정사연합의 모든 고수들이 경악한 표정을 지었다. 곽성이라는 이름이 안겨주는 의미, 그리고 사백 년 전 무림을 피로 물들였던 자! 그것은 단 한 사람만을 떠올리게 만들었다.

양성붕이 떨리는 목소리로 읊조렸다.

"서, 설마 곽성대협?"

붉은 머리 사내는 다시 권태로운 표정으로 돌아가 있었다.

"반응이 예상을 벗어나지 않아 재미없군."

말과 함께 그가 손가락을 까딱거려 보였다. 덤벼보라는 표시였다.

終章

콰콰콰쾅!

굉음과 함께 거대한 흙먼지가 사방을 들끓었다. 그 먼지 속에서 양성붕 호법이 자리에서 쓰러지자 정사연합 고수들은 다시 한 번 경악했다. 무림 최고라 불리는 출가경의 고수도 붉은 머리 사내, 곽성대협 앞에서는 힘을 쓸 수 없었기 때문이다. 곽성대협, 그는 지금 이 순간 장내의 사람들에게 거대한 산과 같았다. 넘은 수 없는 산이었다.

양성붕이 쓰러지자 곽성대협은 그에게 천천히 다가갔다. 아직 숨을 쉬고 있는 것으로 보아 죽지는 않은 것 같았지만, 곽성대협은 그의 마지막 숨통을 끊으려 했던 것이다.

그때 정사연합의 고수들 틈에서 세 명의 인물이 동시에 나섰다. 모두 놀라 바라보자 전노아와 태흘 대사, 그리고 매화 선사였다. 무림십대고수의 반열에 올라 있는 세 명의 고수가 곽성대협을 몰아붙이는 모

305

습은 환상이었다. 그사이 천귀대의 대주가 급히 쓰러져 있던 양성붕을 안아 들고는 대피했다.

카카카캉!

매화 선사의 검은 부드러움 속에 강력한 내력이 실려 있어 검을 휘두를 때마다 일자형의 강기가 뻗어 나와 곽성대협을 묶어놓았다. 그리고 태흘 대사의 장력은 소림의 무공답게 우직하면서도 패도적이었다. 곽성대협의 빈틈을 노려 연신 강력한 장력을 뿌려대는 것이었다. 태양신검 전노아의 무공은 유연함이었다. 빠르면서도 느려지고, 강하면서도 약해 보였다. 수많은 묘채를 담은 그의 검로 속에는 곽성대협의 요혈과 마혈이 걸려 있었다.

하지만 곽성대협의 무공은 막강했다. 그는 모든 공격을 다 받아내고 있었던 것이다. 회피 동작도 없었다. 검과 장력이 들어올 때마다 검푸른 막이 생겨났고 그것이 방패 역할을 할 뿐이었다. 오히려 재밌다는 듯 세 명의 고수를 보며 탄지공 같은 것을 쏘아 그들의 반응을 살폈다. 어린아이 세 명을 데리고 장난이라도 치는 어른의 모습이랄까? 그러나 그것도 잠시,

"질리는군!"

곽성대협은 말과 함께 좌에서 우로 손을 휘저었다. 그러자 검은 안개 같은 것이 반월형으로 튀어나갔고, 그것은 그대로 전노아와 매화 선사를 덮쳤다.

순간 매화 선사와 전노아가 검을 틀어막았다. 강력한 적의 내력에 대응하기 위해 역시 전신의 내력을 검에 실은 후였다. 하지만 그 차이는 놀라웠다. 무림의 십대고수라 자타가 공인하던 두 무인이 한 번의 공격에 손해를 보았던 것이다.

콰콰콰쾅!

굉음과 함께 강기의 회오리가 사방을 휘몰아쳤다. 그리고 전노아와 매화 선사가 비틀거리며 입 밖으로 울컥 피를 쏟았다. 내상을 입은 것이다. 두 사람이 그렇게 되자 태홀 대사는 다급해졌다. 곽성대협의 뒤를 노려 소림의 절기인 위타장(韋陀掌)을 뻗었다.

필승의 일장인 모양이다. 지금까지와 다른 거대한 장력이 강렬한 빛을 뿌리며 곽성대협의 등을 노렸다. 하지만 그것은 곽성대협의 지척에서 보이지 않는 막에 막혀 버렸다.

'도대체 호신강기가 얼마나 막강하기에 위타장을……?'

그는 생각과 함께 뒤로 물러섰으니 이미 늦어 있었다. 곽성대협이 지척까지 다가와 있었기 때문이다.

팡!

북을 치는 소리가 장내를 울렸다. 그리고 태홀 대사가 십 장이나 날아가더니 바닥으로 굴렀다. 그것을 바라보던 곽성대협이 붉은 머리를 휘날리며 정사연합의 고수들을 향해 말했다.

"벌레는 밟아서 죽여야 하는 법이다."

말과 함께 그의 신형이 하늘로 솟구쳤다. 그리고 무서운 속도로 떨어지더니 두 무사의 머리를 밟았다.

파팟!

머리를 밟은 것만으로도 두 명의 사내가 바닥에 쓰러졌다. 물론 머리가 터진 채였고, 그 모습에 사람들이 경악했다. 하지만 그에 상관하지 않은 곽성대협은 다시 하늘로 솟구치더니 떨어져 내렸다. 그 속도가 워낙 빨라 사람들이 피할 시간이 없었다. 그런데 막 두 사내의 머리를 터뜨리려는 곽성대협에게로 자색의 강렬한 강기 하나가 쏘아져 왔다.

순간 곽성대협의 신형이 흔들려 방향을 틀었다.

바닥에 내려선 그가 강기가 쏘아져 온 방향으로 시선을 돌렸다. 장내의 사람들도 같은 곳을 바라보았다. 정문 쪽이었다. 그러자 거기에 묘령의 여인이 성큼성큼 걸어오는 볼 수 있었다. 누군가가 그녀를 알아보고 외쳤다.

"만리독행의 제자다!"

"그녀가 여길 왜 왔지?"

혼란한 중에도 사람들이 의문을 드러냈지만 그녀는 개의치 않고 계속 걸어오더니 곽성대협의 삼 장 앞에서 멈춰 섰다.

"나를 알아보겠지?"

그녀의 눈은 이글이글 타오르고 있었다. 왜 자신에게 자하진공을 알려줬는지는 모르겠지만 그녀에게 그것은 상관없었다. 사부에 대한 복수만 남아 있을 뿐. 그녀의 물음에 곽성대협이 밝은 미소를 지어 보였다. 반가운 손님이라도 맞은 듯한 얼굴이었다.

"오늘이 무슨 날인가! 흥미로운 녀석들을 많이 볼 수 있군!"

"네가 죽을 날이다."

스릉!

파냉비는 냉기가 풀풀 풍겨나는 말과 함께 검을 뽑았다. 순간 그녀의 몸에서 자색 기운이 넘쳐 나더니 종내에는 흐릿한 형상만 보이게 되었다. 그 모습에 사람들이 믿을 수 없다는 표정을 드러냈지만 정작 그녀를 마주하고 있는 곽성대협은 재밌다는 표정이었다. 하지만 놀람도 있었던 모양이다.

"그 짧은 시간 안에 자성진공을 완전히 깨쳤군. 후훗, 역시 널 잘못 보지 않았다. 넌 강해지기 위해 태어난 몸이야. 좋아, 덤벼봐. 넌 좀 특별히 상대해 주지."

 그 말에 파냉비는 조금의 감정 동요도 보이지 않은 채 곽성대협을
향해 몸을 날렸다. 그리고 사방이 울리는 절대고수들의 비무가 펼쳐졌
다.

 콰콰쾅!

 쑤아아악!

 쾅─!

 검강과 검강의 대결, 검은 안개와 자색 안개의 부딪침, 그리고 검과
장력의 잔영들이 사방을 뒤흔들었다. 반 각이라는 그리 짧지 않은 시
간 동안 성벽과 성벽 사이에는 인간이라 할 수 없는 두 고수 간의 대결
로 인해 주변은 초토화가 되어 있었다. 바닥이 움푹움푹 패었고 연기
가 하늘로 솟아올라 가고 있었던 것이다. 그 때문에 혈교의 고수들과
연합의 고수들은 더욱 뒤로 물러서야 했다.

 쾅─!

 허공에 부딪친 후 동시에 바닥에 내려선 곽성대협과 파냉비가 재차
강기를 뿌려 부딪쳤다. 그리고 굉음과 동시에 파냉비가 충격을 못 이
겨 뒷걸음질을 쳤다. 그녀의 입가로 가는 피 한줄기가 흘러내리고 있
었다. 그것을 보던 곽성대협이 실망스런 표정을 지었다.

 "대단하지만 날 죽일 정도는 아니구나!"

 순간 파냉비의 표정이 더욱 차가워졌다. 분노에 더욱 이글거리는 두
눈은 곧바로 곽성대협을 찢어버릴 듯했다. 하지만 역시 그녀는 자신의
실력이 곽성대협보다 아래라는 것을 인정하고 있었다.

 "포기가 빠르군."

 곽성대협은 말과 함께 파냉비를 검지로 가리켰다. 그리고 그 순간

파냉비조차 피할 수 없을 정도로 빠른 검은 섬광이 쏘아져 나왔다. 그녀는 급히 호신강기를 만들려 했지만 기습적인 공격이라 시간이 맞지 않았다. 그만큼 검은 빛의 속도는 빨랐던 것이다. 하지만!

캉!

검은 섬광이 무언가에 부딪쳐 아래로 방향을 틀었다. 그리고 그것은 가는 구멍을 바닥에 남겨놓았다.

"휴! 조금 늦었지만 적절한 때를 맞춘 것 같군!"

자엽령이었다. 그의 등장에 갑자기 정사연합 고수들의 절반 이상이 바닥에 무릎을 꿇었다.

"속하, 천왕교주님을 뵙습니다!"

그 모습에 정파의 고수들은 놀라움을 드러냈다. 그리고 그것은 파냉비 또한 마찬가지였다. 무림맹에서 볼 때만 해도 한낱 용병에 지나지 않던 자가 천왕교의 교주라니…….

어떻게 된 건지 궁금했다. 하지만 그녀는 차가운 표정으로 자엽령을 향해 경고만 했다.

"네가 상대할 수 있는 자가 아니다."

그 말에 자엽령이 피식 웃었다.

"그럼 네 상대는 되고?"

파냉비의 얼굴이 붉어졌다. 분노에 몸을 떨더니 무언가 말하기 위해 입을 열려는데 곽성대협이 궁금증을 드러냈다.

"너는 무림맹에서 봤었던 것 같은데……."

그러자 자엽령이 몸을 돌려 그를 보았다.

"나도 그때 너를 유심히 보았지. 그런데 정말 네가 혈교의 교주일 줄이야……."

"그 말은 어느 정도 추측을 하고 있었다는 것인가?"

자엽령이 고개를 끄덕이자 곽성대협 역시 고개를 끄덕였다.

"그럼 너는 또 어떻게 날 재미있게 해줄지 한번 볼까?"

말과 함께 곽성대협은 조금 전 파냉비에게 했듯 자엽령을 향해 손가락을 가리켰다. 그리고 검은 빛이 빠르게 자엽령을 향해 쏘아져 나갔다. 그것을 보던 자엽령이 비소를 흘렸다.

순간 곽성대협의 표정에 약간의 놀라움이 스쳐 지나갔다. 분명히 검은 빛이 상대의 몸을 뚫었는데, 뚫는 순간 신형이 흐릿해지는 것 같더니 그대로 빛이 통과해 버렸기 때문이다. 뚫긴 뚫었지만 상대는 상처 하나 없었다.

곽성대협이 처음으로 묘한 표정을 지었다. 궁금했던 모양이었다. 잠시 인상만 찌푸리더니 자엽령을 향해 물었다.

"어떻게 된 거지?"

"모든 것을 버릴 수 있게 된 거지."

의미 모를 말에 곽성대협이 심경의 변화를 드러냈다. 약간의 살기를 드러냈던 것이다.

"무슨 무공을 익혔느냐?"

"훗! 다 잊어버려서 알 수 없다."

말과 함께 그의 검이 뽑혔다. 거대한 검은 천왕교주의 신물인 천왕신검이었다. 검이 뽑히자 거대한 검만큼이나 강렬한 빛이 사방으로 뿌려졌다. 이글이글 붉게 타오르는 천왕신검은 주인의 내력을 확실히 증명해 주고 있었다.

"그럼 시작해 볼까?"

자엽령의 신형이 움직였다. 그리고 그 순간 그의 몸은 두 개에서 네 개로, 네 개에서 여덟 개로, 그리고 여덟 개에서 열여섯 개로 늘어나 버렸다. 열여섯 명의 자엽령이 곽성대협을 향해 덮치는 형상이 되어버린 것이다.

"분신술?"

하지만 분신술이 아니었다. 갑자기 열여섯 명의 자엽령이 검을 찌르고 베기 시작하는데, 모두에게서 검강이 쏟아져 나왔던 것이다.

이 정도 되자 곽성대협도 경악한 표정을 지었다. 하지만 막는 것이 먼저였다. 그는 나직한 기합성과 함께 잠시 몸을 움츠렸다. 그리고 그것을 폈을 때, 그의 몸에서는 강렬한 흑색 호신강기가 원형으로 퍼져 나갔다. 그리고 그것은 검강을 삼키듯 부딪쳐 갔다.

콰콰쾅!

지축을 흔드는 소리와 함께 곽성대협의 몸이 자엽령을 향해 움직였다. 그리고 자엽령 또한 곽성대협을 향해 움직였다. 그런데 특이하게도 곽성대협은 표정이 굳어 있는 데 반해 자엽령은 싸움을 즐기는 듯 미소를 짓고 있었다. 절대강자를 앞에 두고…….

일 년 후

　“와아아아!”

　하남성 개봉의 무림맹 정문 앞에서 천지를 뒤덮을 함성이 터져 나왔다. 수를 헤아릴 수 없는 무림인들이 몰려들었던 것이다. 그들의 시선은 단 두 명에게 고정되어 있었다.

　“어때?”

　자엽령은 피식 웃었다.

　무림맹 정문에서부터 시작되는 끝이 보이지 않는 대로. 그것은 중모(中牟)를 거쳐 정주(鄭州)를 지나 낙양(洛陽)까지 연결되어 있었다. 낙양에서도 서쪽으로 계속 대로를 따라가면 의마(義馬)가 있었고 삼문협(三門峽)에 다다른다. 그리고 그 다음은 산서성이었다.

　자엽령은 무림맹에서 이어지는 그 대로를 바라보며 미소 짓고 있었다.

그의 물음에 옆에 있던 파냉비가 무표정한 얼굴로 말을 받았다.

"약속은 지켜라."

"물론. 내가 지면 네 소원 하나를 무조건 들어주지. 하지만……."

자엽령은 검을 풀러 바닥에 내려놓으며 말을 이었다.

"내가 질 리는 없을 거야."

"자신만만하군!"

"훗, 자신만만한 것이 아니라 모든 걸 비운 거지."

"공간참이라고 했나? 그것을 사용할 건가?"

자엽령은 고개를 저었다.

"가고자 하는 곳에 갈 수 있는 발이 있는데 그것이 필요할까? 난 백부님이 되어 달린다."

말과 함께 그가 몸을 숙여 앞으로 달릴 자세를 취했다. 그와 함께 파냉비 또한 같은 동작을 취했다.

순간 장내에 정적이 감돌았다. 떠들썩하던 무림인들이 숨죽여 둘을 살폈던 것이다. 그때 무림맹의 성벽 위에 있던 맹주가 고개를 끄덕였다. 그러자 덩치가 산만한 거한이 덩치에 어울리는 북채를 내질렀다.

둥!

북소리의 파공음은 저 멀리 보이는 산까지 닿을 것만 같았다. 그리고 소리와 함께 자엽령과 파냉비는 이미 그 자리에 없었다. 훗날 무림사에 남을 경공 대결이 시작된 것이다.

정확히 하루 동안 이어지는 경공 대결.

이날 있은 경공 대결에서는 무림사에 전무후무한 기록이 남게 되었다.

하루 동안에 삼천팔백 리! 정확하게 삼천팔백육십삼 리를 달린, 말도 안 되고 믿을 수도 없는 대기록이었다. 그리고 그 주인공은 훗날 이렇게 불리게 되었다.

만리독군(萬里獨君) 자엽령!

*　　　　*　　　　*

"내가 졌어. 인정하지, 넌 최고야."
"그런데 한 가지 물어봐도 될까?"
"뭐지?"
"소원! 나에게 말할 소원이 뭐였지?"
"알고 싶어?"
고개를 끄덕이자 한참 후에야 그녀의 입이 열렸다. 홍조 띤 얼굴이 그녀의 모습을 수줍은 소녀처럼 만들고 있었다.
"나와의 혼인!"
"……!"
그는 한참 동안 말을 할 수 없었다. 오랜 침묵이 답답했던 것일까?
"그런 네 소원은 뭐지? 이겼으니 말해봐."
"날 이길 수 있을 때 다시 와, 네 자리는 비워둘 테니까."
그때 어디선가 날카로운 두 여인의 음성이 울려왔다.
"가가!!"
만삭이 된 은소소와 그녀를 부축하고 있는 천냉화였다.

　순간 자엽령의 신형이 그곳에서 사라져 버렸다. 쓰지 않겠다던 공간
참이었다.

〈終〉

부족하고 재미없는 글을 끝까지 읽어주서서 감사합니다. 『음공의 대가』에 이어 두 번째 작인 『공간참』을 끝내게 된 일성이라고 합니다.

2005년에서 2006년의 새로운 해가 밝았습니다.

2005년을 잘 마무리하셨길 바라며, 2006년에도 좋은 일만 가득하시길 바랍니다.

다음 작은 좀 더 좋은 글, 완성도 높은 글, 누구든 재미있게 볼 수 있는 글이 써지길 바랍니다.

그만큼 노력할 것이고 공부할 생각이니 지켜봐 주시면 감사하겠습니다.

그럼, 차기작으로 결정된 『빙공 플러스(+)마법』 홍보를 끝으로 이만 펜을 놓겠습니다.

『빙공 플러스(+)마법』도 많은 사랑 부탁드립니다.

무한 상상 · 공상 세계, 청어람 신무협&판타지

『두령』, 『사마쌍협』을 보았다면
꼭 섭렵해야 할 월인의 최신작!

천룡신무(天龍神舞) / 월인 지음

2005년 무협계를 평정할 거대한 놈이 나타났다!

『천룡신무』
(天龍神舞)

처음에는 운 좋게 병신춤만 추는 인간들을 만나 사지육신을 온전히 보존하고 있는 줄 알았다.
그리고 십 년 동안 이상한 춤만 가르쳐 주고 몽둥이 휘두르는 법은 물론, 주먹 쥐는 법 하나
가르쳐 주지 않은 사부를 원망하기도 했었다.

하지만 이젠 그딴 거 필요없다.
사부께서는 용무(龍舞)를 열심히 수련하면 네놈 몸뚱이 하나는 네 마음대로 움직일 수 있다고 하셨다.
그리고 그렇게 만들어주셨다.
사부께서는 한계를 뛰어넘고 초식을 무너뜨리는 춤을 가르쳐 주신 것이다.

중원의 무공 따위는 눈 아래로 내려다볼 수 있는 춤!

그래서 천룡신무(天龍神舞)이리라…….

매력적인 작품 세계를 보여온 월인만의 매혹에 다시 한 번 유혹당한다!

FANTASTIC
ORIENTAL
HEROES

무한 상상 · 공상 세계, 청어람 신무협&판타지

『초일』,『건곤권』,『송백』!! 신무협 소설의 성공 신화!
작가 백준!! 그가 쓰는 새로운 강호!

청성무사(靑城武士) / 백준 지음

강호를 뒤덮은
마도의 피바람을 잠재워라!

『청성무사』
(靑城武士)

"우화등선하거라… 나의 마지막 소원이다."
사부의 소원이 무섭다.
떠나버린 사매가 야속하다.
하지만 소초산은 개의치 않는다.

망해버린 청성의 마지막 장문인 소초산!
그러나 망한 문파에서도 천하제일인은 나온다!